NOS FILLES

ET

NOS FILS

SCENES ET ÉTUDES DE FAMILLE

PAR

ERNEST LEGOUVÉ

DE L'ACADÉMIE FRANÇAISE

ILLUSTRATIONS DE P. PHILIPPOTEAUX

Nouvelle édition

Ouvrage adopté par le *Ministère de l'Instruction publique*
pour les Bibliothèques scolaires, populaires, des écoles normales
et des lycées;
honoré d'une souscription et choisi par la *Ville de Paris*
pour ses distributions de prix.

BIBLIOTHÈQUE

D'ÉDUCATION ET DE RÉCRÉATION

J. HETZEL, 18, RUE JACOB

PARIS (VIᵉ)

Droits de traduction et de reproduction réservés.

NOS FILLES

ET

NOS FILS

COLLECTION HETZEL

ŒUVRES DE M. ERNEST·LEGOUVÉ

DE L'ACADÉMIE FRANÇAISE

1° ÉDUCATION ET RÉCRÉATION

2° ŒUVRES DIVERSES

46835. — Imprimerie LAHURE, 9, rue de Fleurus, à Paris.

A MES TROIS PETITS-ENFANTS

MAURICE — GEORGES — GEORGINA

Je vous dédie ce livre à vous trois, car c'est à vous trois que je le dois. Il comprend et parcourt vos trois âges ; il va de tes dix ans, ma petite Georgina, jusqu'à tes vingt ans, mon cher Maurice, en passant par tes seize ans, mon cher Georges. Nos causeries, nos petits voyages, les espérances ou les craintes que vous m'avez inspirées, les incidents de notre vie de famille, m'ont fourni la matière de ce volume. C'est tantôt un récit, tantôt une biographie, tantôt une étude morale, tantôt la mise en scène de quelque défaut que j'ai glané derrière les sermonnaires ou les moralistes, tantôt, enfin, quel-

que problème d'éducation dont je cherche la solution. Tel chapitre te paraîtra peut-être un peu
sérieux, ma chère Georgina, mais tu le liras, parce
que tu y retrouveras tes frères. Telle scène de
famille te semblera un peu enfantine, mon cher
Maurice, mais tu t'y plairas, parce que tu y reconnaîtras ta sœur.

Tout écrivain a devant lui, dès qu'il prend la
plume, un auditoire fictif auquel il s'adresse. Je
m'imagine toujours, par exemple, votre ami Hetzel,
entouré, en écrivant ses albums, d'un petit peuple
de bambins, un peu barbouillés, assez peu habillés,
lui venant aux genoux, tendant vers lui leurs bras,
leurs bouches, leurs yeux émerveillés, pendant que
lui, penché vers eux, il embrasse l'un, il gronde
l'autre, et leur parle à tous dans cette langue charmante qu'il a comme retrouvée sur leurs lèvres
et dont il a gardé le secret. Mon auditoire est un
peu plus mêlé et un peu plus grave, puisqu'il se
compose de trois auditoires, je pourrais même dire
de quatre; car derrière *nos filles* et *nos fils*, je vois
leurs parents, et mon ambition, pour ces intimes
récits, serait que les petits pussent s'y plaire et les
grands en profiter.

E. LEGOUVÉ.

NOS FILLES

ET

NOS FILS

DEUX MAMANS DIPLOMATES

A Madame Vigo-Roussillon.

Le Pouliguen, 22 août 1875.

Que Marguerite fût la plus mignonne petite
fille du monde, c'est ce que sa mère, Mme Dubreuil,
pense sans le dire, et ce que tous ses amis disent
en le pensant. Pourtant Marguerite a un grand
défaut : elle ne veut pas absolument parler anglais.
En vain a-t-on fait venir pour elle une bonne de
Londres, en vain sa mère lui parle-t-elle anglais le
plus qu'elle peut ; la malicieuse fillette écoute sa
mère, écoute sa bonne, les regarde, les comprend,
se met à rire, mais, quant à prononcer elle-même un
seul mot, jamais ; pourquoi?... Oh! pourquoi?...
Devinez donc pourquoi les enfants font ou ne font
pas les choses ; ils n'en savent rien. Ce qu'on peut
dire, c'est que ce n'est pas, de la part de Marguerite, fétichisme national, culte exagéré pour sa

langue maternelle! Oh! non! elle en use très
familièrement avec l'idiome de ses pères... La
grammaire régente peut-être jusqu'aux rois, comme
dit Molière, mais elle ne régente pas Marguerite.
L'autre jour, elle arrive à sa mère, un peu honteuse. Son petit pantalon était déchiré, et déchiré
non pas aux genoux, non pas aux jambes, non pas
sur le devant... où donc alors? Devinez! Quand
un pantalon déchiré ne l'est ni à droite, ni à gauche,
ni par devant... il faut nécessairement qu'il le soit
au... autre part! Marguerite avait donc sa petite
culotte déchirée là! Étonnement de Mme Dubreuil,
gronderie de Mme Dubreuil. « Maman! ce n'est pas
ma faute! nous jouions sur la grande côte. Il y
avait de grands rochers. J'ai été forcée de descendre
en m'asseoir. » Que voulez-vous répondre à cela?...
Marguerite a aussi du goût pour les néologismes.
Si elle est trop près de la table, elle dit : *Déproche-
moi.* Marguerite apporte aussi une logique rigou-
reuse dans les conjugaisons. Sous prétexte qu'on
dit : Je viens, tu viens, elle dit toujours à sa bonne :
Vienez donc! Quelquefois c'est à nos grands poëtes
du xviie siècle qu'elle emprunte ses expressions,
et quand approche l'heure du coucher, elle se rappelle sans doute la fable du Savetier et du Financier,
car elle dit qu'elle a les yeux *pleins de dormir.*
Le croiriez-vous? il n'y a pas jusqu'aux règles de
la grammaire latine dont elle ne s'inspire pour colo-
rer son langage, et, avant-hier, ayant reçu de sa
mère un catalogue de fleuriste enrichi d'images de
plantes et de fleurs : « Je le cache, a-t-elle dit,
parce que, si les bourdons *viendront,* ils mangeront
mes fleurs. »

Comment expliquer qu'avec cette liberté dans l'emploi de la langue française, on ne veuille pas absolument parler l'anglais ? Je n'en sais rien, mais cela est. Mme Dubreuil a cependant employé un moyen tout-puissant. La grande joie de Marguerite, sa grande récompense... quand elle a été très... très sage dans la journée, c'est d'aller trouver sa mère dans son lit le matin. Elle arrive, marchant tout doucement sur le tapis, en chemise, pieds nus, vers les sept heures, et vient regarder si sa mère dort encore. Je dois ajouter que, pour en être plus sûre, si les yeux sont fermés, elle les ouvre tout doucement avec ses doigts, et à peine le sourire a-t-il paru sur les lèvres de la mère, à peine le *Je veux bien* prononcé, Marguerite se glisse dans le lit... Non ! s'y glisse n'est pas le bon mot, il faut dire qu'elle s'y fourre, s'y niche, s'y blottit !... Il faut emprunter des comparaisons aux petits oiseaux, si on veut peindre un enfant dans les bras de sa mère, d'autant plus que les mères ont un art merveilleux pour faire un nid avec leurs bras. Une fois là toutes deux, côte à côte, les grandes causeries commencent. « Raconte-moi des histoires *de quand tu étais petite !...* » Rien n'amuse autant Marguerite que de se représenter sa mère à son âge à elle, de se la figurer en robe courte, ses cheveux sur les épaules, et surtout en pénitence ! Mme Dubreuil est très habile à se donner dans le passé des défauts qu'elle n'a jamais eus, pour corriger Marguerite de ceux qu'elle a, et Marguerite se prête très bien à la fiction sans en être dupe.

« Je me rappelle, disait Mme Dubreuil, qu'un jour maman m'a bien grondée !

— Est-ce que ta maman était sévère ?

— Ah ! je crois bien !

— Plus sévère que toi ?

— Bien plus sévère !

— Ah !... Qu'est-ce que tu avais donc fait ?

— J'avais dit à un monsieur qui m'avait apporté un joujou :

« Merci, monsieur, ton joujou est bien laid !... »

Marguerite avait fait précisément cette réponse la veille.

« Mais, maman, si tu le trouvais laid !

— C'est égal ! quand quelqu'un vous fait un cadeau, on doit toujours avoir l'air de le trouver beau, on doit toujours avoir l'air d'être contente !

— Ah !... mais comment fait-on pour avoir l'air ? Moi, je ne sais pas... »

Qui fut bien embarrassée ? qui fut bien heureuse d'être embarrassée ? qui eut une folle envie de baiser bien tendrement Marguerite pour cette réponse ?... Mme Dubreuil ! Mais elle se contint. Une de ses maximes était de ne jamais louer dans sa fille un mot gentil, et surtout un mot naïf. Louer la naïveté, c'est la détruire ! Enfin, un jour, avec cette persévérance qui fait des mères de si admirables institutrices, Mme Dubreuil pensa que son lit serait peut-être une excellente salle d'anglais, et qu'à l'aide de ces causeries du matin, elle pourrait arracher à son entêtée, sans qu'elle s'en aperçût, quelques *should*, quelques *could* et quelques *th*. La voilà donc qui entame une histoire où elle entremêle d'abord habilement les deux adjectifs qui enchantaient le plus Marguerite. C'était l'adjectif *petit* et l'adjectif *grand*. Quand sa mère lui parlait d'un grand... grand arbre de Noël, ou d'un grand... grand ogre, Marguerite ouvrait les yeux, Marguerite ouvrait la bouche, Marguerite étendait les bras, comme si elle avait voulu se hausser jusqu'à la taille de ce géant!... Puis, quand Mme Dubreuil passait à la description d'une petite fée... d'un petit oiseau...

« Petit comme quoi ? disait Marguerite.

— Tout petit ! tout petit !

— Comme ça ? disait l'enfant en montrant son petit doigt.

— Encore plus petit !

— Comme ça ? reprenait-elle en descendant jusqu'à l'ongle.

— Encore plus petit !... »

Et à mesure que la mère rapetissait l'objet, Marguerite tâchait aussi de se rapetisser. Elle rapetissait ses yeux en les clignant. Elle rapetissait sa bouche en la plissant comme un petit o tout rond ; elle rapetissait ses bras en les serrant contre son corps ; elle rapetissait sa voix en parlant tout bas... tout bas !... on aurait dit qu'elle avait peur de faire trop de bruit et d'effrayer la petite créature imaginaire que sa mère lui décrivait. Ce que voyant et voyant aussi l'indescriptible émotion de plaisir où en était arrivée Marguerite, Mme Dubreuil jugea le moment favorable pour jeter adroitement, c'est-à-dire comme par hasard, quelques petits mots d'anglais et en provoquer d'autres... Mais Marguerite se révoltant s'écria :

« Ah ! si tu me prends *tout mon amusant* pour ton ennuyeux *d'anglais,* ce n'est pas juste !... »

Et voilà encore une fois la descente en Angleterre manquée !

Sur ces entrefaites, Mme Dubreuil vint s'établir pour deux mois au Pouliguen.

Le Pouliguen est un séjour de bains de mer fort original. Figurez-vous sur une plage toute de sable, juste en face de la mer, une suite de petits chalets élevés sur de petites terrasses et entourés de verdure. A l'heure de la pleine mer, les baigneurs et baigneuses, en costume de bain, sortent par une porte percée au bas de chaque terrasse, ou même enjambent la balustrade (je parle des garçons), courent à la mer ou y descendent selon leur âge, s'y jettent, puis, le bain pris, ils remontent, tout ruisselants, par le même chemin, et vont se rhabiller chez eux. Cette façon de se baigner ajoute beaucoup à la facilité des relations ; se rencontrer une fois par jour dans ce costume abrège forcément le cérémonial des présentations, et c'est ce qui fait qu'on peut appeler le Pouliguen une plage de famille.

Vous devinerez donc sans peine l'accent de joie de Mme Dubreuil, lorsqu'un jour, rentrant dans son petit chalet, elle dit à son mari :

« Bonne nouvelle !... le chalet voisin du nôtre est occupé depuis hier par une famille anglaise.

— Eh bien ?

— Eh bien, il y a dans cette famille une petite fille de l'âge de Marguerite.

— Eh bien ?

— Eh bien, je vais tâcher que Marguerite fasse connaissance avec cette petite fille, joue avec cette petite fille...

— Je comprends ! s'écria M. Dubreuil, et qu'elle parle anglais avec cette petite fille !... Parfait !... Rien n'apprend une langue étrangère aux enfants comme

de la parler avec d'autres enfants !... Cela vaut toutes les gouvernantes du monde. Six semaines de
conversation lui en enseigneraient plus qu'un an de
leçons ; seulement les Anglais ne se lient pas facilement, et j'ai bien peur...

— Laisse-moi faire ! » répondit Mme Dubreuil
avec confiance.

Voilà donc M. Dubreuil plein d'espoir, et voilà
Mme Dubreuil descendant sur le grand champ de ma-
nœuvres des mères, sur la plage. La dame anglaise
y était déjà avec sa petite fille. Mme Dubreuil s'installe... ni trop près, ni trop loin, juste à la distance
convenable pour ne pas trop marquer l'intention
d'entrer en relations, et en même temps pour saisir
l'occasion, si elle se présente. Le bonheur veut que
la petite Anglaise ait oublié sa pelle pour creuser
le sable ; ses doléances commencent.

« Prête ta pelle à la petite fille, » dit tout bas
et vivement Mme Dubreuil à Marguerite... Marguerite hésitant, Mme Dubreuil dépouille sans pitié
sa progéniture au profit de l'étrangère ; la progéniture crie bien un peu, mais la mère lui renfonce
ses cris en lui en promettant une plus grande. La
petite Anglaise demeure tout interdite devant la
pelle qu'on lui a mise dans la main ; mais la mère,
saluant Mme Dubreuil de l'air le plus gracieux, dit à
l'enfant :

« Remerciez madame, Mary. »

Mary répond par un gentil petit *Thank you,
madam!* qui fait bondir de joie le cœur de Mme Dubreuil ; le *Thank you* était de l'accent le plus pur !...
Un instant après, la dame vint remettre elle-même
la pelle à Marguerite, en y ajoutant de très aimables

remercîments. Mme Dubreuil rentra triomphante
chez elle... et du plus loin qu'elle aperçoit son mari :

« Le premier pas est fait !... La glace est
rompue ! s'écrie-t-elle.

— Et moi, reprend le mari, j'ai joliment travaillé
de mon côté.

— Comment cela ?

— En allant pêcher à la loubine, j'ai vu un
monsieur qui pêchait en face de moi... C'était le
père... la chance a voulu qu'il ait perdu tous ses
cancres mous !

— Qu'est-ce que c'est que cela, les cancres
mous !

— L'appât pour la loubine... Je lui offre les
miens, il les accepte... avec reconnaissance, et nous
échangeons quelques paroles de bonne grâce.

— Cela va ! s'écrie Mme Dubreuil, cela va !...
Demain je dirai à Marguerite de demander à la
petite fille la permission de *jouer à son tas...*

— Qu'est-ce que c'est que cela, *son tas ?*

— Son tas de sable... puis ensuite nous verrons ! »

En effet, après quelques jours de saluts gracieux
d'une terrasse à l'autre, de bons services de voisinage offerts à propos par M. et Mme Dubreuil, et
acceptés avec un empressement tout à fait antibri-
tannique par la dame anglaise, Mme Dubreuil jugea
l'affaire mûre et tenta un coup décisif. Voyant la
petite Anglaise sur la plage avec sa bonne, elle dit
à Marguerite :

« Va lui demander si elle veut venir goûter avec
toi aujourd'hui dans notre jardin. »

Marguerite part en courant et revient bientôt.

« Eh bien ?

— La dame veut bien !

— Dubreuil ! Dubreuil !... s'écrie Mme Dubreuil, la mère consent ! la mère consent !

— Tu en es sûre ? dit le père ; c'est bien étonnant de la part d'une Anglaise !

— Demande-le à Marguerite.

— Oui, dit Marguerite, c'est vrai ! la dame veut bien ! et je suis joliment contente ! car elle consent *à la condition que nous ne parlerons jamais que français !...* »

Mme Dubreuil tomba consternée sur son siège.

« Je comprends ! s'écria M. Dubreuil, en éclatant de rire. Voilà le pourquoi des saluts gracieux de notre voisine !... Vous jouiez toutes deux le même jeu !... c'est admirable !... »

A ces éclats de rire, la dame anglaise s'était rapprochée de la terrasse. M. Dubreuil alla vers elle et lui dit gaiement :

« Mes rires vous étonnent, madame, et vous désireriez peut-être en savoir la cause.

— C'est vrai.

— Eh bien, je ris de ma femme !

— De votre femme ?... répondit en souriant la dame anglaise ; de votre femme et de moi ?

— Oh ! madame !

— Convenez-en ; j'ai tout deviné.

— Eh bien, avouez que c'est une bien amusante histoire !... Ma femme rêvant une maîtresse d'anglais dans votre petite fille, pendant que vous rêviez une maîtresse de français dans la nôtre !

— Et nos politesses mutuelles !... reprit la dame anglaise.

— Deux diplomates en face l'un de l'autre : Talleyrand et Metternich!... »

Cette bonne humeur inattendue les ayant tous mis à l'aise, M. Dubreuil reprit :

« Eh bien, madame, si vous m'en croyez, changeons de théorie. Une véritable Anglaise comme vous ne peut pas être pour le système prohibitif. Vous ne pouvez pas vouloir mettre l'embargo sur la bouche de votre fille et défendre l'exportation des jolies petites marchandises anglaises qui en sortent : ce serait du blocus continental. »

La dame anglaise se mit encore à sourire.

«. Faisons mieux ; rendons la liberté à nos enfants! Laissons-les parler comme elles voudront! Aucune n'y perdra, et une au moins y gagnera. Si on ne parle qu'anglais, ce sera ma fille ; si on ne parle que français, ce sera la vôtre ; mais, ou je me trompe fort, ou ce sera toutes les deux.

— Vous croyez?

— Sans doute. Pourquoi miss Mary refuse-t-elle de parler français, et pourquoi Marguerite a-t-elle horreur de prononcer un mot d'anglais? Parce que nous le leur imposons comme une leçon. Mettons de côté le règlement, le commandement, la contrainte ; au lieu d'une surveillante rébarbative chargée de les rappeler à l'ordre, laissons venir entre nos deux enfants un intermédiaire aimable comme elles, d'autant plus instructif qu'il n'enseigne jamais, d'autant plus persuasif qu'il ne prêche jamais... et grâce auquel les enfants s'instruisent de la façon dont ils s'instruisent le mieux, sans s'en apercevoir...

— Et quel est donc cet intermédiaire? reprit la dame anglaise.

— Le jeu, madame! le jeu! On ne le bénit pas assez. On ne l'honore pas assez. On ne s'en sert pas assez. Fions-nous à lui! vous verrez ce qu'il fera en six semaines pour nos fillettes, vous verrez quel joli article il ajoutera pour elles au traité du libre échange. »

Ainsi fut fait; mais qu'arriva-t-il? Bien autre chose que ce qui avait été prévu. La dame anglaise était, ainsi que Mme Dubreuil, une de ces mères pour qui l'amour maternel n'est pas une affaire de vanité ou de plaisir, ni même seulement un devoir, mais un sujet perpétuel de sérieuses et tendres préoccupations; toutes deux avaient sans cesse la conscience en éveil. Le rapprochement de leurs filles les rapprocha; elles se confièrent leurs craintes, leurs espérances, leurs désirs. Différentes de caractère, elles s'éclairèrent, elles se consolèrent, elles se rassurèrent, elles se soutinrent l'une l'autre. Et quand l'arrivée de l'automne les sépara, petits et grands emportaient une bien précieuse acquisition : les filles savaient une langue de plus, les mères avaient une amie de plus; amitié sainte et toute semblable à l'affection des fidèles qui s'aiment en Dieu : elles s'aimaient en leurs enfants.

« A MADAME LA REINE »

C'était vers 1838. M. G..., chef d'institution, travaillait dans son cabinet. Son domestique lui apporte la carte d'un monsieur qui désire lui parler.

« Faites entrer, » dit-il avec empressement.

Que peut donc lui vouloir le secrétaire des commandements de la reine?

« Monsieur, vous avez dans votre institution un enfant nommé Maurice Grenier?

— Oui, monsieur.

— Agé de dix ans?

— Oui, monsieur.

— Qui vient d'entrer en cinquième?

— Oui, monsieur.

— Oserais-je vous demander quel enfant il est?

— Bon petit sujet, ne ressemblant pas aux autres enfants.

— Oh! cela, je le crois! Et ses parents?

— Peu riches et s'imposant de grands sacrifices pour l'éducation de leur fils... Mais, à mon tour, oserais-je vous demander, monsieur, quel intérêt vous prenez à cet enfant?

— Cet enfant a écrit à la reine.

— A la reine!

— Et c'est elle qui m'envoie vers vous et vers lui pour lui apporter sa réponse.

— Maurice a écrit à la reine! Pourquoi? qu'a-t-il osé lui dire?

— Voici la lettre.

« Madame la reine,

« Comme on dit que vous êtes la maman de
tous les Français, je vous écris pour vous dire que
j'ai très envie d'avoir un *Robinson suisse*. Papa m'en
avait bien promis un, pour le jour où j'aurais dix
ans, mais voilà que j'ai dix ans et deux mois et
que je n'ai toujours pas mon *Robinson*. Ça m'ennuie
parce qu'on dit que c'est très amusant, et que
j'avais dit à mes camarades que je l'aurais. Alors,
j'ai eu l'idée de vous le demander, parce qu'on dit
que vous êtes très bonne. D'ailleurs, je connais votre
fils, le petit qui est encore en sixième, car j'ai composé à côté de lui, à preuve qu'il m'a jeté de la con-
fiture d'abricots sur mon pantalon. Vous pouvez lui
demander, il vous dira que c'est vrai. Enfin, madame
la reine, j'ai très, très envie d'avoir *Robinson suisse*,
et si vous me l'envoyez, vous me ferez beaucoup
de plaisir.

« Votre très respectueux sujet,

» MAURICE GRENIER. »

Vous devinez bien le dénoûment : le secrétaire
des commandements apportait le livre. On appela
Maurice. Il fut encore plus embarrassé et plus surpris que joyeux. Il n'osait prendre le volume. Son
maître de pension fit semblant de le gronder. Le
secrétaire des commandements lui défendit de la
part de la reine de dire que c'était elle qui lui avait

envoyé ce livre. Mais il n'y tint pas et le dit à tous
ses camarades. La reine, dans les huit jours qui sui-
virent, reçut dix lettres de demandes pareilles, mais
elle n'envoya plus son secrétaire des commandements à l'institution G...

L'ART D'ÊTRE GRAND'MÈRE

A Madame Jenny Sauvan.

On ne rend pas assez justice aux grand'mères.
On ne voit trop souvent en elles que l'affection qui
gâte; elles représentent aussi l'affection qui guide.
Une maison où le fauteuil de l'aïeule est vide, n'est
jamais une maison tout à fait pleine; car, avec
l'aïeule, s'assied au foyer domestique le passé, c'est-
à-dire un trésor d'expérience, de patience, de prévoyance, que la tendresse maternelle elle-même ne
saurait suppléer. La grand'mère complète la mère;
qu'est-ce donc quand elle la remplace? Nous avons
tous vu de ces coups subits qui mettent l'aïeule au
rang de chef de famille. Alors, être grand'mère devient un art. Il ne suffit pas d'aimer, il faut diriger,
conseiller, instruire; cette éducation de l'enfant par
l'aïeule offre plus d'un trait particulier. C'est un de
ces exemples que je voudrais montrer dans ce chapitre, en racontant l'histoire d'une grand'mère et
de son petit-garçon.

§ 1.

Nous appellerons le petit garçon Joseph. Il avait perdu sa mère en naissant, son père deux ans après, et il fut recueilli par sa grand'mère, âgée de soixante-dix ans, qui se chargea de l'élever. Lourd fardeau à un si grand âge ! Mais il arriva alors ce qui arrive quelquefois : la grand'mère redevint jeune pour soigner cet enfant. Elle rompit avec toutes les habitudes et tous les besoins de la vieillesse ; plus d'heures régulières de repos, de repas, de lectures. Tout fut subordonné à son petit-fils. Elle plaça le berceau près de son lit ; elle ne craignit pas de troubler son sommeil de septuagénaire par le voisinage agité du sommeil de l'enfant. Elle se levait chaque fois qu'il l'appelait. Tombait-il malade, elle s'installait à son chevet, et passa quelquefois plusieurs nuits sans se coucher. Chose étrange ! sa santé n'en souffrit pas. Le cœur fait de ces miracles ; non seulement il soutient le corps, mais il le retrempe. Elle trouva le moyen d'être à la fois mère et grand'mère : mère, par l'activité et la vaillance du dévouement ; grand'mère, par je ne sais quoi, je ne dirai pas de plus tendre, mais de plus attendri.

Ses soins ne furent pas perdus. L'enfant était affectueux, câlin, expansif, avec un tour d'esprit assez singulier. Le jour où il eut sept ans, il entra tout radieux chez sa grand'mère, en s'écriant : « Quel bonheur ! mes péchés comptent ! » Il y avait un meuble qui jouait un grand rôle dans son existence : c'était une vieille bergère en velours d'Utrecht jaune. Cette bergère, placée au coin du feu,

servait de siège habituel à la vieille dame ; mais il
en fallait toujours la moitié à Joseph. Il n'était content que quand, niché dans cette bergère trop étroite
pour deux, bien serré contre sa grand'mère, son petit
bras passé autour de sa taille, son jeune visage tout
proche de ces joues ridées qu'il embrassait vingt
fois dans un quart d'heure, il lui disait : « Et maintenant, raconte-moi des histoires d'autrefois... » Il
y avait bien longtemps de cet autrefois-là, mais
la vieille dame avait été témoin de si grandes et
de si affreuses choses dans son enfance, qu'elle ne
les avait jamais oubliées ! Entrée comme demoiselle
de compagnie dans une grande famille de la cour
de Louis XVI, elle avait vu Marie-Antoinette à
Trianon, et, par un hasard terrible, dix ans plus tard,
elle s'était trouvée sur son passage le jour où celle-
ci monta sur l'échafaud. Elle avait gardé un morceau
du pain qu'on mangeait à Paris pendant la Terreur,
et quand elle le montrait à l'enfant, il le prenait pour
du charbon. Elle avait vu, chez un de ses parents,
quelques-uns des hommes les plus célèbres de ce
temps-là, Vergniaud, Mirabeau, Barnave ; elle les
avait entendus parler, et, décrivant à l'enfant leurs
figures, lui racontant leurs entretiens, leurs gestes,
elle lui remplissait l'esprit de toutes les images de ce
grand et terrible passé. L'histoire, racontée par les
parents, est bien plus vivante que celle des livres ;
mais les récits d'une grand'mère, ou d'un aïeul,
se gravent en traits encore plus ineffaçables dans
l'esprit de l'enfant, parce qu'ils l'entretiennent de
choses plus éloignées encore, plus différentes de ce
qu'il voit, et son imagination les grandit en raison
même de la différence et de l'éloignement.

Ces récits finis : « Maintenant, mon petit Joseph,
à toi ! lui disait-elle ; lis-moi un journal. » L'enfant
savait très bien lire depuis l'âge de cinq ans ; c'était
elle qui le lui avait appris. Savez-vous avec quelle
méthode ? Avec une méthode qui n'avait rien de
très scientifique, avec un bonhomme de pain d'épice.
Joseph aimait beaucoup le pain d'épice ; ce que
voyant, sa grand'mère, en femme d'esprit pratique,
imagina, le jour où il eut cinq ans, de lui apprendre
ses lettres, en plaçant tout à côté de l'alphabet un
grand bonhomme de pain d'épice. Il était de profil,
avait un chapeau de général et un sabre au côté ; sa
figure et tout son corps étaient, à l'endroit, noirs
et luisants comme du vernis, mais l'envers était
d'un jaune mat et pâle ; son nez avançait beaucoup
plus que ses pieds, qu'on pouvait trouver petits pour
sa taille.

« Tu vois bien ce personnage, dit la vieille dame
à Joseph ; il assistera à toutes nos leçons ; mais
toutes les fois que la leçon aura été bonne, tu auras
le droit d'en manger un morceau ; tu commenceras
par où tu voudras. » Les premiers jours, ce voisinage troubla Joseph ; le bonhomme était beaucoup
plus grand comme bonhomme de pain d'épice, que
Joseph comme enfant, de façon que Joseph se faisait
l'effet du petit Poucet à côté de l'ogre ; mais bientôt,
l'idée de manger l'ogre le rassura, et la septième
leçon ayant été bonne, sa grand'mère lui dit : « Tu
peux commencer. » Il saisit immédiatement le nez.
C'est toujours par le nez que les enfants vous prennent ; sans doute parce que le nez, comme m'a
dit quelqu'un, est le manche de la figure. Après
le **nez**, c'est le menton qui y passa, puis le chapeau

militaire, puis enfin, à la suite de longs efforts et
de plus d'une alternative de bonnes et de mauvaises
leçons, au bout de quatre mois de travail, l'enfant
savait lire, et les deux talons du général, devenus
un peu durs avec l'âge, mais gardant toujours bon
goût, disparurent dans la bouche du petit lecteur,
comme dernier gage de sa victoire. Je ne demande
pas de brevet pour cette méthode; mais la vieille
dame montra, en l'employant, une profonde connaissance des enfants : elle avait pris appui à la fois
sur un défaut et sur une qualité ; sur la petite gourmandise de l'enfant, et sur son goût pour tout ce qui
était singulier. La présence de cet assistant muet,
qui allait toujours s'écornant, comme la lune, mettait
son esprit en gaieté, tenait son imagination en éveil,
et les deux grands moyens d'instruction pour les
enfants sont, on le sait, l'imagination et les yeux.

§ 2.

La besogne de la vieille dame n'était pas toujours
aussi facile. Une grand'mère a plus de peine qu'une
mère à élever un garçon. Cette grande distance d'âge
entre l'institutrice et l'enfant affaiblit ou gêne leurs
rapports. Ils ne sont pas du même temps; ils ne
vivent pas au milieu des mêmes idées; ils ne parlent
pas tout à fait la même langue. La grand'mère est
presque toujours trop près ou trop loin de son petit-
fils : trop loin, si elle reste dans la dignité sévère
de son âge; trop près, si elle veut descendre jusqu'à l'âge de l'enfant; elle s'y abaisse, s'y amoindrit,
et y perd ce qui est le principe même de l'éducation,
l'autorité. L'enfant, en face d'une grand'mère, se

sent instinctivement le plus fort. La vieille dame,
chez qui une vie de travail avait développé un grand
bon sens naturel, comprenait toutes ces difficultés, et
se trouvait souvent fort embarrassée, avec un enfant
qui avait toutes les effervescences, toutes les con-
tradictions, tous les soubresauts de l'enfance. Pour
abréger la longueur des soirées, elle lui avait appris
un jeu de sa jeunesse, un jeu très simple, mais très
fécond en péripéties, le jeu de la bataille. Eh bien,
Joseph était très mauvais joueur, c'est-à-dire très
rageur, et même un peu tricheur. Tant qu'il gagnait,
il chantait, il riait, il se moquait de sa grand'mère,
enfin il avait le triomphe gai et insolent; mais, dès
que la chance tournait contre lui, il devenait grognon, sombre, colère; ce que voyant, la grand'mère
commençait à tricher, elle aussi, mais contre elle-
même, afin de faire gagner Joseph et de lui éviter
le tort d'être de mauvaise humeur. Faiblesse excu-
sable chez une grand'mère, une mère n'y fût jamais
tombée. Sans doute, mes chers petits, il est quelquefois de bonne politique de vous épargner l'occasion d'une faute; mais, plus souvent, il faut savoir
vous mettre nettement en face de votre défaut, et
vous laisser avoir tort pour vous punir. La grand'-
mère de Joseph s'en aperçut bien. Plus il gagnait,
plus il voulait gagner et plus il trouvait insupportable de perdre; si bien qu'un jour, la vieille dame
ayant gagné trois parties de suite, bien malgré elle,
Joseph prit les cartes et les jeta sur la table si violemment, qu'une d'elles effleura le visage de sa
grand'mère; après quoi, ce méchant enfant alla se
mettre dans un coin de la chambre, le visage tourné
contre la muraille, et frappant du pied avec colère.

Cela dura dix minutes. Dix minutes, pour un enfant,
en valent bien quarante pour une grande personne.
Donc, au bout de ce temps, Joseph, qui, d'avance
s'était armé de fermeté contre les reproches de s\
grand'mère, étonné de ne pas être grondé, étonn\
de ne rien entendre dans la chambre, baissa l\
tête sans se retourner (sa dignité ne le lui permettait pas), et regarda d'un œil, de dessous sous
son bras, pour voir ce qui se passait. Que vit-il?
Sa grand'mère, les mains jointes, avec de grosses
larmes lui coulant le long des joues. Vous concevez
bien qu'une seconde après, il était à genoux devant
elle, lui baisant les mains, implorant son pardon,
et lui demandant ce qu'elle faisait. « Joseph, lui
dit-elle très doucement, je pleure parce que tu as été
très méchant, et je prie pour que Dieu te fasse redevenir et rester bon. »

La chère vieille femme s'était servie des armes
de son âge. Une mère aurait puni; elle, elle pleura,
et, grâce à la bonté de cœur de l'enfant, sa faiblesse
se trouva sa force, et ses larmes devinrent le plus
efficace des châtiments.

§ 3.

Joseph avait atteint onze ans; il fallut commencer
les études régulières. Sa grand'mère choisit à dessein, pour l'y placer, un établissement universi-
taire dont les élèves allaient au lycée, et qui était
situé dans la même rue que sa maison, un peu plus
haut. Pourquoi un peu plus haut? pourquoi? Parce
que, de cette façon, les élèves, en allant au lycée le
matin à huit heures et en revenant à dix heures et

demie, en y retournant à deux et en revenant à quatre,
passaient forcément devant les fenêtres de la vieille
dame, et qu'ainsi elle pouvait voir Joseph quatre fois
par jour. Le matin donc, hiver comme été, dès que
l'aiguille s'approchait de huit heures, la grand'mère
s'approchait, elle aussi, de la fenêtre, et jetait vivement les regards au haut de la rue. Personne ne
paraissait encore, car son cœur avançait toujours sur
sa pendule, et le froid du matin, le froid de l'hiver,
frappait parfois durement son visage de soixante-
seize ans. N'importe. La fenêtre une fois ouverte,
elle ne la refermait plus ; elle aurait eu trop peur
de perdre une seconde de l'instant où, sans voir
encore son petit-fils, elle voyait déjà la troupe dont
il faisait partie. Enfin la porte de la pension s'ouvre ;
les premiers écoliers de la colonne paraissent ! Pen-
chée en dehors de la croisée, elle attend avec une
ardeur fiévreuse l'apparition de la petite casquette,
à laquelle elle a fait mettre un ornement particulier
pour l'apercevoir de plus loin ; au milieu de la troupe
qui approche, elle distingue Joseph des autres ; il
lui fait signe de la main : ce sont leurs arrangements
particuliers ; et quand il arrive devant ses fenêtres,
elle lui envoie un baiser. Chose étrange ! les écoliers
sont bien moqueurs ; pas un ne pensait à se moquer
de la grand'maman. Ce petit manége avait, certes,
frappé leurs yeux ; mais, dès qu'il leur fut expliqué,
il alla à leurs cœurs, et la raillerie s'arrêta sur leurs
lèvres. La Fontaine a dit : *Cet âge est sans pitié;* le
mot est vrai ; mais cette dureté n'est bien souvent
que de l'inintelligence. Ils sont sans pitié, parce
qu'ils ne comprennent pas. Ils torturent l'oiseau,
parce qu'ils ne savent pas qu'ils lui font du mal ;

éclairez leur esprit, vous éclairerez bien souvent
leur cœur. Ces écoliers le prouvaient le samedi. Le
samedi était un grand jour ; les professeurs du lycée
donnaient les places de composition, le samedi. Ce
jour-là, la fenêtre de la grand'mère s'ouvrait dix
minutes plus tôt. L'enfant ne passait pourtant pas
avant l'heure ordinaire ; mais elle ne pouvait rester
paisible dans sa chambre, car le samedi matin, au
retour de la classe, Joseph lui marquait avec ses
doigts son numéro de place, et sa place étant bonne
en général, une seule main suffisait pour tout dire.
Mais s'il était le *premier !...* Oh ! alors, ce n'étaient
pas les doigts qui lui servaient de messagers télé-
graphiques, c'était une croix, une croix d'argent,
que recevait le *premier,* et qu'il portait attachée par
une chaînette à sa boutonnière pendant toute la
semaine. Jugez si, ce jour-là, Joseph, en passant
devant la fenêtre, agitait en l'air sa croix avec ivresse,
et si la vieille dame se contentait de lui envoyer un
seul baiser ! Mais voici un fait plus singulier. Ce
jour-là, les écoliers qui étaient en tête de la colonne,
en arrivant devant la fenêtre, agitaient leurs mains
et les levaient en l'air, pour dire un peu plus tôt à
la grand'mère : « Votre petit-fils a la croix. » Non,
la jeunesse n'est pas aussi mauvaise qu'on le dit
quelquefois ! Non, Dieu n'a pas voulu que l'âge de la
grâce, de la gentillesse, fût l'âge de la laideur morale !
Non, il n'a pas créé ce frais visage, ce malin sourire,
ce bon rire, ce clair regard, et tout cet éclat vermeil
de santé et de fraîcheur, pour recouvrir un fond de
méchanceté ! Non, ce jardin fleurissant, ce vert paysage ne cache pas un terrain aride ! Le flot de bonté
est en dessous ! le flot de sympathie est en dessous !

S'il ne jaillit pas, c'est que nous ne savons pas le faire jaillir. Creusez des puits artésiens, parents, creusez des puits artésiens.

§ 4.

J'ai dit que la grand'mère avait mené une vie de travail. Ruinée par une faillite, elle avait bravement cherché dans un très modeste commerce une aisance plus modeste encore, et y avait contracté de sévères habitudes d'ordre et d'économie, que l'âge avait encore développées en elle. C'était bien heureux, car Joseph avait trop d'imagination pour avoir de l'économie, et sa petite tête, toujours en mouvement, ne lui prêchait guère l'esprit d'ordre ; un de ses oncles, à l'occasion de sa première communion, lui donna une petite montre en argent qui avait appartenu à un de ses cousins. La montre n'était pas bien belle, la montre n'était pas bien bonne, mais enfin elle marchait, elle faisait tic-tac, et ce tic-tac enchantait tellement Joseph, qu'il passait la récréation à ouvrir la boîte de fond et à regarder le balancier. Mais les balanciers n'aiment pas qu'on les regarde ; cela les gêne dans leurs mouvements, surtout quand, comme Joseph, on les regarde avec les doigts. Est-ce cela ? est-ce autre chose ? Toujours advint-il, un beau jour, que le balancier s'arrêta. Voilà Joseph au désespoir. Il secoue la montre, il la retourne dans tous les sens ; rien ne réussit. Que faire ? comment raccommoder cette montre ? Il se rappelle alors que, quand il est malade, on le met dans son lit, et que le médecin dit toujours : « Il n'a qu'à rester bien tranquille ; qu'on le tienne chau-

dement, et cela ne sera rien. » Joseph s'en va donc
chercher, au fond d'une armoire, une vieille pantoufle
fourrée dont sa grand'mère ne se servait plus; il
y couche soigneusement sa montre, en se disant :
« Elle va se reposer, elle aura bien chaud, elle gué-
rira. » Au bout de huit jours, il court à la pantoufle,
il porte vivement la montre à son oreille : rien! pas
le moindre bruit! Joseph n'en revenait pas; car il
avait tour à tour quatorze ans ou quatre ans, tant
il était resté crédule et naïf dès que sa petite tête
se montait. Il fallut bien pourtant tout avouer à la
grand'mère, qui fit raccommoder la montre, mais
déclara à Joseph qu'il n'en redeviendrait possesseur
que quand il serait devenu plus soigneux.

Malheureusement, son imagination lui jouait toujours de mauvais tours et lui inspirait de singulières
idées.

A sa pension, il avait pour grand ami le fils d'un
capitaine de hussards. Un jour, un jeudi, jour de
récréation, l'ami de Joseph lui raconta, à lui et à
trois de ses camarades, comment les hussards avaient
les pantalons d'écurie les plus drôles du monde, en
coutil bleu, fendus du haut en bas sur le côté, et
rattachés dans toute la longueur par une foule de
petits boutons. Là-dessus, voilà la tête de Joseph
qui part et qui entraîne celle de tous ses camarades.

« Comme ce serait amusant d'avoir un pantalon
pareil, fendu de haut en bas et rattaché par de petits
boutons! Si nous fendions les nôtres! s'écria Joseph.

— Oui! oui! commence!

— Je veux bien. Qui est-ce qui a un canif? »

Entre six ou huit gamins il y a toujours un canif.

Joseph se met à l'œuvre, et commence à découdre
sa culotte. Comment la recoudra-t-il? où aura-t-il
des boutons? qui les lui attachera? Il n'y pensait
même pas, tant il était absorbé par son travail et
enivré des acclamations enthousiastes de ses camarades, qui l'entouraient, émerveillés. Juste au moment où il donnait le dernier coup de canif, un
domestique arrive, en disant : « On demande
M. Joseph au parloir; c'est sa grand'mère. » Quel
coup de foudre! Les parents n'en font jamais d'autres! Que devenir? Joseph ne peut cependant pas
paraître aux yeux de sa grand'mère avec son pantalon ouvert et flottant comme une bannière. Heureusement, c'était un garçon de ressources. « Mes amis,
dit-il à ses camarades, cotisons-nous. Donnez-moi
vos mouchoirs et vos cravates. Je vais les attacher
autour de ma jambe droite, en guise de boutons. Et
si ma grand'mère me demande ce que c'est, je lui
dirai que c'est un jeu. » Ainsi fut fait. Le voilà qui
part, la jambe droite toute pavoisée de six ou sept
mouchoirs ou cravates de diverses couleurs, ce qui
leur donnait un petit air de drapeaux, et il entre
dans le parloir, marchant à la façon des crabes, de
côté, du côté gauche, de façon à dissimuler quelque
peu la jambe bariolée, et avec le faible espoir que
sa grand'mère ne s'apercevrait de rien. Autant aurait
valu prétendre dissimuler son nez au milieu de son
visage.

« Hé! bon Dieu! qu'est-ce que tu as là?

— Ce n'est rien, grand'mère, c'est un jeu.

— Quel jeu?

— Le jeu des mouchoirs, grand'mère, un jeu
très joli. »

Mais cette fiction ne put pas durer longtemps, et
bientôt la grand'mère vit tout. « C'est bien, Joseph,
lui dit-elle froidement; va mettre un autre pantalon,
car tu ne peux pas rester ainsi, et je t'enverrai demain
une autre culotte à la place de celle-ci. » Le calme
de sa grand'mère le terrifia. « Justement, ajouta-
t-elle, j'avais mis trente francs de côté pour m'acheter
une bonne robe pour cet hiver; je les emploierai
pour ton pantalon.

— Mais, dit l'enfant pâlissant, et ta robe?

— Je m'en passerai.

— Mais tu auras froid.

— Que veux-tu? quand on ne peut pas faire autrement!

— Mais si tu tombes malade?

— Ce ne sera pas ma faute.

— Mais ce sera la mienne! » s'écria l'enfant
avec désespoir. Et le voilà saisi d'une telle crise
de larmes, de sanglots, de remords, que la grand'-
mère, après l'avoir un peu consolé, l'avoir envoyé
changer de culotte et lui avoir juré de s'acheter une
robe, l'emmena pour l'après-midi, et, une fois chez
elle, lui dit : « Maintenant, assieds-toi là et écoute-
moi. »

L'enfant, très sérieux, s'assit et ouvrit les oreilles
bien grandes.

« Mon petit Joseph, tu arrives à douze ans; te
voilà presque un homme : il est temps de te parler
raison. Mon enfant, il y a des défauts qui sont
des défauts, même pour les riches, mais que les
pauvres ne peuvent pas se permettre; et le premier
de ces défauts-là, c'est le manque d'économie. Or,
sans être ce qu'on appelle pauvres, nous sommes

bien loin d'être riches, et ce n'est qu'à force
d'ordre et de soin que j'arrive à faire honneur à
nos petites affaires. Tu me coûtes très cher, mon
ami. J'ai voulu que tu fusses placé dans une bonne
pension ; mais le prix de cette pension ne s'élève
pas à moins de quinze cents francs par an. Je tiens
à ce que tu sois aussi bien vêtu que tes camarades,
à ce qu'il ne te manque rien ni comme livres, ni
comme maîtres ; mais je n'en viens à bout qu'en
m'imposant beaucoup de petits sacrifices, que j'aurais voulu te cacher toujours, mais qu'il faut que je
te révèle, puisque je n'ai que ce moyen de t'apprendre le prix de l'argent. »

Joseph écoutait.

« Tu m'as toujours vue, mon ami, me lever,
pendant l'hiver, avant que notre petite servante
entrât dans ma chambre ; tu m'as vue faire moi-
même mon feu ; tu as remarqué, car les enfants
remarquent tout, que j'entourais soigneusement ma
bûche de derrière de cendre mouillée, et, quant aux
bûches de devant, au lieu de les jeter l'une sur
l'autre, au hasard, comme font les domestiques, je
les dispose de façon à ce qu'il y ait toujours de l'air
dessous, et jamais sur les côtés. Sais-tu pourquoi ?
Parce que la bûche de derrière, ainsi enterrée, me
dure deux jours au lieu d'un ; parce qu'un feu bien
fait brûle moitié moins vite et chauffe moitié plus
qu'un feu mal fait ; parce qu'enfin, grâce à l'habile
distribution de l'air, tout ce qui brûle chauffe, et que
tout ce qui ne chauffe pas ne brûle pas. Et maintenant, t'expliquerai-je pourquoi je prends tant de
soins, pourquoi, toute vieille que je suis, je me lève
dans une chambre sans feu ? Parce que j'économise

ainsi ma provision de bois, et que, ce que je ne
dépense pas en bois, je puis le dépenser en objets
utiles ou agréables à mon petit Joseph. »

Joseph commença à avoir un peu envie de pleurer.

« Tu vois, ajouta la vieille dame en riant, que
le proverbe ment quand il dit qu'il n'y a que les fous
pour bien faire le feu ; il faut y mettre aussi les grand'-
mères... »

Joseph eut un peu envie de rire.

« Tu me reproches quelquefois, reprit la vieille
dame, car tu es fort coquet pour ta grand'mère.
C'est tout simple, puisque tu m'appelles quelquefois
ta femme...

— Oui, tu es ma femme ! s'écria l'enfant.

— Eh bien, tu reproches quelquefois à ta femme
de ne pas se faire assez belle, de garder trop longtemps le même chapeau ; c'est que, quand je vais
pour en acheter un, je me dis tout de suite : « Si j'a-
chetais, à la place, une jolie casquette à mon petit
Joseph ? »

Joseph commença à faire une horrible grimace
pour s'empêcher de pleurer.

« Enfin, te l'avouerai-je ? tu m'entends quelquefois
dire que si je mets moitié chicorée dans mon café,
c'est que je le préfère ainsi. Ce n'est pas vrai du
tout. J'ai pris vingt ans du moka pur, et comme je
suis friande autant que notre chatte, j'y avais grand
plaisir ; mais le moka est beaucoup plus cher que la
chicorée, et si je m'en donnais toute la semaine,
comment donnerais-je, le dimanche, un bon déjeuner à mon petit Joseph ? »

Oh ! pour le coup, Joseph n'y tint pas, et un

hi! hi! hi! formidable annonça la cataracte de larmes qui lui couvrirent toute la figure.

« Ne pleure pas encore, mon petit, reprit la vieille dame, car je n'ai pas achevé la plus dure partie de mon sermon. Tu as un grand défaut qui en a un autre petit pour cousin germain. Tu n'es pas économe du tout, et tu es un peu gourmand. Je te donne quinze sous par semaine pour tes déjeuners du matin; eh bien, qu'as-tu fait, il y a eu lundi huit jours? Oh! je sais tout, moi. Tu es entré chez l'épicier du coin de la rue, et tu as acheté pour quinze sous de raisin sec. Est-ce vrai?

— Oui, répondit à voix très basse l'enfant, dont la honte sécha les larmes.

— S'il n'en était résulté pour toi, reprit la grand'-mère, que l'ennui de manger ton pain sec toute la semaine, j'en prendrais mon parti, charmée que ta gourmandise fût punie par ta gourmandise; mais, grâce à cette imprévoyante prodigalité, tu es resté pendant sept jours la bourse vide, et ta bourse vide t'a valu une petite humiliation et un grand chagrin. Le jeudi, à la promenade, la rencontre d'un pauvre homme blessé a ému le bon cœur de tes camarades, et on a fait une petite quête pour lui; mais toi, tu n'as pu rien donner, puisque, par ta faute, tu n'avais rien. »

Joseph baissa la tête, comme s'il eût voulu rentrer sous terre.

« Tu vois, mon ami, que l'économie n'est pas seulement l'ordre, la propreté; elle est aussi quelquefois la dignité, la générosité; et je veux te raconter un trait de ma vie qui te montrera qu'elle peut être une forme de l'amour maternel.

« Ton grand-père était un peu dépensier ; c'est
peut-être de lui que tu tiens ce défaut, car les défauts
ressemblent à la goutte, ils sautent parfois une géné-
ration. Quand arriva la Révolution, quand tout le
monde se mit à nous faire la guerre, l'or et l'argent
devinrent rares, et parurent alors les assignats. Je
t'ai expliqué ce que c'était que les assignats. Je
prévis de très loin leur dépréciation, et comme j'ai
toujours eu les qualités de la fourmi, j'amassai à
grand'peine et je serrai avec grand soin quinze louis
en or. Comment mon mari les découvrit-il ? Je ne
sais ; mais cette découverte inespérée le combla de
joie, et il prétendit mettre la main sur mon petit trésor. A quoi je lui répondis nettement : « Oh ! cela,
non ! Cet or est à moi, vous n'y toucherez pas, car
je le garde *pour donner du pain à nos enfants !...* »
Là-dessus, éclats de rire, moqueries, reproches ;
mais je restai inflexible. Bien m'en prit. La guerre
n'enrichit personne ; avec la guerre vint la famine.
Plus de blé, plus de farine, et plus d'argent ! Les
bourgeois les plus riches en étaient réduits à manger cette affreuse pâte noire dont je t'ai montré un
morceau. Alors j'allai chercher mon épargne, et, avec
mes quinze louis d'or, j'achetai ce que je n'aurais
pas pu avoir pour cent mille francs en assignats,
j'achetai un sac de farine, et, la nuit venue, les portes
et les fenêtres bien fermées, je faisais griller, dans la
cheminée de notre salon, de bonnes galettes de pain
blanc, qui sauvèrent peut-être la vie de mes quatre
chers marmots, puisque cette terrible famine tua beaucoup d'enfants. Eh bien, à quoi ai-je dû cet immense
bonheur ? A la prévoyance et à l'économie. »

Ainsi parla la grand'mère. Une mère aurait-elle

pu parler ainsi? Non. Car c'est à son grand âge
même, à sa longue vie de travail, que la vieille dame
devait cet accent à la fois convaincant et touchant
qui gravait profondément dans le cœur de Joseph
cette leçon d'économie et d'histoire.

§ 5.

Un grand événement se produisit alors dans la
vie de Joseph : il acheta une tirelire! Vous êtes-
vous bien rendu compte de ce que c'est qu'une tirelire? Ce petit vase, en terre cuite, avec une bouche
largement fendue en haut, le tout valant à peu près six
sous, représente bien des espérances, bien des cal-
culs, bien des émotions. Chaque fois que le sou,
ou le franc, jeté par l'ouverture, tombe au fond du
vase, le bruit qu'il fait cause à l'enfant une com-
motion intime et profonde, car ce bruit, plus clair
ou plus sourd, plus proche ou plus éloigné, dit l'é-
tiage de la tirelire, c'est-à-dire la hauteur où en est
le trésor, le degré de plénitude de la caisse. Ce degré,
on ne le connaît jamais tout à fait, et on ne peut
jamais le connaître, car un des traits caractéristiques
de ce que j'appellerai la physiologie de la tirelire, ou,
pour mieux dire, la psychologie des possesseurs de
tirelire, c'est de ne pas compter ce qu'ils y jettent,
de tâcher de l'oublier, et même de se tromper eux-
mêmes sur ce qu'ils y ont jeté, c'est-à-dire de se
faire accroire qu'ils en ont mis moins, pour avoir le
plaisir d'en trouver plus... le jour où on la casse.
Quel grand jour! quel battement de cœur quand on
prend le marteau, quand on le voit s'abattre sur les
flancs bruns de la précieuse poterie et faire rouler

à vos yeux toute cette multitude de petites pièces lentement amassées! Oh! ce jour-là, on trouve que l'arithmétique est une bien belle chose, l'addition une bien belle règle, et le mot *total* un bien beau mot!

Joseph avait donc acheté une tirelire. Dans quel but? pour quel objet? Il n'en avait rien dit à sa grand'mère, et sa grand'mère ne lui demanda rien, convaincue qu'il ne faut pas troubler les enfants dans la possession de leurs secrets quand ils sont innocents. Toute conscience a un dernier recoin qui n'appartient qu'à elle. Respectons donc les jeunes cœurs comme les jeunes nids, et ne troublons pas plus l'enfant dans le travail intérieur de ses sentiments et de ses pensées que l'oiseau dans sa douce incubation maternelle. La vieille dame ne pouvait cependant s'empêcher de sourire en voyant les efforts de Joseph pour lui dérober la connaissance de son secret; il n'allait visiter sa tirelire que quand il croyait n'être pas vu. Il y allait souvent. La grand'-mère, avec ses habitudes de commerçante, avait affecté un prix, un tarif à chacune des bonnes notes ou des bonnes places de Joseph; elle y mettait une étiquette, comme à ses marchandises d'autrefois : la croix de *premier* valait tant! vingt bons points, tant! une semaine de bonne conduite, tant! Eh bien, tout était pour la tirelire. Joseph avait une tante, qui, au premier jour de l'an, lui donna, comme étrennes, deux pièces de cinq francs; ce fut pour la tirelire! Au milieu de l'année, un prix de semestre lui valut, de la part de son parrain, un napoléon; pour la tirelire! Enfin la vieille dame apprit, non sans une émotion mêlée de quelque regret, que chaque semaine, Joseph

économisait la moitié de sa pension de déjeuners,
ne dépensait plus qu'un sou par jour, et en mettait huit dans la tirelire. Que projetait-il donc? On
arrivait au 15 août. Le 15 août était à la fois, pour
Joseph, un triste et un doux anniversaire. Sa mère
était morte et sa grand'mère était née ce jour-là.
La vieille dame était persuadée que toutes les dates
de famille, dates de deuil ou dates de joie, peuvent
devenir dans l'âme d'un enfant comme autant de
stimulants et de freins ; elle croyait que le respect de
ces pieuses commémorations, répandues dans le
cours de l'année, crée pour ainsi dire dans les
jeunes consciences une série de jours de pureté, de
repentir, de bonnes résolutions, et qu'une âme bien
née se reprocherait, comme une profanation, de faire
quelque chose de mal un de ces jours-là ; dans cette
conviction, dans cette croyance à l'efficacité des
souvenirs, la vieille dame consacrait toujours le
15 août à une visite au cimetière. Elle menait l'enfant sur la tombe de sa mère et lui parlait longue-
ment d'elle. Quand elle recueillit l'orphelin, elle
s'était fait le serment de lui rendre ses parents
perdus, le plus qu'elle le pourrait, en les lui racontant sans cesse. Grâce à elle, Joseph connaissait
son père et sa mère comme s'il avait vécu avec eux ;
il était au courant de leurs habitudes, de leurs sentiments, de leur langage ; il avait, pour ainsi dire,
leur portrait moral suspendu dans son âme, comme
leur image matérielle au chevet de son lit. Le
15 août, au retour de la pieuse et triste visite, une
personne qui aurait suivi Joseph l'aurait vu se diriger, avec grand mystère, vers une vieille armoire,
y prendre un paquet enveloppé, aller le placer, sans

être vu, sur la table, de travail de sa grand'mère, puis courir se cacher dans un cabinet vitré d'où il pouvait voir sans être vu. La vieille dame arrive. « Qu'est-ce donc que ce paquet? » se dit-elle à elle-même. Joseph, dans son coin, se mettait la main sur la bouche pour s'empêcher de rire. « Ah! bon Dieu! s'écrie la vieille dame après avoir déplié le paquet, ah! bon Dieu! le joli châle vigogne! Qui a pu le mettre là? qu'est-ce qu'il fait là? pour qui est-ce?... » A un petit rire étouffé qui partit du cabinet, elle tourna vivement la tête, et, apercevant l'enfant : « Ah! mon petit Joseph! c'est toi! c'est toi qui me fais ce cadeau! c'est toi qui me fais cette surprise!... Mais accours donc que je t'embrasse!... Quelle folie!... Il est trop joli!... Oh! voilà donc le pourquoi de cette fameuse tirelire!... Que tu es donc gentil!... » Et elle l'embrassait... et elle pleurait... et elle riait... « Mais comment as-tu deviné que j'avais envie d'un châle vigogne?

— Est-ce que tu ne te rappelles pas, répondit l'enfant, qu'il y a six mois, en passant devant un magasin où il y avait beaucoup de châles pareils, tu as dit : « Oh! j'aimerais bien un châle comme cela! »

— Et tu te l'es rappelé après six mois?

— Je ne pense qu'à cela depuis six mois!... Et, toutes les fois que je passais devant le magasin, je regardais toujours s'il y avait encore des châles semblables, et j'avais une peur terrible qu'on ne les vendît tous!

— Mais comment as-tu fait pour l'acheter?

— Je suis entré dans le magasin, et je l'ai acheté.

— Tout seul?

— Tout seul!

— Et penser, reprit la vieille dame en l'embrassant avec passion, que tu as mis là tous tes petits gains d'écolier, toutes tes étrennes, que tu t'es même privé de tes déjeuners, car je sais tout. Mais regarde donc comme il est soyeux. Et moi qui en avais si envie!... Je suis sûre qu'il t'a coûté quarante francs. » A ce mot, l'enfant poussa un tout petit « ah! », puis resta interdit, puis se mit à pleurer. « Qu'as-tu, mon enfant? » Il ne répondit pas, et continua de pleurer. « Qu'as-tu? Je ne te reproche pas cette dépense!... Je le devrais, car c'est une folie; mais je suis si contente que je ne le peux pas!... C'est que tu as eu plus que de la tendresse, tu as eu de l'imagination dans la tendresse. Tu pleures toujours? Qu'as-tu, au nom du ciel, qu'as-tu?

— J'ai... qu'on m'a fait payer ce châle soixante francs! »

La grand'mère resta court. Que faire? Revenir sur la parole échappée et consoler l'enfant en lui disant que le châle valait soixante francs, rien de plus facile; mais d'abord il ne l'eût pas cru, puis c'était mentir, puis enfin c'était perdre l'occasion d'une utile leçon, et la vieille dame, on a pu le voir, avait avant tout un grand sens pratique. Elle reprit donc : « Sais-tu ce que cela prouve, mon cher petit, c'est que les enfants ne peuvent jamais se passer de leurs parents, même pour bien faire. Tu ne pouvais pas me mettre de moitié dans ton secret, puisque tout le plaisir de la surprise eût été perdu; mais ta tante se serait fait une joie de t'accompagner et t'aurait évité le désagrément d'être attrapé.

— Mais pourquoi ce vilain marchand m'a-t-il attrapé?

— Oh! d'abord parce que, s'il y a des marchands honnêtes qui se feraient scrupule de faire tort à un enfant plus encore qu'à une grande personne, il en est qui n'ont pas honte d'abuser de l'ignorance, de l'inexpérience et de la confiance des acheteurs. Si tu avais été plus prudent... Il est vrai que si tu étais prudent, tu serais peut-être moins gentil, tu ne serais plus mon bon petit Joseph qui ne voit rien en dehors de ce que son cœur désire dans le moment présent. En somme, tout est pour le mieux : ton joli cadeau aura été pour moi un grand sujet de joie, et pour toi un utile sujet de réflexion; tu te souviendras toute ta vie du châle vigogne. »

Joseph, voyant qu'en somme sa grand'mère était contente, fut vite consolé.

Le temps s'écoula; la grand'mère vieillit encore davantage, le petit-fils grandit, mais leur affection ne changea pas. Arrivé à quatorze ans, à quinze ans, Joseph ne connaissait pas de plus grand plaisir, le dimanche, que de passer la soirée avec sa grand'-mère et de se faire raconter, pour la dixième fois, toutes les belles histoires du passé. Il ne se nichait plus à côté d'elle dans la vieille bergère de velours d'Utrecht jaune, parce que la bergère était devenue trop étroite pour lui, mais je ne répondrais pas que le grand garçon ne s'étendît encore quelquefois tout de son long sur les genoux de la vieille femme, pour se faire dorloter comme quand il était petit. Il n'y avait de changement que dans les lectures de la soi-rée : Joseph, avec son imagination enthousiaste,

s'était pris de grande passion pour les tragédies de
Corneille; et, quand huit heures sonnaient, les deux
camarades (je ne puis les nommer autrement) met-
taient, c'était le grand régal, dès marrons à cuire
sous la cendre, et on les mangeait au son des beaux
vers de Corneille, car Joseph aimait beaucoup à
déclamer les tragédies tout haut. Je ne suis pas bien
sûr que la vieille dame, dont l'éducation littéraire
était fort peu complète, admirât autant que le faisait Joseph, *Horace, Polyeucte, Cinna* et *Nicomède;*
mais elle admirait Joseph, et Corneille en profitait.

Quelques mois plus tard, un matin, à sept heures,
avant le départ pour le lycée, le chef d'institution
fit appeler Joseph et lui dit de partir tout de suite
pour aller chez sa grand'mère : la vieille dame avait
été prise pendant la nuit d'une fièvre ardente. Joseph
y courut tout bouleversé et rencontra le médecin :
c'était une fluxion de poitrine. Hélas! la pauvre femme
l'avait gagnée en restant, la veille, trop longtemps
à la fenêtre, par un temps de neige, pour voir passer son petit-fils. « La maladie n'est pas forte, dit
tout bas le médecin à la famille, et je l'en guérirai;
mais la malade est bien faible : pourrai-je la guérir
des remèdes, si difficiles à supporter à son âge?... »
Il avait vu juste : le neuvième jour elle était sauvée,
le dixième elle était perdue. Joseph ne la quitta pas
une minute, ni jour ni nuit; en vain le suppliait-elle
d'aller se coucher; quand le besoin de sommeil l'ac-
cablait (la nature est si impérieuse dans l'adolescence), il se jetait dans la vieille bergère au coin
du feu, dormait une heure, et reprenait sa place à ce
chevet. Chose étrange! cet enfant, si vif, si pétulant,
si brouillon parfois, devint calme, précautionneux,

adroit. La garde-malade placée auprès de la vieille
dame ne pouvait parler sans émotion des soins intel-
ligents de ce jeune garçon ; il était aussi habile
qu'elle à soutenir la tête derrière l'oreiller, à présenter la tasse à la malade ; et la malade, avant de
boire, jetait sur lui un long regard plein d'une tendresse immense.

« Allons, grand'mère, bois encore cela, » lui
disait-il en la grondant, car il la grondait, et elle
trouvait une douceur infinie dans ce renversement
des rôles ; elle se sentait devenue comme l'enfant de
son petit-enfant. Hélas ! elle rejoignit bientôt la mère.
Le matin du dixième jour, Joseph sommeillait auprès
du feu ; il s'entendit appeler tout bas. Il courut au
lit. « Mon enfant, lui dit la malade, prends dans la
boîte en bois brun la clef de mon petit secrétaire ;
ouvre-le ; regarde dans le tiroir à droite : tu y trou-
veras dans une grande bourse une somme d'argent ;
cette somme est destinée à payer les frais de mon
enterrement... Envoie chercher notre bon ami l'abbé
F... » A ce mot, le pauvre garçon tomba la tête sur
le lit, en poussant des cris de désespoir et en éclatant en sanglots.

« Allons ! allons ! mon petit Joseph, lui dit-elle
d'une voix douce et calme, ne pleure pas si fort.
Est-ce que tu croyais que je ne mourrais pas !...
Pauvre enfant ! quel chagrin il a !... Ah ! j'ai bien eu
raison de t'aimer comme j'ai fait, tu as un bon
cœur !... Allons ! un peu de courage !... » Et elle
attirait sur sa poitrine cette pauvre tête toute secouée
par les sanglots. L'attendrissement la gagna malgré
elle. « Va ! mon cher petit ! lui dit-elle en l'embrassant, va ! pleure !... tu as raison !... car tu perds

LES QUATRE TÊTES FONT CERCLE AUTOUR DU PETIT TROU. (PAGE 45.)

aujourd'hui ce que tu ne retrouveras peut-être
jamais! Jamais personne ne t'aimera comme ta
vieille grand'mère! Tu rencontreras dans la vie
d'autres affections bien profondes, bien sincères, je
l'espère, mais celle-là... celle-là... cette tendresse
absolue, sans mélange, qui ne s'occupait que de toi,
qui ne remplissait mon cœur que de toi... la con-
naîtras-tu encore? »

Ces paroles augmentant le désespoir de Joseph :
« Égoïste que je suis! dit-elle, voilà que je l'afflige
au lieu de le consoler! Allons! mon enfant, ayons
du courage tous les deux; il s'agit de s'occuper de
choses sérieuses. Et maintenant éloigne-toi; ces
émotions m'ont un peu fatiguée; je tiens à garder
ma tête libre le plus longtemps possible; je t'ai
appris à vivre, je veux t'apprendre à mourir. »

En effet, ses dernières heures furent comme une
muette leçon de courage, de patience contre la douleur, de soumission à la volonté de Dieu, avec, çà
et là, quelques belles paroles de confiance en sa
bonté.

Elle mourut le lendemain, et, toute morte qu'elle
était, elle protégea encore Joseph. Il avait à peine
quinze ans, il lui fallait donc un tuteur; elle désigna
pour cette fonction, par son testament, son parrain,
un vieil ami de la famille, chez lequel elle avait souvent trouvé conseil et appui dans son rôle de tutrice,
et qui continua son œuvre auprès de l'enfant.

A la fin de l'année, il obtint des succès, il rem-
porta des prix; mais il pleura sur ses couronnes,
parce qu'il ne pouvait plus les lui porter, à elle; il
les porta du moins à tout ce qui restait d'elle, et,
quand il fut agenouillé sur ce tombeau, il ne put

s'empêcher de parler à celle qui était enfermée là, et il lui sembla qu'elle lui répondait. Cette douce et consolante habitude de communication avec les morts, c'était encore à sa grand'mère qu'il la devait, car c'était elle qui lui avait appris à regarder les êtres qui ne sont plus comme des absents avec qui l'on peut s'entretenir encore, sinon de bouche, du moins avec le cœur. C'est elle qui l'avait accoutumé à prendre toujours ses parents disparus comme témoins, comme conseillers, comme consolateurs. Le temps marcha ; Joseph devint jeune homme, Joseph devint homme, Joseph devint riche, Joseph devint père, Joseph devint vieux ; mais, parmi toutes ces métamorphoses d'âge et de position, il garda toujours près de lui un compagnon, un ami, qui occupait la première place dans son cabinet de travail, et qu'il interrogea plus d'une fois dans les moments difficiles : la vieille bergère de velours d'Utrecht jaune.

Telle est, mes chers enfants, l'histoire de la grand'mère et de son petit garçon. En écrivant les dernières lignes, j'ai senti que j'allais vous attrister ; je ne me suis pas arrêté cependant, car il y a des larmes qui sont pour le cœur ce que la pluie est pour la terre, elles fertilisent.

A MADEMOISELLE LILI

A PARIS.

Pouliguen, 18 juillet 1875.

Mademoiselle Lili,

Je ne sais pas votre adresse, mais vous êtes si connue à Paris, votre spirituel parrain, M. P.-J. Stahl, vous a fait une telle réputation, que je n'hésite pas à jeter cette lettre à la poste, sans autre désignation que celle que l'on employait pour M. de Voltaire : « Mademoiselle Lili, à Paris. »

Mademoiselle Lili, je suis sûr que vous avez souvent entendu parler d'une chose qui consiste à mettre un grain de sel sur la queue d'un petit oiseau ; je suis sûr que vous avez entendu vanter comme infaillible ce moyen de prendre l'oiseau, et je suis sûr aussi, qu'en personne raisonnable que vous êtes, vous avez haussé les épaules à ce conte, et si quelqu'un s'est avisé de vouloir le soutenir devant vous, vous avez répondu en riant que ce n'était pas vrai, que ce n'était pas possible !... Eh bien ! mademoiselle Lili, vous vous êtes trompée ! J'ai vu, moi, ce matin, quelque chose de plus extraordinaire encore. — De plus extraordinaire que de mettre un grain de sel sur la queue d'un oiseau? — Oui, mademoiselle Lili ! — Eh ! quoi donc? — J'ai vu mettre un grain de sel sur la tête d'un poisson,

qu'est-ce que je dis d'un poisson? de dix poissons,
de vingt poissons, de cinquante poissons, et on les
a tous pris, et on les a tous frits!. Ah! voilà qui
vous étonne! Vous ouvrez de grands yeux, et je
vous entends, quoique le Pouliguen soit un peu loin
de Paris, je vous entends me dire : « Contez-moi
donc cela! » Le voici, mademoiselle Lili. Mais
d'abord il faut que je vous dise que le Pouliguen est
un petit port de Bretagne qui a été créé et mis au
monde par le bon Dieu tout exprès pour toutes les
petites mademoiselle Lili présentes et futures! Tout
est à votre taille dans cette plage mignonne! Elle
s'appelle un port, mais, en réalité, ce n'est qu'une
baie ou plutôt encore qu'une anse; disons le mot,
une crique. Le sable y est si fin que vos petits pieds
pourraient y marcher tout nus sans se froisser;
l'eau y est si basse que vous pourriez y avancer
plus de cinquante pas dans la mer, avant que l'eau
atteignît vos petits mollets; les vagues y sont si
douces que, quand elles vous fouettent, elles ont
l'air de vous caresser; la température y est si tiède,
que vous pouvez vous y promener en chemise sans
frissonner, et le soleil y est si voilé qu'il vous
réchauffe sans vous brûler et vous dore sans vous
noircir. Enfin, pour tout dire en un mot, les mères
laissent leurs petits enfants courir tout seuls sur
cette aimable plage sans être obligées d'y descendre
avec eux, et se contentent de les surveiller de leur
fenêtre ou de leur terrasse tout en continuant leur
tapisserie et leur livre. Assez! assez! me dites-
vous : le sel sur la queue! le sel sur la queue! —
Un peu de patience! mademoiselle Lili, nous y
voici. Or donc, ce matin, à neuf heures et demie,

par un beau soleil, la mer étant basse et retirée à plus
de deux cents pas, nous sommes partis au nombre
de quatre, dans le costume suivant : les dames, en
robe remontant jusqu'aux genoux, pieds nus dans
leurs espartilles à cothurnes rouges ou bleues, un
petit panier d'une main, une petite bêche de l'autre,
et au fond du petit panier, une bouteille d'eau salée
et un bon paquet de sel! Vous entendez bien, un
bon paquet de sel. Même appareil pour les hommes,
qui avaient les jambes nues jusqu'aux mollets.

Arrivés à une place que la marée descendante
avait découverte, nous voilà tous le nez penché vers
le sable, avec des lunettes sur le nez, je parle de
ceux qui, comme moi, naquirent en 1807... et cher-
chant quoi?... De petits trous pareils de forme
et de grandeur au trou d'une clef moyenne. « En
voilà un ! » s'écrie tout à coup un des nôtres. Et
soudain il se penche, prend une pincée de sel et
la dépose doucement sur le petit trou, puis il y verse
quelques gouttes d'eau de sa bouteille. « Silence !
ne remuez pas, ne vous mettez pas devant le soleil. »
Attente générale ! Les quatre têtes font cercle autour
du petit trou, en laissant bien le soleil y arriver.
Au bout de quelques secondes, on voit à l'orifice du
trou sortir comme un petit jet d'eau mêlé de sable
noir. « Il y est ! » dit-on tout bas. Quelques
secondes après, nouveau jet d'eau. « Remettez du
sel, » dit-on, encore plus bas! On remet du sel...
alors... le sable commence à s'agiter, à se gonfler,
à se fendiller... et tout à coup sort... une espèce de
petit bras... ou plutôt de petite corne comme celles
d'un gros limaçon... Un des spectateurs pousse un
cri... et étend vivement la main!... Paff!... la

corne rentre!... Plus personne... le coup est manqué!... On recommence ailleurs... même céré-
monie!... Sel, eau salée, soleil, silence. La corne
reparaît... Tous les cœurs battent!... La corne
s'allonge!... l'émotion redouble!... Puis bientôt,
avec la corne, après la corne... paraît une coquille
de la forme d'une gaîne, et de la couleur d'une
gaîne de chagrin. Oh! pour le coup!... on ne perd
pas de temps!... On se précipite sur la gaîne!...
On tire!... La gaîne résiste! on persiste! Et on
amène un coquillage long de dix centimètres, et
terminé par une queue, ou, si vous l'aimez mieux,
par un pied, d'une substance molle comme la partie
supérieure... On avait pêché un Couteau!... ainsi
s'appelle ce mollusque!... Et cette pêche s'appelle
la pêche aux Couteaux! Par exemple, ayez bien
soin de ne pas le laisser sur le sable, ou sinon...
voilà le *pied* qui se met à travailler comme une
main, comme une pompe, comme tout ce qui creuse
et aspire! Il se contracte, se gonfle... il fait un trou
dans le sable... puis tout à coup la coquille se
redresse ainsi qu'un mât... et pstt!... disparu
comme dans une trappe... Oh! c'est fini!... Il est
perdu!... Vous aurez beau piocher le sable avec
votre bêche!... Il est rentré à plusieurs pieds sous
terre!... mais si vous avez le soin de ne pas le
laisser échapper de cette sorte, vous retournez à la
maison avec un joli plat de friture. Vous enlevez
l'animal de sa coquille... vous le coupez en deux...
vous le faites frire dans la pâte et vous avez un
mets... excellent? C'est beaucoup dire. Figurez-vous
une chair dont le goût rappelle un artichaut qui res-
semblerait à un salsifis. qui se rapprocherait d'un

navet, qui aurait quelque rapport comme résistance avec du cuir!... N'importe! Si vous l'avez pêché vous-même, vous le trouverez délicieux!... Et maintenant, si vous me demandez pourquoi cet animal assez gros signale sa présence souterraine par un si petit trou, pourquoi il ne faut pas se mettre devant son soleil, pourquoi le sel le fait monter à la surface, pourquoi il faut ajouter un peu d'eau à ce sel, pourquoi enfin, et comment un homme a eu l'idée incroyable de cette pêche miraculeuse, je vous répondrai que je n'en sais rien du tout, et que les savants n'en savent pas plus que moi, mais ce que je vous en ai raconté suffira, j'espère, pour vous donner l'envie de voir ce petit port de Pouliguen, que vous connaissez déjà, que vous aimez déjà, car c'est là que s'est passée cette histoire si touchante, si amusante, si poétique, si comique, que votre ami M. Jules Sandeau vous a racontée avec tant de talent, et qui s'appelle *la Roche aux mouettes*.

PORTRAIT D'ENFANT

A M. Er. Desvallières.

Chacun de nous a dans la mémoire et dans le cœur toute une galerie de portraits d'enfants. Ces petites figures, rieuses ou sérieuses, fraîches ou pâles, naïves ou pensives, mais toujours mystérieuses... car l'enfance est le plus grand de tous les mystères, puisqu'elle est pleine d'avenir et qu'elle

4

contient à l'état de germe tout ce qui éclôra ou,
hélas! avortera en nous... ces petites figures, dis-je,
ont passé ou posé devant nos yeux, comme une
joie, comme une espérance, comme une consolation, comme une leçon.

Je voudrais aujourd'hui évoquer un de ces souvenirs.

Mon petit héros était bien jeune quand je l'ai
connu. Il n'avait pas un an. J'ai pourtant dû beaucoup à cette chère petite créature. Ceux d'entre nous
qui sont restés à Paris pendant le siège savent que
les plus dures épreuves n'ont pas été le danger, la
fatigue des gardes aux remparts, les privations ma-
térielles, mais surtout les privations morales, c'est-à-
dire l'absence de la femme et des enfants, la maison
vide, la table à un seul couvert, et les longues
soirées passées dans l'isolement. Eh bien, ce petit
enfant d'un an reforma pour moi un centre de
famille; voici comment. Sa mère l'ayant mis au
monde quelques jours après l'investissement, il lui
fut impossible de s'éloigner, et elle resta à Paris
avec son nouveau-né et son mari. Pour échapper à
la tristesse de ma solitude, j'offris aux parents de
cet enfant, qui comptent parmi mes plus chers amis,
de réunir mes modestes provisions de siège aux leurs
et d'aller dîner avec eux. Ils acceptèrent, et j'arrivais
chaque jour à sept heures, transi de froid et tout
assombri par les malheurs publics.

Eh bien, lorsqu'en entrant je voyais, au coin du
feu, ce petit enfant sur les genoux de sa mère et
éclairé par la clarté de la lampe de famille, il me
semblait retrouver un chez moi, et mon noir chagrin
se calmait. Il y a toujours, dans l'aspect de ce qui

est innocent et pur, un certain charme apaisant.
Mais, dans les circonstances où nous nous trouvions,
cet apaisement était presque une joie. Jamais je n'ai
rien vu de si aimable que ce visage. Dès que j'arrivais, il me souriait; on eût dit qu'il voulait me consoler. Avec ses regards tendres, ses lèvres roses et
entr'ouvertes, ses petits cheveux châtains tout frisés,
et sa tête qui s'avançait affectueusement vers moi,
il ressemblait à un Corrège. Il avait les yeux bruns
de son père, mais tout baignés de la limpide clarté
des yeux bleus de sa mère. Si douce était l'expression de sa figure, si douce était sa petite âme, qu'au
lieu de lui donner son nom de Marcel, je l'appelais toujours Abel. J'eus le bonheur de lui être utile
un jour.

Nous touchions à la fin de novembre. Nos provisions s'épuisaient, l'enfant commençait à souffrir un
peu des privations de la mère. Dès que le lait de la
nourrice s'appauvrit, le nourrisson pâlit... et Marcel
pâlissait. Un jour donc, je traversais la rue, une
femme jeune encore sort vivement de sa boutique et
vient à moi; je reconnais la bouchère de notre
quartier.

« Monsieur, me dit cette femme tout émue, il faut
que vous me permettiez de vous serrer la main.
J'assistais, jeudi dernier, à votre conférence sur l'ali-
mentation morale; je suis revenue toute ranimée.
« Cet homme-là m'a rendu le courage, ai-je dit à mon
« mari... c'est fini! je ne me plaindrai plus! Voilà
« ce que je vous dois, monsieur. » Puis tournant
tout à coup à droite et à gauche un regard inquiet,
comme lorsqu'on a peur d'être dénoncé, elle me dit
tout bas :

« Voulez-vous un gigot ? »

Vous jugez si j'acceptai !

J'arrivai dans la soirée chez notre hôtesse, enveloppé dans mon manteau jusqu'au menton ; puis, l'ouvrant tout à coup, comme Almaviva dans *le Barbier de Séville,* je brandis en l'air mon gigot cru... qui fut salué d'un cri universel d'admiration, et, comme dans ce temps-là, les gigots duraient plus d'un jour et que la reconnaissance de ma bouchère dura plus d'une semaine, j'eus le bonheur d'être pour quelque chose dans les couleurs qui refleurissaient sur les joues de l'enfant. Dans toute ma carrière dramatique, je n'ai jamais touché de plus beaux droits d'auteur.

Après le siège vint la Commune. J'offris un asile dans notre petite maison de campagne au père, à la mère et au cher petit ; je pus leur rendre l'hospitalité qu'ils m'avaient donnée à Paris, hospitalité également utile pour nous et pour eux. Une partie de la maison était occupée par des officiers prussiens, et nous entendions, le soir et le matin, le bruit sourd de la canonnade des forts... Eh bien, quand l'angoisse nous saisissait trop violemment, quand ces bruits sinistres et cette vue odieuse nous faisaient trop mal, nous emmenions l'enfant au fond du bois, là où nous ne pouvions rien voir et rien entendre... nous l'asseyions au milieu des violettes qui commençaient à s'ouvrir, et sous les arbres dont les bourgeons s'épanouissaient en petites feuilles, puis nous nous rangions autour de lui, comme dans les tableaux du Pérugin les fidèles se penchent et s'agenouillent autour de la crèche, et le doux rayon de ses yeux souriants luisait dans nos âmes comme une clarté divine. A Paris, je l'appelais la *petite lumière du siège;* là, à la campagne, son regard nous consolait encore, nous rassurait encore... Vous devinez le dénoûment, vous vous apercevez que je dis... *je l'appelais, il souriait, il était...* Hélas! c'est qu'en effet, tout cela n'est plus! Cette pauvre petite fleur brisée est-elle une victime de plus à ajouter à tout ce que nous a ravi cette horrible guerre? Les rigueurs du siège l'ont-elles atteint jusque dans le sein et dans les bras de sa mère? Je ne sais; mais bientôt un coup terrible l'a emporté presque subitement.

Il est bien rare que les enfants aussi jeunes aient une physionomie particulière; cet enfant d'un an en avait une, il était déjà quelqu'un; son regard me reste devant les yeux, comme le sillon lumineux que trace derrière elle une étoile filante en traversant le ciel. Il a laissé cette impression même chez des enfants: Quelque temps après sa mort, une petite fille de quatre ans, sa cousine, était assise un peu songeuse près de sa mère. Tout à coup, relevant la tête : « Dis donc, maman, il pousse maintenant de petites ailes à Marcel, n'est-ce pas? »

UNE COMPOSITION EN ÉCRITURE

A Mademoiselle Georgina Desvallières.

§ 1.

« Grand-père, pourquoi écris-tu si mal?... »

Telle fut la question dont me salua ce matin ma petite-fille.

« Comment! mademoiselle... » répondis-je en prenant cet air piqué qui fait partie du petit rôle que les parents jouent volontiers avec les jeunes enfants et dont ceux-ci ne sont jamais dupes. Nous *faisons sans cesse semblant* avec eux, et ils s'y prêtent; nous sommes leurs comédiens ordinaires.

« Comment! mademoiselle, répondis-je donc, pourquoi j'écris si mal? Eh! qui vous a dit que j'écrivais mal?

— Tout le monde, grand-père.

— Qui ça, tout le monde?

— Maman, papa, mes frères, tes amis, ma marraine, mon...

— Assez! assez! Eh! que reproche-t-on donc à mon écriture, s'il vous plaît?

— Maman dit que, quand tu as des *i* à écrire, tu ne mets que les points. M. H... prétend que non seulement on ne peut pas te lire, mais que tu ne peux pas te relire toi-même. Ton ami M. B... raconte qu'un jour, invité par toi à dîner, il ne vint pas parce qu'il n'avait jamais pu déchiffrer ta signature.

— C'est un niais! Puisqu'il ne pouvait pas lire, il aurait dû comprendre que c'était moi qui l'invitais. Eh! qu'est-ce qu'on dit encore?

— Les uns disent que ton écriture ressemble à des hiéro... hiéro...

— Hiéroglyphes.

— C'est ça!... les autres à un gribouillage.

— Ah! voilà comme on me traite! Eh bien, nous allons voir, mademoiselle! Tu écris très bien, toi, n'est-ce pas?

— J'ai eu un prix d'écriture à mon cours!

— Eh bien! mets-toi là. Prends une plume, une feuille de papier... et assieds-toi devant cette table. Tu y es? Oui. Je vais me mettre en face de toi, prendre comme toi du papier, une plume, et nous allons composer.

— Composer en écriture?

— Oui.

— Bravo! bravo! reprit l'enfant en battant des mains. Eh! que me donneras-tu si je gagne?

— Tout ce que tu voudras.

— Eh bien, je voudrais une belle poupée anglaise, en cire!... ou plutôt non, un petit berceau avec ses rideaux pour coucher la poupée que j'ai!... ou plutôt...

— Pas si vite! pas si vite! Attends d'abord que tu aies gagné.

— Ah! cela! j'en suis bien sûre.

— Vraiment! Eh bien, à l'ouvrage! »

Nous voilà donc tous deux penchés sur la table, avec un modèle de six ou huit lignes à écrire; et

attentifs ! et la figure contractée ! Notre travail fini :
« Prends ces deux pages, dis-je à l'enfant, va les
porter à la maîtresse de français de ton petit frère
qui vient d'arriver ; elle n'a pas de préventions contre
moi, elle ! demande-lui laquelle de ces deux pages
est supérieure à l'autre. »

L'enfant part en courant, et revient l'air tout
consterné.

« Eh bien?

— Eh bien, la maîtresse dit que c'est ta page qui
est *la mieux*.

— Ah ! ah ! mademoiselle, répondis-je d'un air
de triomphe.

— Mais alors, grand-père, reprit l'enfant, pourquoi n'écris-tu pas toujours comme cela?

— Oh ! pourquoi?... pourquoi?... c'est assez difficile à t'expliquer... Essayons pourtant. Vois-tu,
fillette, tu vas être bien surprise si je te dis qu'on
n'écrit pas seulement avec ses doigts.

— Avec quoi donc, alors?

— Avec toutes sortes de choses.

— Lesquelles?

— On écrit avec ses yeux d'abord, puis avec son
âge, avec sa santé, avec son caractère, avec son
humeur d'aujourd'hui ou avec son humeur de tous
les jours... avec son imagination.

— Je ne comprends pas, dit l'enfant en m'interrompant.

— Tu vas comprendre ; seulement écoute-moi
bien. Pourquoi ai-je bien écrit ces huit lignes?
D'abord parce qu'il n'y avait que huit lignes ; puis,
parce que toute mon attention était concentrée sur
cette page ; je vivais, pour ainsi dire, tout entier

dans mes dix doigts. Quand j'avais ton âge, et tant que j'ai été écolier, mon écriture était, sinon élégante, du moins correcte, parce que des mots mal tracés, des lettres illisibles m'auraient compté comme des fautes de grammaire ou de style, et qu'un devoir mal écrit eût pu être classé comme un devoir mal fait. L'émulation, le désir de rester au premier rang, la sévérité de la règle contenaient donc ma main et maîtrisaient ma vivacité; mais, quand avec l'âge je devins mon maître, quand je n'eus plus personne derrière moi pour me contraindre et me punir, ma maladresse de doigts, car je suis naturellement très maladroit, commença à reprendre le dessus, et plus tard, lorsque je me mis en tête de composer des pièces de théâtre, oh! alors, l'imagination s'en mêlant, et l'impatience de mon esprit passant dans ma main... Mais tiens! je vais t'expliquer ces mots que tu ne comprends peut-être pas davantage, par un fait que tu as vu; c'est à ton souvenir que je vais en appeler.

— A mon souvenir? dit l'enfant.

— Oui. Tu te rappelles que, ce printemps, je descendis un matin au jardin, que je m'installai près de ta mère, avec mes papiers, et que je me mis à écrire à côté de vous une scène de comédie?

— Oh! oui! je me le rappelle!

— Eh bien, comment étais-je?

— Oh! tu étais très drôle! En commençant tu tenais bien ta plume, tu allais doucement, tu avais l'air très tranquille. Mais, à mesure que tu avançais, voilà que tu t'es mis à froncer les sourcils, à serrer les lèvres, et puis tes doigts remontaient, remontaient le long du tuyau de plume.

— C'est cela, et ils se crispaient! Et ils pétris-saient la plume! Et ils avaient l'air de lui en vou-loir de ce qu'elle n'allait pas assez vite!... Et ils l'écrasaient sur le papier!

— Oui! oui! s'écria l'enfant.

— Et la pauvre plume, harcelée, prenait le mors aux dents comme un cheval emporté, et, de cahots en cahots, elle est arrivée à la dernière page, c'est-à-dire au plus affreux griffonnage.

— Ah! oui! oui!... C'est bien vrai! s'écria ma petite-fille en battant des mains. Quand tu as eu fini et que tu as eu donné ta scène à maman pour la copier, elle est partie d'un grand éclat de rire. Et elle m'a dit : « Regarde-moi ça!... » Et c'était un tas de petits points, de petits dessins, de petits zig-zags... de toutes sortes de choses enfin, mais des mots... surtout à la fin, il n'y en avait pas un!...

— Rien de plus simple. Je n'avais pas écrit avec mes doigts, mais avec ma tête. C'est ce qui m'ar-rive tous les jours, même quand j'écris une lettre. Les deux premières lignes sont toujours très lisibles, mais à la troisième, voilà que je commence à prendre le petit trot... alors... la débandade commence.

— Mais, grand-père, pourquoi ne te corriges-tu pas?

— Je ne peux pas.

— Applique-toi! Maman me dit toujours, quand je fais mal : « Mademoiselle, c'est votre faute! c'est parce que vous ne vous appliquez pas! »

— Je ne peux plus m'appliquer, je suis trop vieux; l'habitude d'écrire vite est devenue une ma-ladie incurable chez moi, et l'habitude d'écrire vite, c'est l'habitude d'écrire mal. Dieu sait cependant

combien je l'ai maudite! Si je te racontais tout ce
que ma mauvaise écriture m'a valu d'ennuis, de
désagréments, d'humiliations! Mes amis ont l'air
de rire de mon défaut; mais, au fond, ils le blâment
ou s'en irritent, ils ont raison. C'est une impolitesse
de mal écrire, car c'est donner de la peine à ceux
qui vous lisent; et c'est une sottise, car c'est gâter
ce qu'on écrit. Tu entendras dire dans le monde par
des personnes qui vous flattent tout haut, quittes à
se moquer de vous tout bas, que mal écrire est le
fait des gens d'esprit. Réponds-leur en leur montrant des lettres que je t'ai fait voir cent fois, des
lettres de M. Guizot, de M. Mignet, d'Alexandre
Dumas père, qui sont des modèles de calligraphie!
Écris bien, fillette, écris bien! Une jolie écriture
pour une femme, c'est comme une jolie toilette, une
physionomie aimable, un agréable son de voix; cela
prévient en sa faveur, on est porté à penser du bien
d'elle.

— Mais alors, grand-père, reprit l'enfant qui
m'avait écouté attentivement, c'est donc vrai ce que
disait l'autre jour à dîner ton ami M. K...?

— Que disait-il?

— Qu'on pouvait juger le caractère des personnes sur leur écriture.

— Oh! oh! pas si vite! C'est une grosse question
que celle-là, mademoiselle! Je te demande à y réfléchir... »

Nous nous séparâmes là-dessus, et je descendis
au jardin, en réfléchissant. Ma première pensée fut
d'admirer comme cette éducation de famille est
féconde en résultats imprévus. On part d'un enfan-
tillage et on arrive à une question sérieuse. Cette

composition en écriture m'avait conduit à un des
problèmes physiologiques et psychologiques les plus
mystérieux, les plus controversés, la relation de
l'écriture et du caractère. Une fois sur cette voie,
mon imagination ne s'arrêta pas en route ; je me
mis à penser au problème lui-même, à sa solution,
à chercher les moyens d'y arriver, et, de réflexions
en réflexions, je me trouvai poussé... devinez où?
Dans un de nos établissements scientifiques les plus
considérables, dans un de nos plus riches trésors
historiques, à l'ancien hôtel Soubise, aux Archives
nationales ; mon rôle d'élève commençait.

§ 2.

Il y a, aux Archives nationales, une collection que
je recommande à tous les amateurs de curiosités
historiques. Dans cinq grandes pièces, restaurées
avec un goût charmant, et qui étaient jadis la salle
des gardes, le billard, le salon et la chambre à coucher de la duchesse, se trouve aujourd'hui, ras-
semblée et comme résumée, toute une histoire de
France. On a souvent essayé de représenter les
diverses phases du passé et la marche de la civilisation par une succession chronologique d'édifices,
de monuments, de tableaux, de portraits d'hommes
illustres ou de souverains ; c'est l'histoire racontée
par l'architecture et la peinture. Aux Archives, c'est
l'histoire racontée par l'écriture. Sur ces murailles,
en effet, figurent et se déroulent une foule de manuscrits qui, s'étendant des Mérovingiens aux dernières années de la Restauration, représentent, pour
ainsi dire, comme dans un tout petit miroir et par

un tout petit côté, la marche générale de l'industrie, de l'art et de l'éducation nationale.

C'est d'abord la transformation du papyrus en parchemin, et du parchemin en papier, qui nous fait assister à la création d'un des plus merveilleux outils de la civilisation. Que serait le monde moderne sans le papier?

C'est ensuite l'apparition de l'écriture gothique, qui, se substituant à l'écriture romaine en même temps que les cathédrales remplacent les temples romans, signale comme elles, dans le monde de l'art, l'avènement de la charmante et capricieuse déesse du moyen âge, l'imagination.

C'est enfin, c'est surtout l'éclatant témoignage du développement de l'instruction par l'entrée en scène de l'écriture individuelle. On sait que l'écriture a été longtemps la prérogative des scribes. Quelques-uns écrivaient pour tout le monde. Eginhard nous apprend que le grand Charlemagne ne savait pas écrire. Quand les croisés du XIIIᵉ siècle arrivèrent à Constantinople, ils se moquèrent des Byzantins qui portaient une écritoire à leur ceinture, et on connaît cette formule consacrée dans les actes passés par la noblesse : « Ledit seigneur a déclaré ne pas savoir écrire, attendu sa qualité de gentilhomme. »

L'ignorance constituait alors un privilège.

C'est au milieu du XIVᵉ siècle que la belle collection des Archives nous offre pour la première fois l'intervention de la main de l'homme dans les actes de sa volonté. Au bas d'une vitrine de la troisième salle, sur un parchemin jauni, à la fin d'un traité fait par un duc de Lorraine, on lit ce mot et cette date : « René, 1350; » c'est l'apparition de l'autographie dans l'histoire et dans la vie. Une fois le mouvement donné, il se développe rapidement et se produit en une foule de manuscrits qui sont autant de témoignages curieux des temps où ils apparaissent. L'écriture des Valois est fine, mince, élégante, et rappelle la grâce un peu allongée des figures de la Renaissance.

Avec Louis XIV se développe cette écriture solide, grande, régulière, qui semble l'expression naturelle de la littérature classique; enfin, voici dès le début du xviiie siècle et jusqu'au xixe, tout le flot de lettres individuelles, dont le nombre immense témoigne de l'extension infinie des relations sociales, et vous voyez revivre devant vous, contre signés des noms les plus illustres, les actes sublimes ou atroces, les événements terribles ou heureux qui ont enchanté, épouvanté et immortalisé les cent cinquante ans qui nous séparent de la mort de Louis XIV.

Parmi les documents les plus curieux de cette collection se trouvent deux lettres signées, l'une de Bonaparte, général en chef, l'autre de Napoléon, empereur. La première, sans doute, est irrégulière, abrupte, violente, et témoigne d'une force impétueuse et brutale, mais enfin elle ressemble à de l'écriture. On voit que celui qui écrit a besoin qu'on puisse le lire. Une fois empereur, il faut qu'on le devine! Pas un mot achevé! pas une lettre formée! pas une règle orthographique observée! Il traite les caractères et la grammaire avec le même mépris que les hommes. Il les écrase, il les torture, il écrit comme il monte à cheval. Quant à ceux à qui il s'adresse, tant pis pour eux s'il est illisible. Les despotes d'Orient parlent par gestes, et on comprend ; il parle, lui, en hiéroglyphes ; qu'on le déchiffre ! Cet homme a trouvé moyen de faire de l'autocratie avec l'écriture !

On le voit, j'avais insensiblement passé du domaine des faits dans le domaine de l'induction ; la vue de ces témoignages autographiques me ramenait à la question posée par ma petite-fille, et peu à peu s'éveilla en moi toute une suite de réflexions et d'observations sur ce sujet. Quelle chose étrange ! me disais-je : tout le monde se moque des gens qui prétendent juger du caractère par l'écriture, et tout le monde les imite.

Vous êtes dans un salon ; arrive une lettre d'un personnage illustre ; quel est le premier mot qui sort de votre bouche ? « Montrez-moi son écriture ! » Après un examen attentif, qu'ajoutez-vous toujours ? « Je lui supposais ou je ne lui supposais pas cette écriture-là. » Pourquoi ? Pourquoi notre goût pour les collections d'autographes de personnages célèbres ? Pourquoi attache-t-on mille fois plus de prix à quelques lignes insignifiantes signées d'un nom illustre qu'à la page la plus éloquente d'un inconnu ? Pourquoi les éditeurs des livres renommés prennent-ils tant de soins pour joindre au portrait de l'auteur quelque fac-similé de son écriture ? Pourquoi avons-nous tant de regrets d'avoir si peu de lignes de la main de Molière ? Pourquoi ? pourquoi ? Parce qu'en dépit des railleries, nous sentons d'instinct que tout se lie et se tient dans l'homme, que tout ce qui part de lui témoigne de lui, et que, par conséquent, l'écriture a la valeur, non pas d'un portrait, mais d'un indice, d'un renseignement, d'un reflet, d'un écho, d'un parfum, d'une émanation. Ne jugez-vous pas les hommes sur leur démarche, sur leur physionomie, sur leur son de voix, sur leurs gestes? Or, qu'est-ce que l'écriture, sinon un geste, et le plus expressif de tous les gestes? Car il est non seulement l'image de notre naturel, mais le produit de notre éducation, et il révèle à la fois ce que nous sommes et ce que nous faisons. Comment notre écriture ne dirait-elle rien de notre caractère, c'est-à-dire de nos habitudes constantes, quand elle reflète si fidèlement toutes nos dispositions accidentelles de cœur, d'esprit et de corps?

Notre écriture se modifie, et se modifie profondément, selon notre état de santé, selon notre humeur, selon la personne à qui nous nous adressons, selon l'objet pour lequel nous écrivons. On n'écrit pas une pétition de la même main dont on la repousse. On n'écrit pas à son supérieur comme à son inférieur; on n'écrit pas à une femme avant le mariage comme on lui écrit après. Avant, nous sommes tous des calligraphes; après, nous sommes presque tous des barbouilleurs

Notre écriture change avec notre situation.

J'ai lu, dans un livre très intéressant de M. de Beauchesne, deux lettres écrites à quelques mois de distance par le pauvre petit Louis XVII. Quand l'enfant entre au Temple, son écriture est charmante, pleine d'élégance dans sa gaucherie enfantine; on y sent une éducation de gentilhomme. Un an après, quel changement! Les caractères sont déformés, abêtis; on dirait une écriture d'idiot; toutes les tortures physiques et morales de ce pauvre petit martyr et tous les forfaits de son bourreau sont écrits là dans ces quelques mots.

Je pourrais ajouter plus d'un fait significatif à ces observations : j'ai remarqué, par exemple, que presque tous les hommes raisonnables et froids écrivent droit, que les hommes mous et indécis ont une écriture qui descend, et les hommes d'imagination une écriture qui monte. Autre remarque singulière : aujourd'hui, en France, il y a encore un certain nombre de familles où se retrouve la grande écriture un peu monumentale, un peu lourde, mais pleine de dignité, du siècle de Louis XIV. Savez-vous à qui appartiennent toutes ces familles? A la haute aristocratie. Elles ont conservé ces caractères comme une tradition, comme une distinction ; leur écriture est le témoignage de leurs prétentions nobiliaires, le reste de leurs privilèges ; elle fait partie de leur blason.

Que conclure de tout ceci? Que la graphologie est une science, et que les autographes offrent un élément certain de diagnostic moral? A Dieu ne plaise! Les faits réfutent trop souvent cette théorie, et j'y trouve un démenti trop terrible dans la collection des Archives : Louis XVI et Robespierre ont la même écriture. Je me borne à dire que les études autographiques ne sont pas sans valeur dans les études psychologiques, que ce goût va bien à l'esprit curieux et investigateur de notre temps, et que, dans cette vaste enquête ouverte par le xixᵉ siècle sur l'âme humaine, parmi cette foule de témoins à charge et à décharge, un des plus amusants à citer et à consulter, en s'en défiant un peu, c'est l'écriture.

Tel fut le résultat de ma visite aux Archives. J'avais emmené ma petite-fille avec moi. Je lui montrai l'une après l'autre ces cinq belles chambres

5

dans le plus grand détail, je lui expliquai le sens de
tous ces documents ; je tâchai de rattacher ces aperçus, si nouveaux pour elle, à son petit bagage de
connaissances acquises ; enfin je lui communiquai
en partie, sous une forme familière, les réflexions
que m'avait inspirées notre excursion historique.
Comprit-elle tout? Non. Comprit-elle complètement?
Non. Eus-je raison pourtant de l'initier à ces pensées nouvelles? Oui. Les jardiniers disent que, parmi
les graines semées par eux, il en est qui ne lèvent
que deux ou trois ans plus tard. Elles dorment pendant quelque temps, puis, un jour, elles s'éveillent.
Ainsi en arrive-t-il de certaines idées jetées dans
l'esprit des enfants. Ces idées sont au-dessus de
leur âge? N'importe. L'âge et les idées se mettront
un jour d'accord. Semez toujours ! seulement, veil-
lez bien au choix des graines ! Rappelez-vous qu'il
y a des plantes vénéneuses ! Ne prenez que des
semences saines, fécondes, nourricières, de la fleur
de semences ! Quant à l'époque de la fructification,
faites crédit à l'enfant, il s'acquittera un jour : c'est
de l'enseignement placé à échéance.

LES DEUX RÉVEILS

A M. René Vallery-Radot.

Comme les mots sont d'imparfaites images des
choses ! Le même mot a un sens tout différent,
éveille en nous des idées toutes différentes, si les

objets auxquels il s'applique diffèrent. Par exemple :
Quoi de plus charmant que ce mot, le réveil d'un
enfant? quoi de plus triste que celui-ci, le réveil
d'un vieillard?

L'enfant s'éveille comme la fleur s'ouvre. La nuit
a travaillé pour lui comme pour elle. La fleur
s'ouvre au matin plus fraîche, plus parfumée, plus
épanouie. L'enfant s'éveille plus rose, plus gai,
plus fort. Ses lèvres brillantes et humides semblent
couvertes de rosée; ses petits cheveux frisés et
collés aux tempes par la légère sueur du matin, lui
font comme une couronne; ses jambes et ses bras
sortant à demi et par échappée de dessous ses
draps, ont l'air de marbre rose; à peine ses yeux
ouverts, il se met à rire... A quoi rit-il?... A la vie!
C'est une amie qu'il retrouve! Si radieuse est sa
figure qu'il semble revenir d'un paradis et rentrer
dans un autre. Il ne descend pas de son lit, il saute
à bas, demi-nu, et dès le premier pas, le voilà en
possession de tout lui-même : ses mouvements sont
libres, faciles, moelleux; il est toute souplesse et
toute grâce.

Le réveil du vieillard est triste et lent. On dirait
que le repos l'a fatigué. Il s'enfonce sous ses cou-
vertures, de peur que l'air ne le frappe; ses yeux
ont peine à soutenir la clarté du jour; sa tête est
lourde. S'il a quelque souffrance habituelle, elle
s'éveille en lui avant lui; elle semble l'attendre; et
il est encore engagé dans les limbes du sommeil,
que son infirmité lui dit tout bas : Je suis là! Ses
membres sont raidis comme des ressorts rouillés;
il entre péniblement dans la possession de chacun
de ses organes; respirer, se mouvoir, parler, sont

autant d'actes qui ne vont pas pour lui sans effort.
La résurrection même de ses facultés ne se fait pas
d'un seul coup ; elles renaissent en lui l'une après
l'autre ; il semble qu'il ait appris la mort et désap-
pris la vie.

Voilà, certes, deux spectacles bien différents :
autant l'un est riant, autant l'autre est sombre. Eh
bien, vieillard, veux-tu que ton réveil soit le plus
beau des deux? Cela dépend de toi. L'enfant qui
s'éveille ne pense qu'à lui-même ; toi, ne pense
qu'aux autres. L'enfant s'éveille pour jouer, pour
jouir, pour être heureux ; tous les projets qu'il forme
pour cette journée qui commence n'ont pour objet
que des châteaux en Espagne d'amusements et de
plaisir ! Toi, éveille-toi pour méditer, pour travailler, pour souffrir patiemment, et organise dans ton
imagination ce jour de plus que Dieu t'accorde, en
vue de la joie de tout ce qui t'entoure. L'enfant n'a
guère pour vertu que de ne pas faire le mal ; que
la tienne soit de faire le bien ! Je ne sais, certes, rien
de plus touchant que l'hymne dicté par le poète à
l'enfant qui s'éveille. Ce petit être s'agenouillant sur
son lit à la voix de sa mère, joignant ses deux mains
dans les mains de sa mère, et mêlant sa faible voix
au chœur universel qui glorifie le Créateur, nous
émeut comme la vue même de l'innocence et de la
pureté. Mais que demande-t-il à Dieu? Il le prie,
prière bien touchante, de donner la santé à celui qui
souffre, la liberté au prisonnier, une demeure à
l'orphelin, le morceau de pain à l'indigent ! Eh bien,
toi, vieillard, tu peux mieux faire encore. Supplie
Celui qui tient en sa main les âmes et les choses,
supplie-le de mettre en toi, de te donner à toi, la

charité qui nourrit le pauvre, la pitié qui console le
malade, le courage qui brise les captivités injustes,
la paternité qui adopte l'orphelin, et alors, crois-
moi, l'hymne même de l'enfant ne sera pas plus
beau que la prière du vieillard à son réveil.

LA GREFFE MORALE

A M. Ed. Charton.

Bien peu d'hommes ont reçu de la nature une
qualité complète. Bien peu d'hommes naissent complètement justes, complètement sincères, complètement courageux. Il en est des qualités humaines
comme des charges d'agents de change; les plus
riches n'en possèdent qu'une fraction, et comme il
n'y a guère que des quarts ou des tiers d'agents de
change, il n'y a guère aussi, du moins de naissance,
que des quarts de héros, et même des quarts d'honnêtes gens. Dieu en use avec nous comme un sage
père de famille; il nous donne un petit capital de
vertus, pour que nous ayons le mérite de l'augmenter par le travail et d'en faire ainsi notre véritable
propriété en en faisant notre œuvre.

Mais comment atteindre ce but? par quel moyen,
par quelle méthode cultiver et développer nos qualités incomplètes? Je comprends facilement les
diverses manières de corriger un défaut; il ne s'agit
que de punir, de comprimer, de refouler, de tuer
quelque chose enfin! mais faire éclore! faire naître!
faire vivre! combien l'œuvre est plus difficile! Si

votre enfant n'a qu'une lueur de bonté, qu'un germe
de droiture, qu'une parcelle de courage, comment
vous y prendre pour faire de cette lueur une flamme,
de ce germe un rameau, de cette parcelle un tout
vivant et solide?

Ce problème m'a souvent agité dans le cours de
mes études sur les rapports des pères et des enfants
au XIX⁰ siècle, et je n'y avais guère trouvé de solution, quand, l'été dernier, l'horticulture m'en donna
une, et en me promenant dans mon jardin, l'esprit
tout rempli de cette question, il me sembla entendre
un rosier qui me répondait.

Quand on possède un rosier d'une espèce rare et
délicate, quand on craint de le perdre et qu'on veut
le conserver, que fait-on? On prend son greffoir, on
détache du frêle arbuste un germe, un œil, comme
on dit en botanique, puis on le greffe sur quelque
églantier vigoureux; et, l'été suivant, cet œil, s'étant
nourri pendant plusieurs mois des sucs puissants du
sauvageon, devient à son tour un rosier robuste, qui
s'épanouit en larges fleurs et en riche feuillage.

Eh bien, toute âme humaine a ses sauvageons, je
veux dire ses dispositions natives et vigoureuses, où
circule la sève énergique de l'églantier des bois. Chez
les uns, c'est la fermeté, chez les autres, c'est la
tendresse; tantôt c'est le bon sens, tantôt c'est l'imagination; parfois même c'est une qualité compliquée
d'un défaut, comme par exemple l'orgueil, qui, d'un
côté, confine à la fierté qu'on peut appeler une vertu,
et, de l'autre, à la vanité qui est le plus grand de tous
les vices... quoiqu'elle ne se trouve pas comprise
dans les péchés capitaux, sans doute parce qu'elle
en comprend deux ou trois à elle toute seule.

Or donc, pourquoi les pères n'imiteraient-ils pas les jardiniers? pourquoi, dans l'éducation de nos enfants, ne chercherions-nous pas à écussonner leurs qualités débiles sur leurs qualités vigoureuses?

Pourquoi, par exemple, si nos enfants ne sont courageux que de temps en temps, c'est-à-dire à moitié courageux et à moitié pusillanimes, ne mettrions-nous pas leur petit courage en nourrice chez quelque brave vertu robuste? J'entends d'ici votre objection : le courage est un don de nature, une affaire de tempérament; on l'a ou on ne l'a pas; cela ne s'apprend ni ne s'acquiert. Je proteste contre cette théorie; il ne faut jamais consentir à une aggravation du péché originel, ni ajouter aux fruits défendus les qualités défendues. Vous l'avouerai-je? il me semble même que mon procédé d'horticulture s'applique particulièrement au courage.

Je pourrais, en effet, prouver par des exemples célèbres que la vaillance est une vertu essentiellement composite, et qu'il y entre une foule d'autres éléments que la vaillance même. Je pourrais vous montrer que l'héroïsme, c'est-à-dire l'énergie poussée jusqu'au sublime, n'est souvent qu'un faible courage enté sur un grand sentiment du devoir et que le mot peureux n'est pas synonyme du mot lâche; car la lâcheté, c'est de la peur consentie, et le courage n'est souvent que de la peur vaincue. Je pourrais citer le grand Turenne, tremblant de tous ses membres le jour d'une bataille, et jetant à son corps cette admirable apostrophe : « Tu trembles, vieille carcasse! Tu tremblerais bien plus si tu savais où je vais te mener! » Et Henri IV donc! Henri IV, que le premier coup de canon métamorphosait en *monsieur Argan,* et qui

s'écriait avec sa verve béarnaise : « Ah! scélérats
d'Espagnols! Vous me le payerez!... » Mais j'aime
mieux chercher mes autorités un peu moins haut, un
peu moins loin, et vous offrir pour exemples un garçon
de quinze ans et une petite fille de dix. Le garçon avait
nom Castillo ; il était élève dans notre lycée... et, tout
Espagnol qu'il était, il servait de souffre-douleurs,
de patito à tous ses camarades. Injures, coups, mauvais traitements, il recevait tout et acceptait tout. Il
remplissait pendant l'année entière le rôle de l'agneau
devant le loup. On part en vacances ; au retour, le
premier soin des enfants est de se jeter de nouveau
sur leur proie et de faire rentrer Castillo dans son
personnage de victime. Mais le premier qui essaye
reçoit pour réponse un coup de poing, le second un
coup de pied, le troisième une volée complète ; mon
Castillo se bat huit jours de suite comme un héros.
Qu'était-il donc arrivé ? est-ce que le courage lui avait
poussé subitement au cœur, comme le duvet au menton ? Non ! l'âme humaine n'a pas de ces métamorphoses. Il était arrivé que Castillo avait un père,
que ce père, absent depuis plusieurs années, avait
employé les vacances et les loisirs du retour à raconter à l'enfant les actes de courage de ses ancêtres,
leur vie pleine de traits de vaillance, et avait ainsi
éveillé en cette petite âme, naturellement généreuse,
le grand sentiment de l'honneur de famille. Chaque
coup de poing que Castillo lança depuis à un de ses
camarades était une dette qu'il payait à un de ses
ancêtres. Pusillanime par tempérament il était devenu
courageux par fierté de race.

On s'étonnera peut-être que j'aie pris pour second
exemple une petite fille. Je l'ai fait à dessein, pour

répondre à un préjugé bien étrange, mais fort commun, à savoir que les femmes n'ont pas besoin d'être courageuses. Lisez tous les livres d'éducation, vous y trouvez toujours le courage préconisé comme une vertu virile, jamais comme une vertu féminine.

Vous entendez même dire parfois que la pusillanimité chez les femmes est une grâce de plus et comme la compagne de la pudeur ! Au fond, cette théorie n'est autre que la vieille doctrine du moyen âge, qui voyait dans la femme un être inférieur, incapable de se défendre elle-même, et qui se la figurait toujours abritée et tremblante sous le bras protecteur de l'homme. Il serait temps d'en finir avec ces mièvreries et de regarder enfin la réalité face à face. Or, cette réalité, la voici : c'est que les femmes ont plus besoin de courage que nous, car la vie leur est plus dure qu'à nous, à part les périls de la guerre, qui ne sont qu'une exception dans la vie. Quel est le fléau, quelle est la souffrance, quel est le péril qui ne les menace pas comme nous? Elles ont toutes nos maladies, et, en outre, elles ont les leurs. Il n'y a pas jusqu'à leur plus grande joie en ce monde, la maternité, qui ne leur soit tour à tour une fatigue, une douleur et parfois une cause de mort. D'où vient donc, quand elles ont à lutter contre tout, que nous ne les armons contre rien? D'où vient que nous ne faisons pas honte de la pusillanimité à nos filles comme à nos fils? D'où vient qu'il leur est permis, en face d'un péril, de pleurer, de crier, de nous affoler en s'affolant? Est-ce que si un incendie éclate dans notre maison, si une peste décime notre ville, si une invasion dévaste notre pays, si une inondation ravage notre province, nos femmes, nos filles, nos sœurs, nos mères n'en sont pas victimes comme nous? Est-ce qu'elles n'ont pas chaque jour quelqu'un à défendre, à protéger? Est-ce qu'enfin la vie ne leur crie pas à chaque instant, comme à nous : Supporte et soutiens ! Imposons-leur donc les rudes leçons du courage, puisque Dieu leur ménage si peu les rudes leçons de la douleur.

Je reviens à cette petite fille, dont les parents sont mes plus chers amis, et que j'ai presque vu élever.

Elle n'était pas née héroïque, la pauvre enfant.

La vue du sang, surtout du sien, la faisait pâlir, et, quand il fallait en arriver à quelque opération un peu douloureuse, faire intervenir, par exemple, le grand épouvantail des enfants, l'être terrible à qui leur imagination prête l'aspect des tortionnaires du moyen âge, le dentiste !... ce nom seul saisissait l'enfant de terreur. Un jour pourtant, force fut d'y avoir recours, et je vis partir la mère et la fille pour cette dure opération. On ne parlait pas moins que de deux molaires à arracher. Au bout d'une demi-heure, la mère et la fille revenaient ensemble, avec les yeux rouges, avec la figure défaite, et, hélas ! les deux molaires, au lieu d'être dans la poche de l'enfant, étaient encore dans sa bouche. A la vue de l'instrument de torture, l'enfant avait perdu la tête : cris ! sanglots ! lutte désespérée ! fuite dans tous les coins de la chambre ! et la mère, rentrant, déclara qu'elle n'était pas de force à condamner sa fille une seconde fois à un tel supplice.

Que faire? Je me tus, assez attristé, mais je me souvins de mon rosier, et je pris mon parti. J'avais souvent remarqué chez cette enfant deux dispositions **très caractéristiques** : elle était à la fois très tendre et très pieuse. La piété et la tendresse partent d'un même mouvement de l'âme; être pieux, c'est aimer en haut! mais, si les habitudes pieuses sont ordinaires chez l'enfance, la piété elle-même, dans tout ce que ce mot comporte, y est assez rare. Cette enfant en avait le don. Rien de plus touchant que de la voir toute petite apportée, au moment du coucher, sur les genoux de sa mère, s'y agenouillant elle-même et joignant ses mains pour faire sa prière. Il y avait alors, dans son regard, sur son front, dans ses yeux levés au ciel, comme une clarté qui n'était pas de la terre. Plus charmante encore était sa gentillesse, quand, la prière finie, elle blottissait son petit corps, qu'on sentait rond et potelé sous sa fine chemise, dans le même fauteuil que sa mère, et qu'elle allait se nicher dans son cou avec mille baisers répétés, mille caresses qui ne se trouvaient jamais assez proches, mille tendres efforts pour s'enfoncer de plus en plus dans ce cher cou. Une si profonde union dans cette enfant de l'affection humaine et de l'affection divine m'avait toujours frappé, et c'est sur ces deux points solides que je pris appui pour relever et soutenir son courage défaillant.

Après son triste retour, elle avait la tête fort basse. Je la laissai toute la journée digérer sa confusion sans mot dire. Le soir, au moment du coucher, je la pris à part :

« Tu as dû passer une bien mauvaise journée? lui dis-je.

— Oh! oui, murmura-t-elle tout bas.

— Tu as dû te sentir bien honteuse !

— Oh! oui! »

Et elle parlait plus bas encore.

« Toi qui aimes tant ta mère, lui avoir fait tant de peine! Comme tu dois être chagrine!

— Oh! oui! »

Et ses paroles tremblaient sur ses lèvres.

« Eh bien! repris-je tout à coup avec force et en lui relevant le front, eh bien! veux-tu que, d'un mot et en un instant, je dissipe ton chagrin et que je chasse tes remords?

— Oh! oui! » s'écria-t-elle avec une explosion de joie.

Et tous ces « oh! oui! » traduisaient par leurs diverses inflexions tous les sentiments par lesquels avait passé cette petite âme. La voix des enfants est un instrument de précision. Elle a des finesses qui expriment les nuances les plus intimes de nos sensations, comme les délicats appareils de physique reproduisent les mille variations de l'air et de l'atmosphère. La voix des enfants vibre aussi vite et aussi juste que le fil électrique.

La pauvre petite fille était là devant moi, me dévorant des yeux, attendant avec anxiété l'explication de ma phrase :

« Veux-tu que je dissipe ton chagrin?

— Parle donc! me dit-elle enfin. Que feras-tu?

— Je ne ferai rien! C'est toi qui feras tout.

— Moi!

— C'est toi qui dans huit jours viendras de toi-même, sans que personne t'y pousse, me prier, tu entends bien, me prier, de te conduire chez ton bourreau.

— Chez le dentiste?

— Chez le dentiste! Nous partirons ensemble, je ne dis pas gaiement, mais allègrement, et tu revien-

dras contente de toi, car tu auras bravement accompli
un sacrifice que tu sais nécessaire ! Ah ! te voilà toute
stupéfaite ! Tu m'écoutes sans me comprendre ! Tu
te demandes comment pourra s'opérer un tel miracle !
rien de plus simple. Il te suffira pendant huit jours
de demander du courage.

— A qui ?

— A quelqu'un qui t'en donnera.

— Qui est-ce ?

— Quelqu'un à qui tu parles souvent.

— Mais qui donc ? qui ?

— Qui ? repris-je avec énergie. Celui en qui réside
toute force, le bon Dieu. Tu le pries chaque soir et
chaque matin, d'un cœur plein de foi, je le sais.
Eh bien ! supplie-le au nom de ta mère, et au nom
de la peine que te fait cette peine ; supplie-le ardemment, et avec confiance, de t'accorder l'énergie qui
t'a manqué...

— Et il me l'accordera ?

— Je le crois. Essaye !

— J'essayerai ! »

Trois jours se passèrent sans un seul mot inter-
rogateur de ma part. Je ne voulais pas troubler le
travail intérieur de cette petite âme, je ne voulais pas
me mettre entre Dieu et elle. Le quatrième jour, je
vis l'enfant qui rôdait autour de moi.

« Eh bien, lui dis-je, où en es-tu ?

— Il me semble que cela vient un peu, me répon-
dit-elle tout bas.

— Alors, continue ! un remède n'opère pas tout de
suite. Il faut en prolonger l'emploi pour qu'il agisse
efficacement. Double la dose !... »

Trois jours plus tard, nouvelle question.

« Eh bien ?

— Cela vient ! cela vient !

— Continue toujours. »

La semaine écoulée, elle s'approcha de moi d'un pas assez ferme.

« Sommes-nous prêts ?

— Oui.

— Quand y allons-nous ?

— Tout de suite.

— Je t'avais bien dit que c'était toi qui me le demanderais !... »

Nous voilà partis ! Nous voilà chez le terrible opérateur. A la vue de l'enfant, il ne peut retenir un sourire d'incrédulité.

« Ne souriez pas si vite, lui dis-je, et regardez ! »

Du doigt, je montrai à l'enfant le fauteuil ; un peu pâle, mais d'une bonne pâleur, d'une pâleur virile, elle y marcha avec résolution, s'y assit, ouvrit la bouche d'elle-même, ne poussa pas un cri pendant l'opération, quoiqu'elle fût un peu dure, et, l'affaire finie, se retourna vers le dentiste et lui dit : « Merci, monsieur ».

Oh ! pour le coup, j'en conviens, il me vint une larme dans les yeux. Le dentiste était stupéfait. Et la mère, quelle joie à notre retour ! quelle effusion dans ses remercîments ! Or, qu'avais-je fait ? Je n'avais pas créé dans le cœur de cette enfant une force qui n'y était pas ; Dieu seul peut tirer quelque chose de rien ; j'avais simplement enté son frêle courage sur deux sentiments vigoureux, je lui avais composé une petite vaillance de renfort avec sa piété et sa piété filiale ; je lui avais donné une leçon de greffe morale. Je dis une leçon, car cette expérience lui

servira toute sa vie. Certes, bien des fois encore, elle
sentira son cœur se troubler devant un péril ou
défaillir devant une douleur. Eh bien, je la mets au
défi de ne pas se souvenir alors de cette victoire rem-
portée sur elle-même et de ne pas y trouver le moyen
d'en remporter d'autres. Elle aura appris par là à ne
pas regarder une défaillance comme une défaite
définitive; elle aura appris que l'âme a ses revan-
ches; elle aura appris que, si les vertus sont sœurs,
c'est, comme dans une famille bien réglée, pour que
les plus fortes viennent en aide aux plus petites; elle
aura appris enfin que la bonté ne sert pas seulement
à être bon, ni la tendresse à être tendre, mais que,
dans une âme bien née, tous nos bons sentiments
doivent et peuvent former une sainte alliance où la
force de chacun devient la force de tous.

Voilà mon observation psychologique, cher ami.
Si je vous ai adressé ce récit des petites agitations
d'une conscience de dix ans, c'est que pour vous,
j'en suis sûr, rien de ce qui se passe dans le domaine de la pensée n'est petit, et que les révolutions des grands corps célestes ne comptent pas
plus que les obscurs mouvements de l'âme la plus
humble; car cette âme, à vos yeux, n'est pas seulement l'œuvre de Dieu, elle est son reflet et touche
à l'infini par l'immortalité.

UN PARVENU

Que la langue française est pauvre ! Je veux peindre une élévation légitime, et je ne trouve que le mot de *parvenu*. Le dictionnaire ne me fournit rien pour désigner celui qui est *arrivé*. Il y a un nom pour l'intrigue qui usurpe un beau rang, il n'y en a pas pour le mérite qui le conquiert.

Jamais, cependant, nul être ne fut plus digne d'une de ces appellations qui honorent, que celui dont je veux ici raconter l'histoire, car nul ne partit de plus bas, n'arriva plus haut, et n'employa moins la brigue et la cabale.

Je dis : ne partit de plus bas, et j'ai, certes, bien raison. Jugez-en : L'état des ouvriers des villes manufacturières, que la statistique nous montre comme entassés et végétant dans des caves sans jour et sans air, la position des mineurs enfouis comme le minerai lui-même dans les entrailles de la terre, ne nous représentent qu'imparfaitement l'origine infime, la vie silencieuse et sombre de cet être de rebut.

Aussi, comme il était traité ! que de mépris ! L'étable des animaux les plus immondes, voilà où on le reléguait quand il sortait de son trou, et les plus pauvres cabanes ne lui donnaient qu'à regret l'hospitalité.

Cependant il avait non seulement des qualités solides, comme sa fortune l'a bien prouvé depuis, mais sa jeunesse n'était pas dépourvue d'une certaine beauté, beauté rustique et modeste, sans doute, assez semblable aux faibles couleurs et aux légers parfums des fleurs sauvages, mais qui en avait la grâce mélancolique! N'importe, on ne voyait pas plus son charme qu'on n'appréciait son utilité.

Notre héros vivait donc dans cet état d'abjection depuis... oh! depuis bien longtemps, quand la Providence appela sur lui les regards d'un savant, qui était en surplus un homme de bien.

Rien de si perçant que l'œil d'un homme supérieur; il démêle le mérite sous l'obscurité qui le couvre, comme un lapidaire devine un diamant sous la gangue qui l'enveloppe, comme un peintre aperçoit une tête de madone dans la noire figure d'une paysanne barbouillée. Notre savant s'arrête, examine le pauvre être dédaigné, se rend compte de ses qualités secrètes, voit en lui, qui le croirait? une créature qui peut devenir utile non seulement à elle-même, mais aux autres; que dis-je? un futur bienfaiteur de l'humanité; et il jure de lui faire faire son chemin dans le monde.

Mais comment? voilà le difficile.

Notre savant était cependant riche, honoré, bien reçu partout; mais, dès qu'il essayait de produire son protégé, dès qu'il le nommait seulement, les rires, les huées accueillaient sa demande de présentation.

Que fait-il alors? Il passe par-dessus la tête de tous ces riches négociants, de ces savants dédaigneux, de ces belles dames moqueuses, de ces grands seigneurs impertinents, et présente notre héros... à qui? au roi! Oui vraiment, c'est comme

6

je vous le dis, au roi lui-même, au roi d'un grand
pays !

Par bonheur ce roi avait plus de bon sens que sa
cour. Il est frappé du mérite de celui qu'on lui
recommande ; il l'adopte, il le vante, et un jour, dans
une grande fête, lui, le roi, il paraît devant tout son
peuple avec le pauvre diable à son côté.

Quelle gloire ! quelle faveur ! Voilà sa fortune
faite ! Ah bien oui ! vous ne connaissez guère les
castes ! Un parvenu ! un gueux crotté ! un paysan
tout noir de terre, obtenir un honneur, où eux,
grands seigneurs, ils n'ont jamais pu arriver ! Paraître en public avec le roi ! Un cri d'indignation,
un cri... tout bas, un cri de courtisan, répondit à
ce sacrilège.

Le roi eut beau produire son protégé dans son
plus beau costume, dans sa fleur de beauté ; rien
n'y fit, et, malgré souverain et savant, il allait re-
tomber dans son ignominie, quand lui arriva pour le
défendre une protection plus puissante que la science
et un patron plus puissant que le roi, une révolution
et un peuple !

Le peuple, qui connaissait de longue date le
pauvre diable, et qui se sentait comme représenté par
cette créature brillant peu et valant beaucoup, le
peuple prend sa cause en main, et comme, dans ce
temps-là, on n'osait pas trop contredire le peuple,
son favori devint peu à peu le favori de tout le
monde.

Lui, qui n'avait si longtemps connu que les étables, il voit s'ouvrir devant lui, une à une, les maisons de la robe, les hôtels de la finance, les châteaux des grands seigneurs, voire même les palais.

Il est bien venu de toutes les classes, il est convié
à toutes les fêtes, il prend place à toutes les tables;
le temps marchant, sa renommée, son influence s'é-
tendent dans toute l'Europe; puis l'industrie, le
commerce prenant un grand essor, on l'associe à une
foule d'entreprises utiles.

Rien d'important ne se fonde, soit manufacture,
soit invention scientifique, qu'on ne recherche son
nom et son concours, et enfin, de degrés en degrés,
de pays en pays, il arrive à cette gloire toute spéciale
qui n'appartient qu'à quelques rares élus parmi les
élus.

Quelle est donc cette gloire? Oh! vous la connaissez bien!

Il y a beaucoup d'hommes dont on vante le nom
de leur vivant, et que même on célèbre quand ils
sont morts; mais le vrai signe de la supériorité, le
sceau suprême de la renommée, c'est que le monde
s'occupe de vous quand vous êtes malade.

Eh bien! un jour, notre parvenu, notre arrivé,
notre héros enfin, tombe malade.

Comment vous peindre l'émoi universel? Il devient le sujet de toutes les conversations, les journaux donnent de ses nouvelles; les académies s'inquiètent de remèdes propres à le guérir; le théâtre
même s'occupe de sa santé, la chaire ne dédaigne
pas de faire des vœux pour son rétablissement... Le
peuple surtout, le peuple, pour qui il avait été un
soutien, redouble de prières pour qu'il échappe au
fléau...

Tant d'instances sont exaucées, et un jour...

Mais je m'aperçois que je commets un étrange
oubli : voilà quatre pages employées à vous parler de

mon héros... et je ne vous ai pas encore dit son nom !
Voulez-vous le savoir ?

— Sans doute.

— Eh ! mais, c'est la pomme de terre !

LA PETITE FÉE BÉQUILLETTE

Au Dr Lailler.

Je l'ai trouvée, mon cher ami ! — Quoi donc ?
— La mer !... — Où donc ? — Sur le bord de la
mer. — Qu'est-ce que vous voulez dire ? — Le voici.
Nous étions venus à Arradon, petite côte de Bretagne, village niché au-dessus de la mer du Morbihan, pour faire prendre des bains à nos enfants.

Un quart d'heure après notre arrivée, à peine les
malles déposées dans notre petite maison de loca-
tion, je cours vers la plage. Qu'est-ce que je vois ?
des varechs échoués sur de petites mottes de terre
noirâtre, du sable, des pointes de rochers émergeant
çà et là de quelques minces flaques d'eau... mais
la mer ? absente ! Elle était partie si loin, si loin,
qu'il me fallait presque prendre une lorgnette pour
l'apercevoir, et certainement je n'aurais pas eu trop
d'un cheval et d'une petite voiture pour courir après
elle ; ajoutez que le ciel était gris et bas, qu'il brui-
nait, que je ne distinguais la lointaine ligne blanchâtre qui représentait la mer qu'à travers un voile
de brouillard, et que je regardais les côteaux envi-
ronnants et le paysage, de dessous mon parapluie.

Je remontai navré, le but de notre voyage était manqué, notre séjour inutile. « Ne défaites pas les malles' » dis-je au domestique, et je me couchai roulant pour le lendemain mille projets d'excursions afin de chercher un bord de mer plus maritime.

Le lendemain, à peine levé, je sors mélancoliquement de notre village, et je me dirige vers un point du coteau qui domine le golfe d'Arradon. O surprise! changement complet de décoration! un des plus ravissants spectacles que j'aie jamais vus! un soleil éblouissant! la mer revenue pendant la nuit de son excursion lointaine, et remplissant jusqu'au bord le golfe devenu une immense conque de saphir. Çà et là, semées sur le flot étincelant, les petites îles du Morbihan, semblables à autant de pierres précieuses ou à de riches bijoux, les unes brunes comme une armure, les autres d'un bleu sombre comme le ciel du soir, celles-ci d'un jaune pâle; l'*île des Deux-Souris*, se relevant sur l'eau ainsi qu'une croupe d'animal; l'*île d'Arz*, scintillant au soleil comme si toutes ses maisons avaient été en feu; l'*île au Moine*, étendant sa longue côte dénudée et rugueuse comme un alligator accroupi; l'*île des Sapins*, sortant de l'eau comme une nymphe qui secouerait sa chevelure de feuillage; toutes pressant, entourant, resserrant, et, pour ainsi dire, sertissant le flot, et découpant ainsi cette belle nappe fluide en golfes, en lacs, en fleuves, en canaux, en ruisseaux, de façon à figurer le plus délicieux des archipels. Autour de moi, s'élevaient en gradins, en amphithéâtres, des bois, des jardins, des groupes de châtaigniers gigantesques, qui couronnaient les flots de la mer par des flots de verdure!... Ébloui, enivré, je remontai en courant au village, vers notre logis, et je m'écriai en entrant : « *Défaites les malles! défaites les malles! nous restons!* »

Cette petite expérience m'a montré, une fois de plus, qu'en voyage, il faut se défier de la première impression. Quand nous arrivons dans une ville ou dans un pays que nous n'avons jamais vu, au plaisir de la nouveauté se mêle la tristesse de l'inconnu. Ces lieux étrangers, ces visages qui passent indifférents devant nous, ces êtres pour qui nous ne sommes rien, ces habitations qui ne nous sont rien, ces fenêtres et ces portes closes derrière lesquelles notre imagination même ne peut pas rêver ce qui se passe, tout cet ensemble de choses muettes et fermées, nous serre le cœur : nous nous sentons tout seuls, il manque à tous ces objets le doux charme de l'accoutumance. Eh bien, l'accoutumance m'a peu à peu rendu délicieux ce petit pays qui m'avait d'abord paru si laid. Tout s'y est transformé pour moi. La mer d'abord! Elle se retire bien un peu loin, il faut en convenir, mais elle a des façons de revenir si gracieuses, et elle apporte, en revenant, de telles douceurs de température et de teintes, qu'on ne la voudrait pas autrement.

Son nom seul le dit. Savez-vous comment on appelle sa grande sœur, celle qui bondit et écume là-bas sur les âpres rochers de Saint-Gildas? on l'appelle *la mer Sauvage*. Elle, elle se nomme *le Morbihan...* la petite mer.

Sur l'Océan, le flux et le reflux ressemblent à une révolte. La vague, en revenant, semble lutter contre la main qui la pousse; chaque lame se retire avec autant de fracas qu'elle avance; chaque flot, en s'en allant, emporte quelque débris de la côte comme pour protester contre la violence qui le ramène en arrière après l'avoir poussé en avant.

C'est une bête farouche, à la fois enchaînée et déchaînée. Rien de pareil dans la petite mer, dans le Morbihan. Quand vient l'heure du flux, la vague, en remontant, n'envahit pas la plage, elle s'y glisse, elle s'y insinue, elle reprend grain à grain possession de la grève, profitant des plus petits creux pour s'y loger, des plus étroites fissures pour s'y introduire, gagnant lentement, mais gagnant toujours, sans bruit, sans écume, à la façon, oserai-je employer cette comparaison? à la façon de l'eau qui pénètre dans un morceau de sucre, par la loi de la capillarité.

La vie maritime n'est pas bien active sur cette petite plage : pas de grands bâtiments, peu de pêcheurs; mais rien de plus mélancolique et de plus doux que de voir, de temps en temps, sur le fond bleu turquoise du ciel, car le ciel et la mer sont du même azur un peu pâle, que de voir glisser silencieusement quelque voile rouge de sardinier, ou bien se dessiner la brune silhouette du bateau plat d'un gardien de quelque parc aux huîtres. Parfois seulement apparaît au loin, à l'entrée du golfe, quelque beau brick qui est venu chercher asile contre la tempête. A le voir ainsi immobile, avec toutes ses voiles déployées comme des ailes, on dirait un grand oiseau de mer qui s'est abattu sur un rocher.

Le pays n'est ni moins original ni moins attrayant que la côte. Ce qui en fait le charme particulier, ce n'est pas seulement ce merveilleux luxe de végé-

tation inconnu d'ordinaire sur les plages maritimes,
ce n'est pas cette succession de vergers, de futaies,
de pâturages, de prairies qui descendent vers la mer
en s'enchevêtrant l'un dans l'autre avec mille pit-
toresques accidents de paysages; non! c'est encore,
c'est surtout le parfum de vie rustique et de vie
antique qu'on y respire. J'ai vécu là deux mois en
pleine métairie et en plein passé. Groupé sur la
crête autour du clocher, le bourg d'Arradon va bien
vite s'égrenant sur les flancs du coteau qu'il sur-
monte, et s'éparpille dans les chemins creux, à
travers les landes d'ajoncs, sous les groupes d'arbres,
en petites fermes isolées. Entourées d'un peu de
champs, couronnées d'un peu de vignes, elles éclosent
comme par enchantement devant chacun de vos pas;
on dirait autant de nids cachés dans les feuilles.
Et quelles nichées dans ces nids-là! Si humble que
soit une habitation, n'eût-elle qu'une seule fenêtre à
un seul carreau pour toute ouverture, et qu'une seule
chambre pour tout logement, vous en voyez sortir
quatre, cinq, six petits enfants, se tenant tous par
la main; le premier veille sur le second, qui protège
le troisième, qui garde le quatrième, qui porte parfois
le cinquième. Les parents étant absents pour le travail, les enfants deviennent papas et mamans à trois
ans! Tout cela, joufflu, riant, rose, armé d'une tartine
de pain et de fromage, et d'une pomme verte! Nous
voilà bien loin du régime tonique, jugé indispensable
pour nos rejetons! Après les troupeaux d'enfants,
les troupeaux de bêtes! Oh! dame! les bêtes forment
au moins la moitié des habitants d'Arradon! Dix-
huit cents âmes d'hommes! et autant de demi-âmes
de vaches, de bœufs, d'ânes, de porcs, de poules.

de canards, d'oies, vivant sur un pied parfait d'égalité avec le roi des animaux. Chaque chaumière y
ressemble à l'arche de Noé. Entrez-y, vous serez
effrayé de tout ce qui y tient. D'abord, de grandes
armoires, avec de grands tiroirs, lesquels ne sont
autre chose que des lits; le soir venu, chacun grimpe
à son tiroir, chacun, c'est-à-dire deux ou trois! dans
ce pays-là on se couche... par couches et par tas!
Puis..., je parle des plus pauvres logis, puis, dans
un coin, le perchoir pour les poules; à côté, par
terre, un nid pour les canards. Qu'est-ce qui grogne
donc là-bas? C'est le cochon! Que voulez-vous? il
faut bien que tout le monde vive!

Enfin, parfois, ainsi que dans les tableaux de l'Adoration des Mages, s'ouvre un volet de bois et apparaît une tête de vache; elle vient voir un peu ce qui
se passe dans la famille. Un jour, je rencontrai un
vieux paysan infirme qui se promenait avec un petit
cochon; on ne se promène pas autrement avec un
chien. Il l'appelait! il lui parlait! Il lui parlait deux
langues, le français et le breton. Je m'étonnai de
cette camaraderie. « Que voulez-vous, monsieur,
me dit-il, *il* s'ennuie à la maison quand il est tout
seul! je l'emmène, cela le distrait! moi aussi! Puis,
je pense que la promenade lui fera du bien, et qu'à
Noël, quand je le mangerai, il sera plus gras! »
Vous ne m'accuserez pas, mon cher ami, de farder
mes bucoliques! Eh bien! vous l'avouerai-je? en
dépit et peut-être en raison de cette rudesse, de
cette rusticité, ce pays m'a charmé. Pourquoi? Parce
qu'il m'a reporté à deux cents ans en arrière! parce
qu'avec le mauvais côté d'autrefois, ces braves gens
en ont gardé le bon! parce qu'à la grossièreté des

mœurs se joint la simplicité des cœurs! La vie de
cette population se résume en deux mots : elle travaille et elle prie. Pas un d'entre eux qui ne fléchisse
le genou en passant devant la grande croix de bois
du carrefour. Les jours d'enterrement, toutes les
femmes, revêtues de leur sévère costume d'autrefois,
robe de serge noire avec la jupe plissée, bonnet blanc
avec longues brides flottantes, vont, après le service, s'agenouiller dans le cimetière qui confine à
l'église, et prier sur les tombes aimées ; je croyais
voir un tableau de Holbein. Un jour, pendant le mois
d'août et par une chaleur de 35 degrés, je regardais
des garçons qui battaient le blé en plein midi, sur
une aire en plein soleil. Passe leur curé ; il court à
eux, et le voilà qui, sans quitter ni sa soutane ni son
chapeau de recteur, empoigne un fléau et en bat
avec eux à toute volée pendant un quart d'heure. En
1870, quand les paysans sont partis comme mobiles,
il n'a voulu quitter ni leurs corps ni leurs âmes, et il
les a suivis comme aumônier et comme ambulancier.
Certes, mon cher ami, je ne suis pas suspect de
partialité pour l'ancien régime ni d'injustice pour le
monde moderne ; mais j'avoue que cette image du
passé m'a été au cœur ! Ajoutez que, si ces braves
gens ne parlent même pas français (leur curé ou,
pour me servir de leur expression, leur recteur est
forcé de prêcher en breton), ils n'en ont pas moins
profité de toutes les conquêtes de la Révolution ; ils
ont gardé leurs mœurs, mais ils ont adopté nos
idées. Ils connaissent très bien leurs droits ! Fort
mal venu serait celui qui leur disputerait la liberté
ou l'égalité devant la loi. Ils ne sont plus serfs que
de leurs croyances.

Je vous entends d'ici, mon cher ami, dire tout en me lisant : « Eh bien, et son titre? Et la petite Béquillette, où est-elle?» Attendez! la voici ! et avec elle le plus cher souvenir que j'aie rapporté de ce doux pays.

Un matin, en descendant à la plage, j'aperçus, à l'angle d'un des sentiers qui y conduisent, une petite voiture d'enfant, une voiture à bras. Derrière, et la poussant, un homme d'une cinquantaine d'années; de chaque côté, deux grands garçons de quinze à dix-huit ans; devant, une femme jeune encore qui inspectait la route et se retournait de temps en temps pour dire : « Prenez garde, il y a là un trou. » Enfin, dans la voiture même, une petite fille d'une dizaine d'années, rieuse, rose, jolie, mais ayant une jambe étendue dans le petit véhicule et emprisonnée dans une sorte d'éclisse. Arrivés à un coude abrupt du sentier où le terrain devenait impraticable, un des deux jeunes gens se mit à genoux d'un des côtés de la voiture, la petite fille lui grimpa gaiement sur le dos ; la mère, toujours en pionnier, passa la première par-dessus le petit amas de rocs qui faisait obstacle ; le fils, chargé de l'enfant, enjamba après la mère ; le père prit un des bouts de la voiture, le second fils l'autre bout, et tous deux, l'enlevant, franchirent l'obstacle à leur tour ; puis, au bout de quelques pas, la route étant redevenue plane, la voiture fut remise sur ses roues, la petite fille dans la voiture, le père recommença à pousser, la mère à inspecter, et la caravane prit la direction de la plage.

Piqué de curiosité, je les suivis de loin, et, pour mieux les voir, j'allai m'installer à quelque distance sur un tertre qui domine le golfe. Quand j'y arrivai,

ils étaient déjà tous en costume de baigneurs. La
mère entra dans l'eau la première, et, quand elle
en eut jusqu'à la poitrine, elle se retourna et appela
le père, qui lui porta l'enfant ; alors, avec une adresse
et une ingéniosité qui ne se trouvent que sous les
doigts maternels, elle étendit la petite malade hori-
zontalement sur l'eau, dans l'attitude d'un nageur,
l'y soutint de sa main droite placée sous la poitrine, passa vivement sa main gauche sous la jambe
infirme, afin qu'elle ne pût pas remuer, et de cette
façon l'enfant, étant libre de tout le reste de son
corps, abandonna les trois quarts d'elle-même à tous
ses élans de gaieté, d'agitation, de rire. Au bout
de quelques minutes, le père alla la rechercher, la
remit à une femme de chambre, puis mère, fils et
père partirent ensemble à la nage vers l'*île des
Souris*, tout semblables à une belle couvée de cygnes
sauvages voguant de conserve sur un beau lac.

Vous le savez, mon cher ami, rien ne lie autant
les parents que les enfants. Ces doux intermédiaires
changent bien vite en amis des gens qui ne se con-
naissaient pas la veille.

En outre, la plage est le terrain qui rapproche
le plus ; les jeunes y jouent, les vieux y causent,
et naturellement ils y causent des jeunes. Aussi nos
deux familles n'en formèrent bientôt qu'une, et nos
enfants à nous eurent bientôt la petite fille pour amie ;
mais le fait curieux, c'est que ne pouvant pas l'as-
socier à leurs jeux, ils s'associèrent à son infirmité ;
ils jouèrent tous à la jambe malade, si bien qu'un
jour je trouvai une des nôtres, la plus jeune, gravement étendue sur le sable à côté de son amie, et
la jambe enveloppée comme elle. « Je suis tombée,

me .dit-elle, de l'air le plus sérieux, du haut d'une balançoire, et le médecin m'a ordonné le repos le plus absolu! » Bien entendu, le médecin, c'était sa sœur, qui dictait des ordonnances et commandait des remèdes tout à fait extraordinaires. Molière n'aurait pas trouvé mieux ! Cette imagination d'enfant nous divertit fort la mère et moi, et, comme rien ne dispose mieux à la confiance que la gaieté partagée, je me sentis encouragé, après avoir ri avec elle, à aborder le sujet qui l'occupait si douloureusement, et j'osai lui dire :

« Qu'a donc votre petite fille? quand a-t-elle été atteinte? Est-ce un accident, une chute, un membre brisé?

— Non, une douleur subite au genou, en pleine santé, sans préliminaire, sans cause.

— Et sans gravité?

— Le médecin me l'assure. Pas de symptômes inquiétants. Presque pas de souffrance. Rien que de la gêne, mais une gêne qui se prolonge, une condamnation au repos qui dure depuis trois ans.

— Depuis trois ans! Trois ans d'immobilité à son âge, alors que le mouvement est la vie, la santé, la gaieté! Pauvre petite! quel chagrin a dû être le sien!

— Non. Elle s'est résignée à son état avec une facilité qui me confond. Est-ce de la fermeté? y a-t-il dans le caractère des enfants, comme dans leurs membres, une certaine souplesse qui se plie sans effort à la nécessité? Je le croirais, car on m'a cité plus d'un exemple d'enfant ayant accepté un esclavage pareil à celui de ma fille avec une patience égale à la sienne.

— Elle ne se plaint pas ?

— Jamais. Même dans son lit, car elle est restée parfois couchée plusieurs semaines de suite, elle a toujours été ce que vous la voyez, rieuse, vive, causante, la joie de la maison.

— Sa gaieté a dû souvent vous donner bien envie de pleurer, madame ?

— Vous dites vrai ; cela me touche beaucoup. Et si je ne m'étais défendu l'attendrissement auprès d'elle, je ne me contiendrais pas toujours, d'autant plus que sa patience n'est ni de l'ignorance ni de l'insensibilité. Elle ne se croit pas au bout de ses épreuves ; un jour même, elle s'est échappée à dire : « Je sais bien que je ne guérirai jamais ! »

— Elle a dit cela ?

— D'une voix très sérieuse, mais sans pleurer. Parfois, cependant, son pauvre petit cœur faiblit. Il y a deux mois, regardant des petites filles de son âge courir sur la place de notre village, une larme lui est venue aux yeux, et tout bas elle a dit : « J'aimerais pourtant bien à courir comme ça. »

— Pauvre petite !

— Enfin, parfois elle a des chagrins d'amour-propre. Une des plus grandes difficultés pour moi, dans sa position, c'est de l'empêcher d'y penser. Comment l'occuper ? comment remplir le vide immense que laisse, dans la journée d'un enfant, l'absence du jeu ? Je ne parle pas de *jeu assis* ; il n'y a là qu'une demi-distraction, l'enfant ne s'amuse qu'à moitié quand ses petites jambes ne sont pas de la partie. Reste sans doute le travail ; mais à dix ans le travail n'est agréable que s'il est varié et partagé avec d'autres enfants. J'avais donc imaginé de l'envoyer à l'école des sœurs au moment des leçons de couture et de dessin ; je dus y renoncer.

— Pourquoi ?

— Parce qu'il lui fallait y aller avec sa petite voiture, entrer dans la classe avec sa petite voiture, et que sa jambe tendue, son genou entouré d'un bandage attiraient les yeux des petites filles, provoquaient leurs chuchotements ; elle se sentait regardée, et un jour elle entendit une des élèves dire en la voyant entrer : « Ah ! voilà la grosse jambe ! » Elle revint tout en pleurs et je ne l'y renvoyai plus. »

Un éclat de rire parti du petit groupe nous fit retourner les yeux vers nos malades volontaires et je fus frappé de la physionomie de cette enfant.

« Voyez donc, dis-je à la mère, quelle différence entre votre fille et les nôtres ! Elles sont toutes trois à peu près du même âge : le même sentiment de gaieté les anime ; mais la figure de la vôtre est déjà celle d'une jeune fille, sinon par les traits, du moins par l'expression.

— Oh ! me répondit la mère, c'est que l'expression est l'image des impressions, et ce long commerce avec la contrainte, avec la privation, avec l'assujettissement, a exercé une grande influence sur son développement intérieur.

— En bien ou en mal ?

— En bien et en mal. Cela sans doute l'a mûrie, mais en supprimant un peu l'enfance pour elle. C'est presque une femme. Elle est née avec l'esprit ouvert et assez perspicace ; mais cette perspicacité est devenue une finesse perçante sous l'empire de l'immobilité. Rien ne rend observateur comme de ne pas pouvoir remuer. Elle voit tout, elle entend tout

et elle vous demande compte de tout. Les leçons
ne sont pas faciles avec elle, surtout les leçons
d'histoire sainte ou d'histoire naturelle. Nul moyen
d'éviter ses questions ou d'y répondre par des phrases
évasives. Elle ne se paye pas de mots. Il lui faut
des explications précises et, si elles ne la satisfont
pas, arrive cette terrible conclusion : *Ah! ça, ce n'est
pas vrai, n'est-ce pas, maman?*

— Diable! répliquai-je en riant, je comprends
que votre rôle d'institutrice doit être quelquefois em-
barrassant; mais, après tout, sous le coup de la
souffrance, son caractère s'est fortifié, son intelligence a gagné, et je suis sûr que son cœur n'y a pas
perdu.

— Non! sans doute, reprit la mère, mais pourtant...

— Pourtant?

— Là encore, il y a du bien et du mal. Elle a
naturellement une âme très affectueuse, très tendre ;
mais affection et tendresse sont devenues plus exi-
geantes et plus jalouses. Je peux dire sans exagération qu'elle m'adore; mais elle veut être adorée.
Il faut que je sois tout à elle. Parfois elle m'appelle
et me dérange dans mes occupations, rien que pour
constater son empire. Elle n'est pas satisfaite si je
m'assois à côté d'elle avec un livre. Ce livre lui fait
l'effet d'un rival qui lui prend sa part, et je l'entends
encore me dire un jour : « Viens! mais avec *pas* ton
livre... »

— Avec *pas* ton livre est admirable! m'écriai-
je en riant. Voilà un adverbe mis à une place qui
lui donne une grande force.

— Oh! elle est en fond d'expressions inventives.

N'a-t-elle pas dit, il y a quelque temps, à un de ses frères qui m'embrassait : « Va-t'en, tu l'embrasses trop ! *tu vas me l'user !* » Je lui appartiens, je suis sa chose !

— Vous pourriez même dire, ajoutai-je gaiement, que vous êtes tous sa chose ! car ma première rencontre avec votre caravane m'a montré qu'elle avait quatre esclaves à son service, son père d'abord...

— Oh ! son père est devenu sa mère.

— Mais vous alors, madame ?

— Moi, j'ai passé à l'état de grand'mère ! Dieu sait cependant que, s'il y a jamais eu femme au monde qui ne fût pas faite pour gâter ses enfants, c'est moi. Le mot même de *gâter* m'inspire une sorte de répulsion. Il dit si bien ce qu'il veut dire ! il exprime si bien ce qu'il est, c'est-à-dire destructeur, corrupteur, démoralisateur ! Ah ! si j'avais eu une petite fille ingambe et alerte, mon ambition eût été d'en faire la petite servante volontaire de tout le monde. Je ne sais pas de plus aimable nom que celui de serviabilité, et je n'en sais pas d'image plus charmante qu'une jeune fille. Ce clair regard saisissant au vol les désirs de chacun, ces membres souples s'élançant aussitôt pour y satisfaire, forment un spectacle délicieux ; c'est une qualité qui devient une grâce ; mais demandez donc à un pauvre être qui a besoin de tout le monde, de s'oublier pour tout le monde ! Nous nous sommes donc mis à ses ordres ; nous sommes ses bras et ses jambes. Quant à ses frères...

— Ne plaignez pas ses frères ! repris-je vivement. Ses frères apprennent auprès d'elle des qualités qu'ils n'auraient peut-être jamais eues sans elle !

Je les suis! je les vois! Comme ils sont dévoués, empressés, attentifs!

— Oui! me dit la mère en souriant à demi, elle leur enseigne l'abnégation..... mais avec son égoïsme! Oh! tenez, ajouta-t-elle, voilà le terrible mot lâché! voilà ma grande crainte! Depuis trois ans, qu'est-ce qui a été le centre, le pivot de toute notre vie? Ce petit genou. Tout tourne autour de ce petit genou! voyages, séjours à la campagne, emploi des journées, des soirées, tout dépend de ce petit genou! Il règle tout! il modifie tout! Eh bien, comment voulez-vous qu'une enfant voie pendant trois ans, quatre ans peut-être, tout le monde se subordonner à elle, et n'y prenne pas l'habitude du plus odieux des vices, la personnalité? »

La pauvre mère s'arrêta alors, et ses yeux se remplirent de larmes. Je lui pris la main et je lui dis : « Laissez-la guérir et vous verrez! L'égoïsme d'aujourd'hui deviendra demain du dévouement, de la reconnaissance, de la tendresse, de l'abnégation. Aujourd'hui elle use et abuse de vous, c'est dans la nature! Elle ne se rend pas compte de ce que vous faites pour elle, c'est dans le cœur humain! mais plus tard, l'âge et la guérison étant venus, peu à peu se réveilleront en elle, pour la transformer, ces trois années de dévouement de votre part. Alors, chacun des sacrifices dont elle a été l'objet, chacune des privations dont elle a été la cause, chacun des soins dont elle a été le but lui apparaîtront dans toute leur beauté et lui rempliront le cœur de gratitude, d'attendrissement et d'adoration! Soyez-en certaine, madame, la jeune fille payera les dettes de la petite fille, **et la jeune mère les payera encore mieux!**

Oh! comme elle parlera souvent à ses enfants de
ce *temps-là !* comme, au nom de ce *temps-là*... aux
récits de ce *temps-là*, elle leur apprendra à vous
connaître et à vous aimer! Madame, madame, je
vous le dis en vérité, ce petit genou a déjà fait bien
des choses en ce monde; il a fortifié le cœur de
celle à qui il appartient; il a uni par des liens indis-
solubles la sœur et les frères, la fille et les parents.
Eh bien, son rôle n'est pas fini... La maladie aura
cessé depuis longtemps que ses bienfaits dureront
encore! Vous en arriverez un jour à le bénir! »

La mère resta un moment silencieuse.

« Vos paroles m'ont émue, me dit-elle, elles
m'ont fait du bien. Je voudrais vous en remercier.
Comment y mieux réussir qu'en vous annonçant une
bonne nouvelle pour ce petit genou? Mon cher médecin, qui s'associe à toutes nos angoisses, et que
ce petit genou a bien souvent empêché de dormir,
lui aussi, a fait cinquante lieues pour venir voir sa
malade.

— N'est-ce pas lui que j'ai rencontré avec vous
ce matin?

— Précisément. Eh bien, il est beaucoup plus
content. Jamais aucun séjour de bains de mer ne
nous a été aussi favorable. Est-ce l'influence de ces
beaux arbres dominant la côte? est-ce l'action de
l'air de mer, tamisé par les grands végétaux, comme
dit notre ami? Je ne sais, mais le retour à la santé
est visible. Demain nous faisons une première tentative, une première épreuve.

— Quelle est-elle?

— Venez à dix heures sur la plage, et vous *le*
verrez. »

Le lendemain, j'arrivai à l'heure dite. Qu'est-ce que je vois! la petite fille debout... entendons-nous, debout sur deux petites béquilles, et s'essayant à marcher ainsi sur le sable. La mère suivait tous ses mouvements avec terreur.

« Vous voyez! me dit-elle, notre admirable ami, dans sa paternelle sollicitude, ne veut arriver à la liberté des mouvements que par degrés; mais enfin, c'est le premier degré. Pourtant, le croiriez-vous? Quand je l'ai vue ainsi posée sur ses deux petites béquilles, mon cœur s'est serré! Jusqu'ici elle n'était que malade; elle m'est apparue alors comme infirme. Les béquilles, c'est le signe...

— C'est le signe de la liberté, répliquai-je vivement. Ne regardez pas l'instrument, voyez l'usage qu'elle en fait. La voilà sortie d'esclavage! Comme elle se meut déjà avec grâce, avec souplesse, avec ivresse! Elle va reprendre possession du monde! Elle va refaire connaissance avec tout ce qu'elle n'apercevait que de loin! Elle va toucher! saisir! cueillir! respirer! Regardez-la! regardez-la! On dirait que tous ses sens lui reviennent à la fois! Quelle joie d'aller à chacun des petits rochers de la côte... et d'y aller toute seule! Comprenez-vous? toute seule, sans personne qui la pousse! sans personne qui la porte! Elle est redevenue maîtresse d'elle-même. Allons, je la baptise la petite fée Béquillette.

— Oh! le joli nom! s'écria l'enfant, qui s'était rapprochée de nous; je ne veux plus qu'on m'appelle autrement.

— Eh bien! petite fée, lui dis-je en riant, je **vous apprendrai à vous servir de vos béquilles.**

— Comment donc?

— Vous le verrez.

— Quand?

— Demain à dîner. »

En effet, le lendemain réunissait les deux familles dans notre très modeste logis. C'était un dîner d'adieu.

Nous partions. La petite fille m'adressait, pendant tout le temps du dîner, des regards d'intelligence, des regards de complice. Le dessert venu : « Par la vertu de mes béquilles, dit-elle, j'ordonne à maman de regarder dans sa poche !

— Qu'est-ce que ce paquet si bien enveloppé ? dit la mère. Oh ! ce joli petit sécateur que j'avais admiré il y a trois jours à Vannes ! Mon voisin ! mon voisin ! ajouta-t-elle en me tendant la main, c'est un abus de confiance.

— Je n'y suis pour rien ! c'est la petite fée Béquillette qui a enjoint au marchand de vous l'envoyer...

— Silence !... reprit l'enfant. Par la vertu de mes béquilles, j'ordonne à mes deux frères d'aller chercher leurs chapeaux.

— Oh ! le joli porte-crayon ! Oh ! le joli petit portefeuille !... »

Les deux garçons accourent à moi pour m'embrasser.

« Je ne le mérite pas !... c'est la petite fée Béquillette !

— Silence !... Par la vertu de mes béquilles, j'ordonne que maman nous donne tous les jours pour dessert une bonne crème au café comme celle-ci ! »

Vous entendez d'ici les éclats de rire, les bravos !

D'autant plus que c'est à elle toute seule qu'elle
avait imaginé cette dernière injonction.

« Eh bien! mon voisin, vous avez fait là de
belle besogne! me dit la mère. Désormais, elle va se
passer toutes ses fantaisies! et par la vertu de ses
béquilles...

— Par la vertu de ses béquilles, madame,
elle en arrivera bientôt à se passer de béquilles!...
Cet hiver, quand j'irai frapper à votre porte à Paris,
car vous me le permettez, n'est-ce pas? je compte
bien voir les petites béquilles suspendues en *ex voto*
à côté de son lit! Et, au printemps, par la vertu de
ses béquilles, il lui arrivera, si vous le permettez,
un joli bouquet pour son premier bal d'enfants,
et je l'invite pour la première contredanse!

— Elle! danser! me dit la mère. Oh! j'en mourrais de joie!... »

La pauvre mère s'arrêta tout émue.

Je partis, moi, le lendemain. C'était le 1ᵉʳ septembre. Plusieurs mois se sont écoulés depuis;
la petite fée va toujours de mieux en mieux. Comme
j'attends le printemps avec impatience! Et, en l'attendant, j'envoie ce petit récit au *Magasin d'éducation*, ou plutôt je l'envoie aux lectrices de tout
âge; plus d'une famille est frappée du même chagrin; plus d'une mère est en proie à la même inquiétude; plus d'une enfant est soumise à la même
épreuve! Bénies seraient ces pages si elles donnaient un peu de courage aux enfants, un peu d'espérance aux mères.

JEAN PRIÉ

A M. le comte d'Esgrigny.

Ce qui m'a le plus frappé dans mon séjour en Bretagne, ce n'est ni le charme tout italien de la plage du Pouliguen, ni l'âpre beauté des rochers de la grand'côte, ni la pittoresque originalité des coutumes du bourg de Batz, ni la douceur des dunes toutes couvertes de giroflées et d'œillets, ni la grandeur historique des murailles de Guérande, ni l'éclat mélancolique des marais salants au coucher du soleil... c'est... c'est la vue d'un pauvre cordonnier de village, nommé Jean Prié. Oui, un cordonnier, un vrai cordonnier, qui fait des souliers, qui vit de faire des souliers, qui fait très bien les souliers, et, si humble que soit cette vie, le récit n'en paraîtra, je crois, ni sans intérêt ni sans utilité.

Il est fils de pauvres paysans. Il a trente-sept ans. Il a pris son métier comme gagne-pain; mais, dès sa première jeunesse, il essaya d'unir en lui l'artiste à l'artisan et se livra ardemment à la musique. Malheureusement la voix, les maîtres, les études lui firent défaut, et il retomba dans son pauvre atelier, en face de son rude établi, avec son tablier de cuir, son tranchet et son fil enduit de poix. Cependant le rêve habitait toujours cette tête. Un jour, le maire du Pouliguen, le comte d'E..., homme d'esprit, de cœur et de plus conchyliologiste fort distingué, se trouvant en rapport avec

Prié pour affaire de chaussures, fut frappé du tour d'esprit de ce très modeste artisan. Comment lui vint-il en idée de lui montrer sa belle collection de coquilles, de lui en donner quelques-unes, de l'encourager à en ramasser à son tour?... Je ne le sais, si ce n'est qu'au fond de tout collectionneur il y a forcément un missionnaire; qu'un goût passionné pour n'importe quoi vous souffle le feu sacré du prosélytisme, et que, Dieu merci! la contagion du bien n'est pas moins active que celle du mal. Quoi qu'il en soit, sous le coup de cette parole amie, s'ouvre devant l'imagination de Prié un monde nouveau, le monde de la nature! Le voilà qui, chaque dimanche, après la messe entendue (car, en fidèle Breton, il est resté fort bon catholique), le voilà qui part à six heures du matin, à pied, avec sa boîte de naturaliste en bandoulière. Tous ses camarades se moquent de lui. « Passer ton dimanche à ramasser de petits cailloux, au lieu de te reposer, de danser des rondes, de chanter avec les jeunes filles, de boire et de jaser sous les pins avec une bonne bouteille de bière en face de soi, et une bonne pipe à la bouche... Tu es fou!.. » Les enfants mêmes le raillent. Que lui importe! Il s'en va en quête et en conquête. Il parcourt à grands pas toutes les sinuosités de la côte depuis le Croisic jusqu'à Pornichet, heureux comme un roi, chantant à plein gosier, aspirant à pleins poumons la brise de mer, frappant sur les rochers avec sa canne en signe d'allégresse, et revenant le soir, harassé mais ravi, délassé par cette bonne fatigue en plein air du dur travail de la semaine, tout chargé enfin de dépouilles opimes. Mais, une fois ces richesses étalées

III

LE VOILA QUI PART A SIX HEURES DU MATIN. (P. 102.)

sur une table, qu'en faire? les regarder, les net-
toyer, les ranger? grand plaisir sans doute! mais
Prié voudrait plus, il voudrait les connaître. L'idée
confuse de la science se fait jour dans cet esprit inculte. Voir, c'est bien ; avoir, c'est beaucoup ; savoir,
c'est mieux. Comment apprendre? comment, sans
maître, sans guides, sans livres, se retrouver dans
ce dédale des productions maritimes? comment arriver à ce qui fait l'ambition, l'étude et parfois le
désespoir des plus grands savants, à une classifi-
cation? comment faire descendre sur cet amas confus de coquilles, cette belle lumière qui seule éclaire
et féconde tout, l'ordre? Prié sent, devine que son
plaisir ne sera complet que s'il est durable, et ne
sera durable que s'il devient une étude. Mais quel
problème pour un pauvre ouvrier! Il alla trouver
le comte d'E... non sans hésitation, car un des
caractères de cette bonne race bretonne, c'est la réserve et la fierté; il y alla pourtant, mais sans oser
exprimer son désir, et se contentant, pour tout langage, d'étaler sa récolte devant son bienfaiteur, et
de lever vers lui des regards interrogateurs et at-
tendris qui semblaient dire : « Donnez-moi une
leçon!... » M. d'E... le comprit; il lui prêta quelques livres; il lui apprit à les lire; il le mit en rapport avec un savant distingué que le hasard avait
amené au Pouliguen, et aujourd'hui, à force de
persévérance et de bons conseils, Prié possède une
collection à lui, conquise par lui, classée méthodi-
quement par lui!... C'est un conchyliologiste! mais,
ne l'oubliez pas, un conchyliologiste cordonnier; et là
se montre un des traits les plus caractéristiques de
cette forte nature. .

Tout est mode dans ce monde. Prié est devenu
à la mode au Pouliguen. Pas un voyageur un peu
éminent à qui on ne présente Prié! Pas un collectionneur de coquillages qui ne prenne, le dimanche,
Prié pour compagnon de ses promenades. Enfin,
pendant mon séjour, on organisa au profit des
pauvres un concert où figuraient parmi les exécu-
tants quelques-uns de plus grands noms de France,
car le Pouliguen est une station de bains de mer
tout à fait aristocratique. Eh bien, Prié, qui se sou-
vient de ses premières études musicales, a été invité
à faire sa partie dans les chœurs, et tous les jeunes
gens de grande famille lui donnaient la main et le
traitaient en ami. Mais cette amitié ne rendait Prié
ni orgueilleux, ni humble; il en est touché, il n'en
est pas vain. En face de ces personnages si considérables à ses yeux, — songez que nous sommes
en Bretagne, dans un pays où le sentiment de la
hiérarchie règne encore dans les mœurs, — Prié
demeure dans une attitude respectueuse et recon-
naissante qui n'a rien de servile; sous la gratitude
de l'ouvrier, persiste en lui la dignité de l'homme,
sans qu'à son tour cette dignité enlève rien à la déférence et, ce qui est plus remarquable, à la ponctualité de l'ouvrier. Les personnes titrées l'appellent
mon ami; soit! Il fait des souliers pour ses amis,
et personne ne les fait mieux, ne les vend à un prix
plus modéré et ne les livre plus exactement. Cet
homme a trouvé l'art de s'élever très au-dessus de
sa position, et de rester toujours à sa place.

Ce n'est pas tout, et nous allons le voir faire un
pas de plus, s'élever d'un degré de plus dans le
monde de l'intelligence. Il y a une grande difficulté

dans sa vie. Comment accorder ensemble son goût
et son état? comment satisfaire aux entraînements
de l'un et aux devoirs de l'autre? comment, avec
son gain d'artisan, suffire à ses dépenses de savant?
Sa famille, il est vrai, est peu nombreuse : il n'a
que sa femme, qui l'aide dans son métier, et il
commence même à la dresser à la chasse aux mol-
lusques; mais d'autres êtres sont à sa charge, des
êtres qu'il faut soigner, loger, entretenir, ce sont ses
coquilles. Il a besoin de livres pour apprendre à les
distinguer, d'armoires pour les serrer, de place
pour mettre ses armoires; or, les livres, la place,
les armoires, tout cela, c'est de l'argent et du temps.
Le temps, il le prend sur ses nuits: mais l'argent,
où en trouver avec un salaire qui ne suffit qu'à ses
besoins? La Fontaine a dit : *nécessité l'ingénieuse;*
il aurait bien pu en dire autant de la passion. Prié
a donc imaginé d'appeler au secours de son goût
intellectuel son adresse de main. Il a tiré de son
amour pour la science, une industrie qu'il a chargée de satisfaire cet amour. Voici comment : la côte
de Bretagne abonde en crustacés de toutes sortes;
les homards, les crevettes, les crabes y pullulent.
Frappé de cette richesse, Prié s'est mis en tête de
préparer des crustacés pour les cabinets d'histoire
naturelle. Tous les ornithologistes sont plus ou
moins empailleurs; pourquoi les conchyliologistes ne
le seraient-ils pas? Seulement, les difficultés abon-
daient pour lui. D'abord, le maniement des substances qui entrent dans tout embaumement est
redoutable et demande de l'expérience et de la
science. Puis l'empailleur n'est pas un pur manœuvre; son adresse est un talent; il ne se borne

pas à remplacer les organes intérieurs par du coton,
et les yeux par de petits morceaux de verre; il lui
faut rendre les attitudes, les habitudes des animaux
qu'il reproduit; un animal empaillé est un être mort
qui doit avoir l'air d'un être vivant. Eh bien, Prié,
à force de patience, d'essais, de travail, s'est élevé
à ce rôle d'artiste; ses animaux vivent; sous ses
doigts la carapace du homard retrouve tout l'éclat
vernissé de ses couleurs; la crevette renaît avec toute
la vivacité de ses attitudes et la gracilité élégante de
ses membres! Son succès enfin a été si complet
que pendant mon séjour au Pouliguen, un savant
qui s'est intéressé à lui, lui a fait vendre toute sa
collection de crustacés au musée de Nantes! Quelle
joie! gagner de l'argent autrement qu'à faire des
souliers! Tirer de ses dix doigts une œuvre d'art
qu'on lui paye! Il est vrai qu'on ne la lui a pas payée
bien cher; le gain n'est pas considérable; n'importe, il lui suffira pour réaliser son rêve, car il en
a un; il a son château en Espagne! Qu'est ce donc?
De quitter son métier et de se vouer tout entier à
la science? Non! il n'aspire pas si haut! D'entrer
comme gardien de collections dans un musée? Ah!
bon Dieu! sa visée n'est guère, grâce au ciel, à devenir esclave, et à se changer en un rouage admi-
nistratif. Et là liberté! et l'air de la mer! et les
courses sur la côte! et l'espoir de trouver quelque
mollusque inconnu, de le nommer peut-être! Il
aimerait mieux mourir que de renoncer à tout cela!
Son ambition est beaucoup plus modeste, son rêve
beaucoup plus proportionné à son goût, son désir
beaucoup plus à sa portée. Cette ambition, ce château en Espagne, c'est d'avoir une fenêtre! Une

fenêtre!... A quoi bon? Le voici : Prié, ne pouvant
pas faire ses préparations de crustacés dans sa boutique, a affecté à ce travail un petit fournil situé au
fond du carré de jardin qui complète son logement;
mais ce fournil a un grand défaut pour un laboratoire : on n'y voit pas clair; le jour n'y entre que par
la porte... quand la porte est ouverte, de façon que
Prié ne peut travailler qu'en ouvrant la porte; et
voilà les jours d'hiver, les jours de neige, les jours
de glace, les jours de pluie, rayés du nombre des
jours de travail. Mais grâce à son gain inespéré, il
va donc enfin pouvoir se donner une fenêtre! Ses
premiers homards l'aideront à en empailler d'autres.
Seulement, le pauvre homme ne se rend pas compte
de ce qui va lui arriver; il ne se doute pas que la
clarté du jour, une fois introduite dans son laboratoire, lui montrera ce qui y manque. Or il y manque
à peu près tout. Il n'y a guère que les quatre murs!
Et quels murs! Après l'avoir éclairé, il va donc falloir l'approprier, le meubler. Eh bien, tant mieux!...
Il travaillera pour orner son sanctuaire. Chaque
ustensile de plus sera une conquête et une joie de
plus. Et fiez-vous-en à son incroyable adresse pour
tirer quelque chose de tout, et tirer tout de rien.
J'en ai eu la preuve, le jour de mon départ; car je
n'ai guère passé de jour au Pouliguen sans décou-
vrir quelque chose d'intéressant dans ce beau type
d'ouvrier.

Prié nous avait accompagnés et guidés un
dimanche dans une promenade conchyliologique;
personne qui ne devienne ramasseur de coquilles
sur les bords de la mer. Je voulais reconnaître sa
peine. Lui offrir de l'argent? J'aurais craint de

le blesser. Lui donner un souvenir littéraire? Quel
plaisir en eût-il tiré? J'eus recours à un mode de
payement qui le charma. Tout le monde connaît
la passion des Parisiennes pour les tables. Entrez
à Paris, dans le salon d'une femme du monde, vous
avez mille peines à naviguer au milieu de cet archi-
pel où s'élèvent comme autant d'îlots, comme autant
de récifs, des tables à ouvrage, des tables à écrire,
des tables à dessiner, des tables chargées d'albums, de livres et de fleurs! Une Parisienne ne
regarde un appartement comme sien, que quand elle
l'a ainsi estampillé de tous ses goûts; c'est sa signature. Notre installation dans un chalet du Pouliguen
amena donc nécessairement l'achat de quatre tables
de bois blanc, qui, sous les doigts de la maîtresse
de la maison et grâce à quelques tapis improvisés,
se métamorphosèrent en étagères, en jardinières et
en bureaux à écrire. Mais le jour de notre départ,
grand embarras! Que faire de ces quatre tables?
Donnons-les à Prié! s'écrie l'un de nous. Aussitôt
fait que dit. Mais ce que rien ne peut rendre, c'est
l'enchantement, c'est l'exaltation de ce brave homme
en face de ces quatre tables. En cinq minutes, il
les avait transformées par la pensée; il en désas-
semblait d'avance toutes les parties, pour les recom-
poser! Il en meublait tout son laboratoire, il en faisait des casiers, des armoires, des tabourets de
travail; si bien que, touché de sa joie, je ne pus
m'empêcher de lui dire : « Savez-vous, Prié, ce qui
me frappe le plus en vous depuis que je vous connais? C'est votre faculté de tirer du bonheur de toute
chose; vous êtes un être rare, vous semblez heureux
de votre condition! — Moi, monsieur, s'écria-t-il en

mè pressant fortement les mains, je suis le plus heureux homme du monde! »

Je m'arrête à ce mot. Il dit tout. De quoi ce pauvre cordonnier était-il heureux? D'un peu de lumière descendue sur lui, grâce à une main amie. Que le maire du Pouliguen n'eût pas rencontré Prié, ou que, l'ayant rencontré, il ne l'eût pas deviné, l'artisan s'éteignait tristement dans l'ignorance et dans l'ennui. Eh bien, il y a en France des milliers de Prié qui s'éteignent, faute d'un rayon de lumière! Tandis que nous, classes privilégiées, nous multiplions les ingénieuses méthodes d'éducation pour éveiller chez nos enfants l'appétit de l'intelligence et leur rendre l'instruction facile et agréable, il y a dans le peuple des milliers d'esprits qui ont faim, qui meurent de faim, et qui n'attendent pour naître au sain et fécond bonheur de l'intelligence, qu'un encouragement, qu'un mot, que le don d'une coquille.

On s'est émerveillé de la richesse monétaire de la France, on s'est ému de tout ce que supposait de travail, d'économie, de capital amoncelé, ces milliards affluant tout à coup dans les caisses de l'État à l'appel de l'emprunt et au cri de la charité!... Mais imaginez-vous bien que les têtes en France sont cent fois plus riches que les bourses! Sachez bien qu'il y a dans vos provinces, dans vos campagnes, plus de facultés intellectuelles, enfouies et inactives, que de vieux louis au fond des antiques armoires ou des grossiers bas de laine! Le capital improductif qui dort dans les cerveaux français dépasse cent fois, non seulement ce trésor métallique qui a étonné le monde, mais cette puissance productrice qui jaillit comme par enchantement en moissons et en ven-

danges sur nos coteaux et dans nos plaines! Seulement, que faites-vous pour fertiliser le sol? Vous le
labourez. Eh bien, labourez donc aussi le fonds de
terre de l'esprit! Défrichez-le donc, législateurs!
Ensemencez-le donc, hommes d'État, et vous verrez
ce qu'il vous rendra!... J'entends souvent dire que
le peuple français est ingouvernable! Dites donc
ingouverné! Depuis cinq ans, vous êtes-vous adres-
sés à lui une seule fois sans qu'il répondît à l'appel?
Vous lui avez demandé de l'argent, il vous en a
donné; de la patience et de la persévérance, il vous
en a donné; de l'ordre, de la discipline, de la soumission à la loi, il vous en a donné. Ce peuple, qu'on
appelait dédaigneusement un peuple de cigales, s'est
trouvé avoir toutes les vertus d'un peuple de four-
mis! *Et nunc erudimini! nunc intelligite,* comme
dit la Bible. Comprenez donc ce qu'il vous demande
à son tour, ce que vous lui devez, et ce que vous
vous devez à vous-mêmes. Expropriez-le de son
ignorance, pour cause d'utilité publique!

Nous voilà bien loin, ce semble, de notre pauvre
cordonnier de village!... Hélas! non! car bien des
années s'écouleront, je le crains, avant que tombe
d'en haut sur notre terre de France une manne assez
abondante pour nourrir et féconder tout ce qu'elle
renferme de bonnes semences! D'ici là, et en attendant, mettons-nous tous individuellement à la
besogne! Imitons le maire du Pouliguen! Cherchons autour de nous quelque Jean Prié à susciter
et à guider!... Que chacun, enfin, mette au rang de
ses premiers devoirs ce but si facile et si beau à
atteindre : faire éclore une âme! Croyez-le bien,
c'est la meilleure manière de refaire la France. Nous

serions une nation bien puissante le jour où l'on pourrait dire de nous dans le sens rigoureux du mot : La France est un pays qui compte trente millions d'âmes.

Je puis ajouter à ce chapitre un bienheureux post-scriptum. Publiées il y a deux ans dans *le Temps*, ces pages attirèrent sur Prié l'attention et la sympathie du ministère de l'instruction publique ; une gratification lui permit d'étendre ses travaux, et Jean Prié a aujourd'hui une petite maison à lui et une vitrine de crustacés à l'Exposition universelle.

VOYAGE SCIENTIFIQUE

D'UN IGNORANT AUTOUR DE SA CHAMBRE

A M. Victor Hart.

PREMIER FRAGMENT

« Père, quand partons-nous pour le voyage que tu m'as promis?

— Dans un quart d'heure.

— Dans un quart d'heure? et nos préparatifs?

— Ils sont faits.

— Tu as demandé la voiture?

— Nous ne prenons pas de voiture.

— Mais nos bagages?

— Nous ne prenons pas de bagages.

— Où allons-nous donc?

— Nous n'allons nulle part.

— Comment! nulle part?

— Nous ne sortons pas de la maison.

— Pas de la maison?

— Pas même de notre chaise. Notre voyage est un *voyage assis*.

— Tu veux te moquer de moi, père.

— Du tout, lève les yeux, regarde autour de toi, nous sommes en route.

— Qu'est-ce que tu veux dire?

— Que c'est dans cette chambre, autour de cette chambre, que nous allons voyager.

— Il n'y a rien à voir dans cette chambre, nous connaissons tout ce qui s'y trouve.

— Ah! tu crois cela! Eh bien, tu n'en connais rien du tout.

— Mais pourtant...

— L'Évangile a dit un mot que je me répète souvent: *Habent oculos et non vident.* Ils ont des yeux et ils ne voient pas. C'est notre fait à tous. Nous vivons au milieu de merveilles que nous ne regardons pas. L'habitude de les voir nous empêche de les voir. Nous entreprenons des voyages lointains, pour aller admirer ce qui est à deux ou trois mille lieues, et nous ne nous rendons pas compte que nous avons là, sous nos yeux, sous notre main, les prodiges les plus intéressants et les plus inexplicables.

— Vraiment?

— Tous nous pourrions jouer à domicile l'intéressant rôle d'Œdipe, car nos maisons sont pleines de sphinx; seulement, nous ne les interrogeons pas.

Je veux les interroger avec toi, et je te promets que, sans franchir le seuil de cette porte, je t'arracherai autant d'exclamations de surprise et d'enthousiasme que si nous parcourions l'Auvergne et les Pyrénées.

— Commençons, père! commençons!

— Soit! Seulement, rappelle-toi que c'est un voyage scientifique et que je suis un ignorant. Ce que je vais te dire, je l'ai appris pour te le dire. Ne t'étonne donc pas si je m'arrête quelquefois en route, ou si je fais l'école buissonnière.

— Allons! partons!

— Par où commencerons-nous? Irons-nous à droite? irons-nous à gauche?

— Ah! je suis sûr, dit l'enfant avec impatience, que tu sais bien où tu veux aller.

— C'est peut-être vrai. Qu'allons-nous regarder d'abord? Ces vases dorés? Non, c'est trop riche. Ces tapis? Non, c'est trop rare. Cette cheminée? Non, les foyers sont trop souvent vides; il y a trop de gens qui n'ont pas de bois pour les remplir.

— Quoi donc? quoi?

— Je veux quelque chose de très commun et de très utile, quelque chose dont Dieu ait répandu partout la matière et qu'on ramasse en se baissant, quelque chose dont personne ne pourrait se passer et dont heureusement personne ne se passe; un trésor qui aide à la santé, à la beauté, à l'intelligence, qui, par une admirable transformation, se trouve à la fois et toujours à sa place, dans les fermes et dans les palais, qui coûte des sommes énormes et qui ne coûte rien, qui est brillant comme le papillon après avoir été obscur comme la chrysalide...

— Qu'est-ce donc, père? qu'est-ce donc?

— Qui se mêle à tous les actes de notre vie, à nos repas, à notre travail, à nos plaisirs, qui sert à la jeunesse pour se parer; à la vieillesse pour se conduire...

— Qu'est-ce donc, père? dis-le-moi? »

En prononçant ces mots, l'enfant fit un mouvement et alla frapper de sa petite main une carafe qui tomba et se brisa...

« Tu as mis le doigt dessus, lui dis-je en riant; c'est le verre.

— Comment! le verre est tout cela?

— Bien plus que tout cela. Tiens! veux-tu voir un spectacle admirable?

— Oui.

— Eh bien, regarde-toi quand tu es assis à une fenêtre et que tu écris pendant un orage.

— Je suis un beau spectacle?

— Il n'y en a pas de plus beau. Au dehors, un trouble effroyable! Le vent souffle, la pluie tombe, les arbres les plus vigoureux plient, la masse des flots se soulève, c'est comme une convulsion de la puissante nature. En dedans de ta fenêtre, quelle tranquillité! Tu es un être bien petit, bien chétif, et tu travailles dans ce terrible désordre sans que rien t'interrompe dans ton occupation! Le papier sur lequel tu écris est immobile; ta plume, ta plume si légère, ne tremble même pas entre tes doigts. Or, qui te sépare de cette affreuse tourmente? Quel est ce tout-puissant rempart? Une feuille si mince que le papier ne l'est pas davantage, si fragile que le moindre choc peut la briser, si invisible, pour ainsi dire, que l'oiseau enfermé dans la chambre va s'y heurter, croyant que c'est encore de l'air;

et qu'est-ce que cette feuille? Une feuille de verre.

— Je n'avais jamais pensé à cela.

— Tu le vois, la conquête du verre, c'est la conquête du jour. Grâce au verre, nous disposons de l'air libre, en maîtres, nous décomposons ses éléments, nous en faisons deux parts; écartant ce qui pourrait nous y nuire, le vent, la pluie, le froid, les intempéries, nous emparant de ce qui nous est utile, la clarté. Grâce au verre, la clarté devient entre nos mains comme un serviteur docile, que nous introduisons dans nos appartements, à la place, dans la mesure, sous la forme qui nous plaît. Voulons-nous un jour mystérieux? avons-nous besoin de voir sans être vus? le verre dépoli ne laisse passer que la lumière sans le soleil, et nous cache en nous éclairant. Désirons-nous que cette lumière entre dans notre logis, avec toutes les couleurs de la plus riche palette? Nous changeons nos vitres en vitraux.

— C'est vrai.

— Attends! nous ne sommes qu'au début. C'est dans le verre que nous conservons nos vins, c'est dans du verre que nous les buvons; les fleurs qui ornent nos appartements fleurissent dans du verre; le verre défend nos pendules sur nos cheminées, nos montres dans nos poches, nos gravures sur nos murailles; les thermomètres sont en verre, les baromètres sont en verre; sans verre, pas d'instruments de chimie, de physique! Et ces lustres qui, par l'étincelant éclat des reflets, font mille bougies avec une bougie! et ces lentilles qui, dérobant au soleil sa chaleur, le forcent à brûler comme s'il était voisin de nous, et changent en un foyer ce qui tout à l'heure était un flambeau! et le prisme qui nous livre les éléments mêmes de la lumière! et les glaces, les glaces qui donnent à l'homme ce que Dieu lui avait presque refusé, le spectacle de sa propre personne; les glaces, qui nous font voir ce qui est derrière nous, ce qui est à côté de nous, et qui même, si on les écoutait, nous donneraient plus d'une utile leçon, en nous montrant les traces du temps sur notre visage! Ajoutons enfin que, par une singulière coïncidence, l'accroissement de l'industrie verrière donne la mesure des progrès de l'instruction publique. On a remarqué et prouvé par des chiffres que plus l'éducation pénètre dans les villages, plus l'impôt des portes et fenêtres augmente; beau rapport entre la lumière matérielle et la lumière morale. Votre intelligence s'ouvre, il faut que votre maison s'éclaire; voir, c'est savoir. »

L'enfant me regardait émerveillé, et voyant que je m'arrêtais : « Encore ! s'écria-t-il, encore !

— Oui! encore! car je ne t'ai rien dit des trois plus grands bienfaits du verre.

— Quels sont-ils ?

— Il y a une chose aussi belle que le jour, ce sont les yeux; il en est une plus horrible que la nuit, la cécité. Voir, c'est vivre, c'est posséder, c'est marcher, c'est se défendre; mais, hélas! de quelle façon voyons-nous? A vingt ans, nos yeux nous appartiennent complètement, et l'espace est à nous; mais peu à peu ce beau royaume qu'on appelle le monde nous échappe province à province; vient la vieillesse, qui nous mesure le nombre d'heures où nous pouvons le regarder; bientôt nous ne voyons plus qu'à trente pas, qu'à dix; ce caractère est trop fin, impossible de le lire; cet objet est trop éloigné, nous ne

le distinguons pas. Adieu les veillées du savant! ses
organes font défaut à son génie; retourne ta toile,
grand peintre, tu ne peux plus diriger ni suivre tes
pinceaux; prends garde à toi, vieillard qui t'aventures dans la rue, cette voiture va t'écraser; pleurez,
vous tous, artistes, riches, pauvres, ouvriers, la cécité
s'avance! Pleurez!... A moins que quelque fée bien-
faisante ne vienne par un miracle réparer l'ouvrage
détruit de la nature... La fée est venue, un talisman
est dans sa main, talisman grossier, dont le nom est
vulgaire, dont la forme est commune, dont la matière
est sans prix, mais qui est sublime cependant; sais-
tu ce que c'est?

— Les lunettes! s'écria l'enfant.

— Précisément! Les lunettes. Tu entendras dire
souvent : Ne prenez pas de lunettes! cela use les
yeux. La vérité est précisément le contraire. Les
lunettes ne prolongent pas seulement nos regards,
elles conservent nos yeux. Lire avec difficulté, c'est
lire avec effort; lire avec effort, c'est se fatiguer
pour lire; se fatiguer, c'est s'user. Sais-tu à quoi je
compare les lunettes? Aux mères des petits oiseaux,
qui triturent et broient le grain, pour n'offrir qu'une
nourriture facile aux organes délicats de leurs petits.
Eh bien, les lunettes facilitent à nos pauvres yeux
la digestion de la lumière, en faisant pour notre
vieille prunelle ce qu'elle ne peut plus faire, en ras-
semblant les rayons épars, en les réunissant en
faisceau, et en les faisant pénétrer ainsi condensés
dans notre pupille : c'est exactement le rôle des
mères oiseaux. Ayant affaire à des estomacs délicats, elles modifient la nourriture pour leur rendre
la besogne plus aisée.

— Oh! que c'est amusant! Je ne comprends
pourtant pas complètement tout ce que tu me dis;
mais...

— Tu le comprendras plus tard, c'est ce que je
veux. Tout cela va fermenter dans ta tête; tu inter-
rogeras, tu observeras, tu réfléchiras, mon but sera
atteint. Mais continuons! Nous devons au verre une
autre conquête aussi belle que les lunettes.

— Laquelle donc?

— Les lorgnettes.

— Quelle différence y a-t-il entre les lorgnettes
et les lunettes?

— Tu vas en juger toi-même. Prends ma lorgnette
sur ma table, et regarde le clocher qui est à un
quart de lieue d'ici. »

L'enfant prit la lorgnette.

« Y es-tu?

— Oui.

— Eh bien, vois-tu ce clocher plus clairement
qu'avec les yeux?

— Bien plus clairement.

— Tel est l'effet des lorgnettes. Elles rapprochent
les objets éloignés, tandis que les lunettes servent
surtout à éclaircir les objets rapprochés. .

— Père, qui a inventé les lunettes?

— On l'ignore.

— Et les lorgnettes?

— Un enfant!

— Un petit enfant?

— Un enfant de ton âge. Vers l'année 1600, dans
une ville de Hollande, à Alcmaër, vivait un fabri-
cant lunetier, nommé Jacob Metzu. Son fils courait
dans la boutique, jouant avec les verres, essayant

les lunettes, et, quoique toujours réprimandé, recommençait toujours... Il y a encore des enfants comme celui-là, n'est-ce pas? Un jour qu'il tenait à la main deux verres, l'un bombé, l'autre creux, par amusement ou par hasard, il approche le verre concave de son œil et éloigne un peu le verre convexe, afin de voir à travers les deux. Quelle est sa surprise! des objets éloignés, et que leur éloignement rapetissait ou obscurcissait pour lui, lui apparaissent clairs, grands, distincts. Il court à son père et lui fait part de cette merveille. Metzu examine, répète l'expérience, la trouve exacte, construit des tubes où ces deux verres sont placés à distance, et les lunettes astronomiques sont créées; et dix ans plus tard le grand Galilée, à l'aide de cet instrument, publie sous le titre magnifique de *Messager céleste*, « *Nuncius sidereus* », un livre qui rapportait effectivement des nouvelles de l'immensité! Oui, c'en est fait, l'homme est installé dans l'infini! Le ciel s'ouvre à ses yeux, et, en s'ouvrant, se peuple; les étoiles deviennent des soleils, les soleils des flambeaux d'univers inconnus; nébuleuses, germes de mondes, débris de mondes, astres se formant comme des créatures et se détruisant comme elles, groupes de planètes, groupes de groupes roulant et s'entre-croisant dans l'espace en ellipses harmonieuses et réglées, toute la création apparaît soudain à l'homme à travers ce petit morceau de verre; et l'homme, l'œil attaché sur ce spectacle, l'oreille ouverte au bruit lointain de ces célestes concerts, l'homme sent éclater dans son âme toute une existence nouvelle. Car ce qui importe le plus dans l'astronomie, ce n'est pas de savoir si Jupiter est plus ou moins aplati sur ses pôles, si les montagnes de la lune ont quelques mètres de moins que le Righi : le vrai fond de cette admirable science, c'est son action sur nos cœurs et notre vie, c'est la place qu'elle nous donne dans la création, c'est l'anéantissement de notre orgueil humain devant tant d'univers plus grands que le nôtre et faits comme le nôtre ; c'est enfin cette porte ouverte sur notre destinée future... »

Je m'arrêtai à ce mot, en voyant mon fils me regarder. Je m'aperçus que je n'avais guère parlé pour lui, et pourtant l'examen rapide de sa figure m'empêcha de me repentir de ce que j'avais dit. Tout n'était pas étonnement sur ses traits ; ces mots d'infini et d'immensité avaient jeté sur son visage un peu pâle une sorte d'effroi intelligent : il n'avait pas compris, mais il avait senti. Avec le temps, les sensations de l'enfant deviendront les idées de l'homme.

Nous gardâmes quelque temps le silence tous deux ; mais bientôt, poussé par ce génie de la curiosité, qui est presque une vertu chez l'enfant, il me dit : « Père, un et un ne font pas trois, n'est-ce pas?

— Non, sans doute, mais...

— Eh bien, alors, tu me dois encore une histoire, tu me dois encore une des merveilles du verre, car tu m'en as promis trois et tu ne m'as parlé que des lunettes et des lorgnettes.

— Ah! ah! répondis-je en riant, je crois qu'il ne sera pas bon d'être ton débiteur plus tard ; tu sauras te faire payer. Payons donc. Prends ce papier placé là sur ma table.

— Je l'ai.

— Ouvre-le et regarde ce qu'il renferme.

— Oh! le joli petit instrument! Qu'est-ce que c'est que cela?

— Quelque chose que j'ai encore acheté pour toi, hier, en allant à Paris. Oh! mon métier d'instituteur me coûte cher.

— Explique-moi...

— Patience! Tu vois que c'est un petit tube avec un verre.

— Oui.

— Place au-dessous ce petit morceau de cristal.

— C'est fait.

— Mets sur ce métal une gouttelette d'eau.

— Elle y est.

— Maintenant, regarde!

— Oh! que c'est drôle! Que de choses dans cette goutte d'eau!... des vers... des herbes...

— Que tu ne voyais pas avec ton œil. Eh bien, voilà le troisième bienfait du verre, c'est le microscope. Il nous rend visible l'invisible! Essayer de dire par quelle combinaison de verres convexes et de verres concaves l'art arrive à grossir ainsi les petits objets, ce serait aller au delà de mon savoir et de ta compréhension. Plus tard, dans le cours de tes études, ces problèmes s'éclairciront pour toi; mais dès aujourd'hui t'apparaît une merveille sensible, évidente. Le télescope t'avait lancé tout à l'heure dans l'infini de la grandeur, te voilà descendant avec le microscope dans l'infini de la petitesse; tu pâlissais devant l'incommensurable, pâlis devant l'imperceptible!... Cette goutte d'eau est peuplée. Ce brin d'herbe est une république vivante! ce grain de sable est un monde! La vie! encore la vie ! partout la vie ! Et avec elle, visible et palpable, le doigt de Dieu ! Ajoute que ces découvertes ne satisfont pas seulement ta curiosité, n'émerveillent pas seulement ton esprit, n'élèvent pas seulement ton âme; elles sont un bienfait pour ton corps ! Pas un seul de ces secrets où l'art de guérir n'ait trouvé un remède ! Il y a des maladies qui étaient incurables, il y a cinquante ans, et qu'on guérit aujourd'hui radicalement en quelques heures... Grâce à quoi ? grâce au verre !

— Mais alors... père, s'écria l'enfant, dis-moi donc ce que c'est que le verre !

— Une histoire qui n'est peut-être qu'une légende te répondra. Des marchands phéniciens s'arrêtent un soir sur le bord de la mer. Ils y préparent leur repas, et se couchent ensuite auprès de leur feu qui s'éteint. Au réveil, que trouvent-ils ? Des morceaux d'une matière inconnue et transparente. Qu'était-il arrivé ? Le sable, sous l'action du feu, s'était fondu ; en s'amalgamant avec la cendre, il avait produit des fragments de verre, et c'est de cette invention de hasard qu'est sortie une des plus admirables industries humaines.

— Raconte-la-moi.

— Tu peux bien dire, raconte-les-moi ; car l'industrie verrière renferme trois industries, aussi belles les unes que les autres.

— Quelles sont-elles ?

— La verrerie, la cristallerie, la glacerie. Commençons par la verrerie. J'ai été voir un atelier pour pouvoir te le décrire.

— Et tu m'y mèneras?

— C'est pour t'y mener que j'y suis allé, et c'est

pour que tu aies plus de plaisir à y aller que je te le
décris.

« Au milieu d'une vaste halle ouverte et traver-
sée par le vent, s'élève un grand dôme d'argile :
c'est le fourneau. Une fois allumé, il dure trois ans.
Sur ce dôme, de distance en distance, sont percés
de larges trous, par où l'œil plonge dans le four,
quand il peut en supporter l'éclat ; la flamme, toute
blanche, remplit ce four comme un liquide, et les
parois intérieures ainsi que la voûte ruissellent d'une
sorte de sueur brillante ; tout autour de ces parois,
un banc circulaire ; sur ce banc, des vases en argile ;
dans ces vases, une matière liquide et bouillon-
nante : c'est le sable en fusion, c'est le verre. Voilà
pour le dedans du fourneau ; au dehors, près de
l'ouverture de chacun des trous, debout, sur une
sorte de tréteau d'environ cinq pieds de haut, une
canne à la main, l'ouvrier en chemise. Son visage
est rouge comme la fournaise même ; l'eau ruisselle
sur son front et ses membres ; mais il garde l'apparence de la vigueur et de la santé dans cette
atmosphère de cyclope, tant notre corps semble
créé dans la prévision de nos inventions les plus
hardies. Il s'approche du trou, et avec sa canne
percée dans toute sa longueur comme un tube, il
cueille (le mot est technique et charmant), il cueille
dans un des vases, un peu de cette pâte épaisse et
ignifiée, qui se teint, au jour, des mille couleurs
charmantes de l'opale ; il applique ses lèvres sur
la partie supérieure de la canne, et souffle avec
force : aussitôt, comme une bulle de savon se gonfle
à l'haleine d'un enfant, ce morceau de pâte rouge
se dilate et s'arrondit, d'abord gros comme une

prune, puis comme une balle, puis comme une
petite sphère, toujours plus mince à mesure qu'il
devient plus gros, toujours plus clair à mesure qu'il
devient plus mince. Le moment est critique ; l'ouvrier, du haut de son tréteau, balançant au bout de
sa canne ce globe de feu souple et élastique, le fait
monter, descendre pour répartir partout également
la matière ; elle s'étire, elle s'étire, lorsque soudain,
et comme par inspiration, ce semble, le travailleur
lui imprime un vigoureux mouvement de rotation ;
et comme l'atelier est plein de travailleurs, vous
voyez au-dessus de votre tête sept ou huit globes
de feu décrivant autour de vous des cercles enflammés, et prêtant à cette salle un aspect fantastique
et presque effrayant, oui, effrayant ! Si ces sphères
éclataient, si cette matière liquide et brûlante allait
jaillir ! Vous tremblez. Mais peu à peu les sphères
s'allongent, et en s'allongeant pâlissent ; vous voyez
poindre autour de la partie supérieure de la canne,
la couleur claire et transparente du verre, pendant
que la pâte épaisse et rouge se réfugie à l'autre
extrémité ; et bientôt, au lieu du petit morceau de
matière enflammée, cueillie devant vous il y a cinq
minutes dans la fournaise, vous avez un manchon
de verre mince, brillant, solide, translucide, et tout
semblable à ces longs fourreaux de verre qui cou-
vraient autrefois sur nos cheminées les vases de
fleurs artificielles : c'est une véritable métamorphose. Telle est la verrerie ; il ne s'agit plus, pour
débiter ce manchon en carreaux, que de le fendre
dans sa longueur, ce qui se fait avec un morceau de verre froid si le manchon est chaud, et
avec un morceau de verre chaud si le manchon est

froid; puis on le transporte dans un four disposé exprès, où un feu égal et modéré le fait s'ouvrir, s'étendre, se déplier pour ainsi dire comme un rouleau de papier; et une fois aplati, il durcit tout doucement en vingt-quatre heures.

« A la cristallerie, maintenant.

« Dans la cristallerie, le spectacle est encore plus intéressant, parce que l'action et le pouvoir de l'homme y éclatent davantage, et que cette belle matière du verre en fusion s'y montre plus obéissante, plus maniable, plus féconde en transformations subites et charmantes. Entrons : même fourneau, mêmes ouvriers, même matière, sinon qu'elle est faite d'un sable plus choisi et mêlé d'un oxyde de plomb, qui lui communique la limpidité. Mais là-bas, c'est le souffle de l'homme qui crée; ici, c'est sa main. L'ouvrier est assis; au lieu d'un tréteau, un établi; au lieu d'une canne, un compas, des ciseaux, des pinces; on dirait un tourneur, c'en est un : il travaille le verre comme le tourneur travaille le bois. A-t-il besoin d'un huilier, d'un pot à crème, d'un verre à pied, il cueille un peu de cette belle pâte, et soudain vous la voyez sous le compas s'aplatir en base solide, s'élancer en col élégant, s'avancer en bec fin et aigu. Il lui faut une anse, l'ouvrier l'attache comme un ruban, et si elle est trop longue, il la coupe. Au lieu de façonner le cristal, veut-il le couler? une petite forme de fonte est là devant lui ouverte et attendant; il y jette une goutte de lave bouillante et la ferme; et quand, après une seconde, elle se rouvre, la lave est devenue salière, coupe à facettes, vase taillé comme à la main.

9

« Dans la glacerie, le spectacle se transforme
encore, et s'agrandit en se transformant. Tout autour
de l'atelier, vingt fours de vingt-deux pieds de profondeur ; au milieu, un vaste fourneau avec des creusets hauts de plusieurs pieds. On n'y cueille pas au
bout d'une canne quelques gouttes de métal, il faut
enlever les creusets tout entiers et abattre un pan du
four pour qu'ils passent. Une main de fer va les saisir
bouillonnants dans la fournaise ; une chaîne de fer
les porte, et un chemin de fer les conduit jusque
sur une large plaque de cuivre, où, versée d'un seul
coup, l'éblouissante nappe de feu roule à flots
épais, comme la lave sur la pente d'un volcan, et
inonde tout le sable d'une lumière étrange et féer-
rique.

Quand le verre à vitres est refroidi, le travail est
achevé ; mais quand la glace est froide, le travail
commence : elle est onduleuse, il faut l'égaliser ;
elle est terne, il faut l'éclaircir ; elle est rude, il faut
l'adoucir ; et dix espèces d'ouvriers, un mois de travail, vingt instruments employés, vingt matériaux
mis en œuvre, de l'eau, de l'émeri, du cuir, du
fer, du papier, sont à peine suffisants pour rendre
digne de figurer dans votre chambre cette glace que
vous croyez payer si cher et qui a tant coûté ! Voilà
bien des merveilles, n'est-ce pas ? Eh bien, d'où
viennent-elles ? quel en est le point de départ ? qui
les produit ? Le verre. Et qu'est-ce que le verre ? Un
peu de sable mêlé à un peu de cendre. »

Je m'arrêtai.

« Est-ce que notre voyage est fini ? me dit mon
fils.

— Oui.

— Quand en ferons-nous un autre? quand me montreras-tu autre chose dans la chambre?

— Quand j'aurai eu le temps de l'apprendre. »

LES TROIS ÉTATS

DE JACQUES L'AVEUGLE

A M. Charles Gounod.

Nous étions à la campagne depuis une semaine; c'était au mois de juin; les fenêtres ouvertes laissaient entrer dans le salon tous les parfums du jardin; Gounod venait de quitter le piano, et à la musique avait succédé une de ces intimes causeries sur l'art, où la parole a, dans la bouche de notre ami, le charme d'une de ses mélodies. Je lui racontai alors qu'un paysan aveugle, devenu notre voisin, traversait quelquefois, le soir, pendant l'été, à l'heure que nous appelons l'heure de Beethoven et de Mozart, la petite route gazonnée qui sépare sa ca––ne de notre habitation, venait s'asseoir par terre le long du mur de notre jardin; et là, pendant tout le temps que nous faisions de la musique, il restait immobile à écouter.

« J'aimerais bien à chanter pour cet homme-là ! s'écria Gounod.

— Vrai ! mon cher ami? Rien de plus facile. Il est deux heures ; Jacques, c'est son nom, va revenir de son travail pour goûter.

— Comment ! de son travail? Il travaille ?

— Je le crois bien. Il a trois états.

— Trois états !

— Qui l'occupent presque toute l'année. Je vais l'envoyer chercher, et en l'attendant je vous raconterai l'histoire de ses trois états. Ce sera, du même coup, vous raconter l'histoire d'une des créatures les plus singulières que j'aie rencontrées à la campagne ; inculte, poétique, rustique, expansive, éloquente, et qui, précipitée violemment dans les ténèbres de la cécité, a retrouvé son chemin dans ces ténèbres, s'est refait une vie par son infirmité même.

« Tel est l'homme, voici le fait.

« Vous connaissez, je crois, mon cher ami, le petit village de Noisemont et la plaine qui nous en sépare. Cette plaine a aussi son caractère particulier : aride, rougeâtre, hérissée de pierres meulières en exploitation, crevassée d'excavations énormes, les quelques groupes d'arbres épars qui l'ombragent, ainsi que les rares champs en culture qui y verdissent, alternent avec des polygones de cailloux cubés, métrés ; le grincement du fer contre la roche qu'on brise et qu'on perfore, se mêle aux bruits charmants de la campagne, de sorte que le même cadre vous offre à la fois le rude tableau d'une usine et le riant aspect d'un paysage.

« Il y a une trentaine d'années, je traversais cette plaine avec un de nos plus chers amis, qui était maire de notre village, M. Desgranges. Tout à coup le bruit d'une violente explosion nous arrête, nous regardons : à quatre ou cinq cents pas, s'élevait de terre une fumée blanchâtre qui semblait sortir d'une cavité, puis des pierres jetées en l'air, puis des cris horribles, puis, s'élançant de ce trou, un homme qui commence à courir dans la plaine comme un insensé. Il agitait les bras, poussait des hurlements, tombait, se relevait, disparaissait dans les larges crevasses de la plaine, et reparaissait encore. L'éloignement et l'inégalité de sa course nous empêchaient de le bien distinguer ; mais, à la place du visage, je lui voyais un large masque rouge. Épouvantés, nous nous élançons vers lui, tandis que, de l'autre côté de la plaine, du côté de Noisemont, accouraient, en criant, des hommes et des femmes. Nous arrivâmes les premiers près de ce malheureux ; sa face avait comme disparu, et n'était plus qu'une blessure ; son crâne était ouvert, et des torrents de sang ruisselaient sur ses vêtements en lambeaux ; à peine l'avions-nous pris dans nos bras, qu'une femme suivie de vingt paysans se jette devant lui : « Jacques ! Jacques ! est-ce toi ? Je ne te reconnais pas !... Jacques !... » Le malheureux, sans répondre, se débattait avec fureur entre nos mains, et, en se débattant, il faisait voler le sang autour de lui. « Ah ! s'écria tout à coup la femme avec une voix déchirante, c'est lui !... » Elle avait reconnu une large épingle d'argent qui attachait sa chemise et brillait à travers le sang.

« C'était lui, en effet, c'était son mari, le père de trois enfants, pauvre ouvrier mineur, qui, en faisant sauter une roche avec la poudre, avait reçu toute l'explosion dans le visage, et était aveugle, mutilé, peut-être frappé mortellement.

« On le transporta chez lui ; le médecin appelé ordonna de l'envoyer immédiatement à Paris, dans une maison de santé, et de le confier aux soins d'un oculiste. Au bout de six semaines, M. Desgranges m'écrivit : « Jacques est revenu. J'irai vous prendre à midi pour l'aller voir. »

« Nous arrivons. Je n'oublierai jamais ce spectacle. Jacques était assis sur un escabeau de bois à côté d'une cheminée sans feu, les yeux couverts d'un bandeau blanc; par terre dormait un enfant de trois mois; une petite fille de quatre ans jouait dans la cendre; une autre plus âgée grelottait vis-à-vis de lui, et en face de la cheminée, assise sur le lit défait, les bras pendants, sa femme! Ce qui se devinait dans ce spectacle était plus terrible encore que ce qui frappait la vue. On sentait que depuis plusieurs heures peut-être aucune parole ne s'était prononcée dans cette chambre; la femme ne faisait rien et semblait n'avoir souci de rien faire. Ce n'étaient pas des malheureux, c'étaient des condamnés. Au bruit de nos pas, ils se levèrent, mais sans rien dire.

« — Nous venons vous voir, dit M. Desgranges.

« — Merci, monsieur.

« — Vous avez eu là un grand malheur, mon pauvre Jacques!

« — Oui, monsieur Desgranges. »

« Sa voix était froide, brève, sans aucune émotion; il n'attendait rien de personne. Je prononçai les mots de secours, de compassion publique.

« — Des secours! s'écria la femme avec une fermeté désespérée, *on nous en doit! Il faut bien* que l'on nous secoure; nous n'avons rien fait pour avoir ce malheur; *on ne peut pas* laisser mourir mes enfants de faim. »

« Elle ne demandait pas, elle ne suppliait pas, elle réclamait. Cette impérieuse mendicité nous toucha plus que toutes les lamentations ordinaires des pauvres ; mais combien s'accrut notre émotion, quand Jacques reprit d'une voix sourde : « Il faut bien que tes enfants meurent, puisque je ne vois plus. »

« Il y a de singulières puissances dans la voix humaine. Ce mot, prononcé d'une voix impassible, comme un arrêt, nous saisit au cœur, M. Desgranges et moi ; nous n'eûmes que la force de balbutier quelques vagues consolations, de laisser quelque argent sur la cheminée, et nous sortîmes consternés. Le lendemain, les paroles du médecin ajoutèrent encore à nos inquiétudes. « Il est perdu, nous dit-il ; ses blessures sont guéries, aucune lésion intérieure ; mais le chagrin l'a pris et le tuera. Les natures puissantes sont sujettes à ces coups violents. Il n'est pas seulement désespéré, il est humilié, il se trouve dégradé. Il ne mange plus, il ne dort plus ; les entrailles s'attaquent ; il serait mort dans un mois que je n'en serais pas surpris. »

« Un mois après, il était sauvé et travaillait.

— Par quel miracle ? s'écria Gounod.

— Par un miracle de charité, d'abord...

— Lequel ?

— Demandez-le-lui à lui-même, car le voici. »

Nous vîmes en effet paraître, dans l'allée, un homme vigoureux, petit de taille, et tâtant avec son bâton le terrain et les arbustes de l'allée, pour s'assurer de son chemin.

« Il est tout seul, me dit Gounod.

— Sa femme l'a conduit jusqu'à la porte, et une fois dans le jardin, il n'a besoin de personne, il connaît la route. »

Nous descendîmes les cinq marches du perron, et nous allâmes à lui.

« Jacques, voici un de mes amis qui désire vous voir.

— C'est donc une brave personne, puisque c'est un de vos amis, monsieur, reprit l'aveugle avec ce vif accent d'expansive cordialité qui lui est propre.

— Oui, certes, Jacques, une brave personne, car, depuis plus de vingt ans, il fait du bien à tout le monde, non seulement en France, mais dans toute l'Europe et même en Amérique.

— Il est donc bien riche ! s'écria naïvement l'aveugle.

— Pas riche du tout !

— Alors, monsieur, avec quoi fait-il tant de bien ?

— Avec de la musique.

— De la musique ! reprit l'aveugle avec émotion.

— Ah ! ah ! voilà un mot qui vous touche. Eh bien, oui, mon cher Jacques, le bon Dieu a mis dans la tête de cet homme-là toutes sortes de beaux chants, qu'il en fait sortir quand il veut, qu'il chante lui-même avec une voix charmante, que des millions d'autres voix chantent après la sienne, et qui vont ainsi se promenant à travers le monde, comme des oiseaux du ciel dont les chansons, tombant sur la terre, consolent ceux qui souffrent, et charment ceux qui ne souffrent pas.

— Et ce monsieur qui est là a une nichée d'oiseaux comme cela dans la cervelle ?

— Oui, Jacques ! Et savez-vous pourquoi il a désiré vous voir ? Pour vous chanter lui-même quelque chose pour vous.

— Pour moi ! pour moi ! s'écria l'aveugle.

VOILA GOUNOD AU PIANO, ET JACQUES ASSIS SUR LE PERRON. (Page 133.)

— Oui, reprit Gounod en lui pressant la main.
Ainsi entrez dans le salon et asseyez-vous.

— Dans le salon? non! mes sabots sont pleins
de boue ; mais, si vous le permettez, je vais m'asseoir en dehors, sur les marches du perron, et
j'écouterai de là ; c'est une place que j'aime.

— A votre aise ! »

Voilà Gounod au piano, et Jacques assis sur le
perron, avec son grand bâton entre les jambes, et ses
yeux, ses yeux éteints, levés vers le ciel. Gounod
chanta pendant plus d'une demi-heure, passant de
Faust et de *Mireille* à *Guillaume Tell* et à *la Flûte
enchantée,* et tous ces chants immortels se reflétaient
sur le pâle visage de l'aveugle, en émotions à la fois
confuses et profondes, en frémissements qui allèrent
deux fois jusqu'aux larmes. Quand Gounod se tut,
Jacques se leva ; Gounod alla à lui, et l'aveugle,
d'une voix toute tremblante, lui dit : « Merci, monsieur le chanteur ; depuis une demi-heure, je n'ai
pas pensé à mon malheur. »

Ce remercîment si simple toucha Gounod, qui
répondit :

« Eh bien, mon brave Jacques, voulez-vous me
prouver que je vous ai fait plaisir ?

— Oh ! oui ! monsieur, mais comment ?

— En me faisant, vous aussi, un grand plaisir.

— Mais comment ? comment ?

— En me racontant de quelle façon, et par qui,
vous êtes sorti du grand désespoir où vous étiez.

— Oh ! bien volontiers ! monsieur. Vous parler
de moi, ce sera vous parler de lui.

— Qui, lui ?

— M. Desgranges.

— L'ami de notre ami, l'ancien maire de ce village.

— Oui, monsieur ; c'est lui qui m'a sauvé.

— Avec des secours ? avec de l'argent ?

— Oh ! oui, il m'en a donné de l'argent, et il m'en a fait donner ! La quête qui m'a valu trois cents francs, c'est lui qui l'a faite ! Le concert qui m'a rapporté quatre cents francs, c'est lui qui l'a organisé. Mais tout cela n'est rien ! Il m'a tiré de l'enfer ! C'était fini ! l'idée de mon malheur me mangeait ! Ne plus voir clair, ça me tuait ! je me sentais mourir, et je voulais mourir ! C'est lui qui m'a guéri le cœur.

— De quelle façon ?

— Par sa belle parole ! Oui, monsieur, lui, une personne si capable sur terre, pendant trois mois il est venu, tous les jours, d'une lieue, dans ma pauvre maison ! Il s'asseyait en face de moi, ce cher ami, et il se mettait à me causer, une heure, deux heures, jusqu'à ce que je fusse content.

— Que vous disait-il ?

— Il faudrait être lui pour répéter ce qu'il disait ; mais c'étaient des choses que je n'avais jamais entendues... Il me parlait du bon Dieu mieux qu'un curé ; c'est lui qui m'a rappris à dormir !

— Comment cela ?

— Il y avait deux mois que je n'avais dormi ; à peine assoupi, je me réveillais en me disant : *Jacques, tu es aveugle !* et alors ma tête allait, allait, comme une enragée ! Voilà qu'un matin, il entre, ce cher ami, et il me dit : « Jacques, cette nuit, quand vous vous réveillerez et que l'idée de votre malheur vous prendra, récitez tout haut une prière au bon

Dieu, puis deux, puis trois, et vous verrez que vous vous endormirez. » Et ça s'est fait comme il l'a dit. Oui, il a eu raison ! Le bon Dieu, ça endort quand on a de la peine. Gounod sourit. Jacques ajouta : « Ce qui me faisait le plus de mal, c'était que je me répétais toujours : Tu es inutile aux tiens... tu es *la femme* à la maison, c'est toi qu'on nourrit !... Mais lui se fâchant : « N'est-ce pas vous qui soutenez encore votre famille ? Si vous n'étiez pas aveugle, est-ce qu'on leur aurait donné sept cents francs ? — C'est vrai, monsieur Desgranges ! — Si vous n'étiez pas aveugle, est-ce qu'on élèverait vos enfants ? — C'est vrai, monsieur Desgranges ! — Si vous n'étiez pas aveugle, est-ce qu'on vous aimerait tous comme on vous aime ? — C'est vrai, monsieur Desgranges, c'est vrai ! — Voyez-vous, Jacques, ajoutait-il, il y a du malheur pour toutes les familles ; le malheur est comme la pluie, il faut qu'il en tombe un peu partout ; si vous n'étiez pas aveugle, votre femme serait peut-être malade, un de vos enfants serait peut-être mort : au lieu de cela, c'est vous qui avez tout, mon pauvre homme ; mais eux ils n'ont rien ! — C'est vrai ! c'est vrai ! » Et je commençais à me sentir moins triste, j'étais même comme heureux de souffrir pour eux ! Et je lui disais : « Parlez-moi encore, monsieur Desgranges, » et il me répondait : « Jacques, le malheur est le plus grand ennemi ou le plus grand ami des hommes ; il y a des gens qu'il rend méchants ; il y en a d'autres qu'il rend meilleurs ; vous, il faut qu'il vous fasse aimer de tout le monde, il faut que vous soyez si reconnaissant, si affectionné, que quand on voudra dire de quelqu'un qu'il est bon, on dise : bon

comme l'aveugle de Noisemont. Cela servira de dot
à votre fille... » Voilà comme il me parlait, monsieur, et ça me donnait du cœur à être malheureux !

— Oui, mais quand il n'était pas là ?

— Ah ! quand il n'était plus là, j'avais des moments bien durs : je pensais à mes yeux... C'est si
beau le jour ! O Dieu ! si jamais je revoyais clair, je
me lèverais à trois heures du matin et je ne me cou-
cherais qu'à dix heures du soir, pour amasser plus
de jour ! Allons ! bon ! voilà que je me fais du chagrin ! Il me gronderait s'il vivait encore, ce cher
ami !... car il me grondait quelquefois, et cela me
faisait plaisir, parce qu'il voulait rendre sa belle
parole méchante et qu'il ne le pouvait pas. »

Gounod, tout émerveillé de trouver de tels sentiments chez un paysan, désirait fort continuer l'interrogatoire, mais il hésitait par délicatesse. Je
lui fis signe qu'il pouvait poursuivre ; il reprit :
« Jacques, on me dit que vous travaillez, que vous
avez trois états ; comment vous en est venue l'idée ?

— C'est encore lui qui l'a eue. Je commençais à
n'être plus si chagrin, mais l'ennui me prenait. A
trente-deux ans, être assis toute la journée sur une
chaise ! Ce cher ami se mit alors dans l'idée de
m'instruire, comme il me disait, et il me racontait
de belles histoires : la Bible, l'histoire d'un vieil
aveugle comme moi, appelé Tobie, l'histoire de
Joseph, l'histoire de David, et puis il me les faisait
répéter après lui... Mais cette caboche, c'est dur ! ça
n'a pas été habitué à apprendre ; je m'ennuyais toujours de mes bras et de mes jambes ; et je devenais
méchant. Voilà qu'il arrive un jour et qu'il me dit :

« Jacques, il faut vous mettre à travailler ». Je lui
montre mes pauvres mains brûlées. « C'est égal, je
vous ai acheté un fonds de commerce. — A moi,
monsieur Desgranges? — Oui, Jacques, un fonds
où l'on ne met jamais de marchandises et où il y en
a toujours. — Il vous a donc coûté bien cher, monsieur Desgranges? — Rien du tout, mon garçon.
— Qu'est-ce que c'est donc que ce fonds-là? — La
rivière. — La rivière! Vous voulez donc que je sois
pêcheur? — Du tout : porteur d'eau. — Porteur
d'eau! mais des yeux? — Des yeux! me dit-il.
Quand on en a, on s'en sert ; quand on n'en a pas,
on s'en passe ; je vous expliquerai tout à l'heure
comment. Allons, allons, vous êtes porteur d'eau.
— Mais un tonneau, monsieur Desgranges? — Je
vous en donnerai un. — Mais un haquet, monsieur
Desgranges? — Je l'ai commandé au charron. —
Mais des pratiques, monsieur Desgranges? — Je
vous donne la mienne d'abord, 18 francs par mois
(ce cher ami, il me payait l'eau aussi cher que le
vin); d'ailleurs, il n'y a à dire ni oui, ni non ; j'ai
congédié mon porteur d'eau ; vous ne voulez pas que
ma femme et moi nous mourions de soif! — Cette
chère madame Desgranges, par exemple! — Ainsi,
mon garçon, dans trois jours, à l'ouvrage ; et vous,
madame Jacques, venez!... » Et voilà qu'il emmène
ma femme, il lui commande des bretelles de cuir, il
l'enharnache ; nous étions tous ahuris... Mais arrêtez-
vous donc quand M. Desgranges vous pressait! Et
au bout de trois jours nous voilà au tonneau, moi
attelé et tirant, elle derrière moi et poussant. Nous
étions honteux en traversant le village, comme si
nous avions fait quelque chose de mal ; il nous sem-

blait que tout le monde allait se moquer de nous...
Mais M. Desgranges était là ! dans la rue ! et disant
tout haut : « Allons, Jacques, courage !... » Cahin...
caha... nous arrivons, et le soir il nous met dans la
main une pièce d'argent, en ajoutant : « Jacques,
voilà vingt sous que vous avez *gagnés* aujourd'hui. »
Gagnés !... monsieur, songez donc... gagnés ! Il y
avait quinze mois que tout ce que je mangeais, on
me le donnait. C'est bien bon de recevoir des bonnes
personnes, c'est vrai ; mais le pain que l'on gagne,
cela nourrit bien plus ! Et puis, c'était fini... je
n'étais plus la femme ! j'étais ouvrier ! j'étais
ouvrier ! Jacques gagnait sa vie ! »

Une sorte d'exaltation brillait sur sa figure.

« Comment ! lui dit Gounod, votre tonneau suffisait pour vous faire vivre ?

— Pas lui tout seul, monsieur ; mais j'ai encore
un autre état.

— Un autre état !

— Eh, oui donc ! la rivière, ça coule toujours,
excepté quand ça gèle, et, comme disait M. Desgranges, les porteurs d'eau ne font pas fortune avec
le cristal ; alors il m'a donné un état d'été et un état
d'hiver.

— Un état d'hiver ! Lequel ?

— Je suis scieur de bois.

— Scieur de bois !... c'est impossible ! Comment
mesurer la longueur des bûches ? déterminer le trait
de scie ? Comment couper le bois, enfin, sans vous
couper ?

— Oh ! me couper ! monsieur, reprit l'aveugle
avec une charmante nuance de suffisance ; d'abord
j'ai été scieur de long autrefois, et la scie, ça me

connaît; pour le reste, on l'apprend. M. Desgranges me mettait un tas de bois sous le hangar; mon bois à gauche, ma scie et ma genouillère devant moi, et une bûche qu'il fallait scier en trois. Je prenais une ficelle, je la coupais grand comme le tiers de la bûche; voilà une mesure. A chaque trait de scie je l'essayais, et ça allait, ce qui fait que maintenant tout ce qui se brûle et tout ce qui se boit dans le village, cela regarde Jacques.

— Sans compter, dis-je à Gounod, en prenant la parole à mon tour, qu'il est encore commissionnaire.

— Commissionnaire! voilà le troisième état, reprit notre ami de plus en plus surpris.

— Oui, monsieur, répondit Jacques; quand il y a quelque course à faire à Melun, je mets ma petite fille sur mon dos, et puis en route! Elle voit pour moi, je marche pour elle; ceux qui me rencontrent disent : « Voilà un monsieur qui a les yeux placés bien haut. » A quoi je réponds : « C'est pour voir de plus loin. » Et le soir il y a vingt sous de plus à la maison.

— Mais vous n'avez pas peur de vous heurter contre les pierres?

— On lève les pieds donc, et puis je suis habitué; je viens bien de Noisemont ici tout seul.

— Tout seul! comment vous orientez-vous?

— Je prends le vent en sortant de la maison, ça me sert de soleil.

— Mais les trous?

— Je les connais.

— Mais les murs?

— Je les sens; quand on approche de quelque chose d'épais, monsieur, l'air arrive bien moins vif

10

au visage ; ce n'est pas que quelquefois on n'attrape
de rudes coups ; comme, par exemple, si quelqu'un
a laissé une petite charrette à bras sur le chemin...
on ne se méfie pas... vlan ! à toi, pauvre quinze-
vingt ! Mais bah ! qu'est-ce que cela fait ?... Il n'y
a que quand je m'égare, comme avant-hier... oh !
alors...

— Vous ne m'aviez pas parlé de cela, dis-je à
Jacques.

— J'ai été pourtant bien embarrassé, monsieur.
Pendant que j'étais ici, le vent avait changé ; je ne
m'en aperçois pas, je m'en vas ; mais, au bout
d'un quart d'heure que j'étais dans la plaine de
Noisemont, me voilà perdu, perdu à ne plus oser
bouger. Vous la connaissez, la plaine ; pas de maison, pas de passant. Je m'assois par terre, j'écoute ;
après un petit moment, j'entends, comme qui dirait
à deux cents pas, un bruit d'eau qui coule ; je me
dis : si c'était le ruisseau qui est en bas dans la
plaine ! Je vais à tâtons du côté du bruit ; j'arrive...
c'était le ruisseau. Alors je me raisonne comme ça :
l'eau descend du côté de Seine-Port et le traverse ;
je vais y mettre ma main, je sentirai le courant et
j'arriverai. Ce que je fis, et j'arrivai chez Julienne,
qui commençait à être inquiète...

— Ah ! s'écria Gounod, c'est admi...! »

Je l'arrêtai vivement, et l'emmenant à l'autre
extrémité de la chambre... « Silence ! lui dis-je tout
bas ; pas d'admirable. Ne corrompez point par l'orgueil la simplicité de cet homme. Regardez-le, voyez
comme son visage est tranquille, calme, après ce
récit qui vous a ému. Il s'ignore lui-même, ne le
gâtez pas.

— C'est si touchant ! reprit notre ami à voix basse.

— Sans doute, et pourtant sa supériorité n'est pas là. Mille aveugles ont trouvé ces ingénieuses ressources ; mille les trouveront encore ; mais ce perfectionnement moral ! mais ce cœur ! ce cœur qui s'est ouvert si vite aux consolations élevées, ce cœur qui a accepté si ardemment le rôle de victime, ce cœur enfin qui l'a fait vivre ! Car, ne vous y trompez pas, ce n'est pas M. Desgranges seul qui l'a sauvé, c'est son affection pour M. Desgranges ; sa chaleureuse reconnaissance lui a servi de cordial... il a vécu parce qu'il a aimé. »

A ce moment, Jacques qui était resté au fond de la chambre, entendant que nous nous parlions bas, se leva doucement, et avec une délicate discrétion, dit à son petit garçon qui était venu le retrouver :

« Allons-nous-en sans faire de bruit.

— Vous partez, Jacques ?

— Je vous gêne, messieurs.

— Du tout ! dites donc du moins adieu à M. Gounod.

— Adieu, monsieur Gounod ! adieu, mon cher monsieur Gounod ! reprit Jacques avec son expansion impétueuse, et tout en baisant la main que Gounod lui avait tendue. Quand je serai trop triste, je penserai à vous, mon cher monsieur Gounod ! Cela me fera du bien, comme quand je pense à M. Desgranges ! Oh ! le pauvre cher ami... quand il vivait, rien que de le savoir dans le village, cela me rendait le cœur bien aise ; et quand il allait en voyage, je me faisais tourner par ma femme vers le pays où il était parti, pour respirer l'air du côté où il était ! Enfin, j'espère que le bon Dieu, à cause

que j'ai beaucoup souffert, me mettra dans le
même paradis que M. Desgranges. »

Jacques, là-dessus, s'éloigna en agitant son bâton
pour trouver son chemin, et nous continuâmes quelques instants à causer de lui.

« Eh bien, dis-je à Gounod, vous avais-je trompé
en vous annonçant une créature vraiment singulière ?
Cette reconnaissance passionnée, ce mélange de
naïveté et de grandeur ne sont-ils pas frappants ?
N'a-t-il pas des trouvailles de mots et de sentiments
tout à fait imprévues ?

« Je me rappelle qu'un jour, allant le voir, je le
trouvai assis au coin de sa cheminée sans feu, avec
un pauvre malheureux, devenu aveugle comme lui
par une explosion de mine. « De quoi parliez-vous
donc, tous deux ? lui dis-je. — Du soleil, monsieur ! » N'est-ce pas un mot sublime ? Il ajouta avec
cette étrange éloquence qui me surprend toujours :
« La preuve qu'il y a un bon Dieu, monsieur, c'est
la lumière ! Les hommes font bien de petits sem-
blants de jour, mais il leur faut du bois pour faire
du feu, de l'huile pour faire de la clarté ! Encore,
cette clarté-là n'éclaire pas bien loin. Si on mettait
le feu à la forêt de Senart, cela luirait à deux lieues,
à trois lieues peut-être, mais à Paris, on ne verrait
déjà plus rien. Tandis que la lumière du bon Dieu,
dès qu'elle arrive, on la voit de partout, et tout est
clair ! clair !... » Et il prononçait ce mot clair avec
une sorte d'extase. Ainsi voilà ce paysan aveugle
qui cherche les raisons de l'existence de Dieu, et
qui les trouve dans la lumière ! glorifiant ce soleil
dont il ne jouit pas ! proclamant le Créateur au nom
du bienfait dont le Créateur l'a privé ! Son malheur

lui a servi de guide! son malheur lui a servi de maître ! Où est le sage qui a monté plus haut que cet humble élève de la cécité ? »

UN PREMIER SYMPTOME

A M. E. Bersot.

Permettez - moi, mon cher ami, de dédier cette petite étude psychologique à notre plus pénétrant moraliste, au guide le plus aimé de la jeunesse.

Je déjeunais, un jour de cet automne, chez un de mes voisins de campagne, qui est venu planter sa tente dans notre village pour y vivre auprès de nous ; les vraies amitiés sont des parentés par choix.

Mon voisin a trois enfants, élevés avec les nôtres, et qui m appellent leur oncle. L'aîné, Pierre, a dix-sept ans : c'est un garçon réfléchi, silencieux et quelque peu mystérieux pour les autres, probablement parce qu'il l'est pour lui-même. Certaines adolescences sont ainsi pleines d'énigmes ; le développement intellectuel et moral s'y achevant avec peine, le jeune homme est sous le coup d'un travail intérieur qui l'absorbe ; il ne peut pas se répandre au dehors, parce qu'il est occupé en dedans.

Le second fils a treize ans. Il s'appelle Gaston. Tout en lui est expansion, gaieté, lumière, mouvement. Un des traits particuliers de son caractère est une déférence pour son aîné qui va jusqu'à l'adoration. Il vit l'œil fixé sur le visage de son frère, comme sur une pendule chargée de régler sa vie. A quoi joueras-tu aujourd'hui pendant la récréation? — Je ne sais pas; Pierre n'a pas dit ce que nous ferions. — Veux-tu venir te promener sur la rivière, cette après-midi? — Je ne sais pas; Pierre n'a pas dit s'il voulait y aller. »

Pierre accepte cet hommage-lige aussi naturellement que Gaston l'offre; il naquit frère aîné comme l'autre frère cadet.

La petite fille, qui entre dans sa septième année, est vive et fine. Quant au père, un mot le définit : il aurait mérité d'être mère; à le voir avec ses enfants, on dirait qu'il n'a qu'un regret, c'est de n'avoir pas pu les nourrir.

Cet automne a été marqué pour Pierre par un grand événement. Son père lui a acheté son premier permis de chasse, lui a donné son premier fusil. Quelques arpents de bois et de plaines situés à une petite distance et loués pour lui ont servi à ses débuts de tireur. Il y a porté son esprit de réflexion, d'ordre et de prudence naturelle. Son arme est toujours en état d'entretien parfait; on peut l'avoir sans crainte pour voisin dans une battue, et, si grande que soit son émotion, il ne tire jamais sur un chasseur en le prenant pour un chevreuil. Le jeudi et le dimanche, on part à une heure pour ne revenir qu'à six heures; le cadet est de la partie, non comme chasseur, bien entendu, il joue le rôle secondaire de rabatteur, de chien courant, de chien d'arrêt; les jours de battue, on l'enrégimente avec les gamins du village; il est armé d'une gaule comme eux, il crie comme eux, il frappe comme eux dans les taillis, les ronces,

les halliers, et sort de là trempé de rosée, crotté
jusque dans le dos, sa blouse déchirée, les yeux
étincelants, les joues empourprées, et convaincu
qu'il a tué tout ce qu'on a tiré. Au retour, il sert
de porte-carnier à son père ; et quand il arrive à la
maison chargé de ces dépouilles opimes, il a l'air
d'un triomphateur antique.

C'est dans le sein de cette aimable famille que
se produisit, pendant le déjeuner, un de ces faits
intimes qui passent inaperçus pour les indifférents,
mais qui frappent profondément ceux qu'intéresse
tout ce qui touche à l'enfance.

Le garde d'un riche propriétaire des environs
apporta une lettre de son maître ; cette lettre invitait
mon ami à une belle partie de chasse pour l'après-
midi, et le priait aimablement d'amener avec lui
son fils aîné. Pierre pâlit, rougit, resta muet de
bonheur. Être invité à une chasse princière ! être
invité *comme fusil !*... Toutes ses vanités d'adolescence et de chasseur se trouvaient flattées à la
fois. Il prenait la robe prétexte ; il passait jeune
homme !

Tout à coup, au milieu du brouhaha général
qu'avait produit cette invitation, éclata la petite
voix aiguë de Madeleine (c'est le nom de la petite
fille), qui, le doigt tendu vers son plus jeune frère,
et les yeux pétillants de malice, s'écria : « Ah !
Gaston qui pleure ! » Tout le monde se retourne
vers Gaston, et, en effet, nous voyons ses joues et
ses lèvres trembler ; puis un déluge de larmes jaillit
de ses yeux, avec ces mots entrecoupés : « Je ne
pleurais pas !... C'est la faute de Madeleine !...
C'est elle qui m'a fait pleurer en disant que je

pleurais... » Et le pauvre petit, se débattant contre
un chagrin qu'il ne comprenait pas, éclata malgré
lui en sanglots.

Un moment de silence suivit ce léger tumulte;
on se leva de table, les chasseurs partirent, moi je
restai avec la mère et les deux enfants, Madeleine
et Gaston; je restai, plus que songeur, inquiet.

Qui de nous ne se rappelle avoir vu un jour,
avec épouvante, éclater tout à coup sur le visage,
dans la personne d'un enfant aimé, quelque symptôme de maladie grave? C'est une toux qui ressemble au croup! c'est une douleur aiguë dans la
tête, qui annonce peut-être une fièvre cérébrale! ce
sont des vomissements violents qui révèlent un profond désordre intérieur! Eh bien, j'éprouvais quelque chose de cette sensation poignante, en voyant
soudain apparaître dans cet enfant, le plus affreux,
le plus amer, le plus désespéré des vices, l'envie!
Car il n'y avait pas à se le dissimuler, ses larmes
étaient bien des larmes d'envie! Il ne pouvait pas
être invité à cette partie. Il ne pouvait pas aller à
cette chasse, puisque son âge le lui interdisait ; son
chagrin n'était donc pas le regret d'un plaisir perdu
pour lui, mais le regret d'un plaisir arrivé à un autre,
à son frère; c'était de l'envie! En vain, me disais-je,
pour me rassurer, que ce vice était en désaccord
absolu avec son caractère et avec sa tendresse fra-
ternelle; je suis trop vieux pour ne pas savoir que
la contradiction est le fond même de la nature
humaine.

Depuis le départ des chasseurs, j'observais Gaston; il était triste, non pas de cette tristesse naturelle à l'enfant qui reste seul, mais de cette sorte

d'abattement mêlé de honte, qui indique une âme mécontente d'elle-même.

Que faire? gronder un enfant? le punir? le faire pleurer? Rien de plus facile. Mais comment attaquer un commencement de vice dans une jeune âme? comment le convaincre? comment guérir le malade? Terrible problème.

Dans mon anxiété, j'appelai à mon aide, par le souvenir, les maîtres dans l'art de pénétrer, de manier, et d'assainir les cœurs. Les lettres de direction de Fénelon et de Bossuet sont un de mes livres de chevet. Ces grands médecins de l'âme emploient souvent un remède singulier; au lieu d'accabler leur pénitent du poids de sa faute, au lieu de la grossir à ses yeux pour lui en inspirer l'horreur, ils la lui présentent, non pas atténuée, mais réduite à sa juste valeur, ils la lui font voir comme une conséquence naturelle de la faiblesse humaine, ils réconcilient le pécheur avec lui-même, et lui rendent ainsi la guérison plus facile, en lui montrant son mal comme plus ordinaire.

J'allai donc trouver l'enfant. « Gaston, sais-tu ce que c'est que la colère? — Oh! oui! répondit-il en soupirant. — Et la gourmandise? — Oh! oui! — Et la paresse? — Oh! oui! — Et l'envie? — Non! — Eh bien, l'envie, c'est le chagrin du bonheur des autres. Comprends-tu? — Non. — Tu vas comprendre. Il y a quelques jours, le jeune M. de Verdière rentre chez ses parents, pâle, sombre, la figure contractée, et jette son chapeau sur la table avec colère... Qu'avait-il donc? Il venait de voir aux Champs-Élysées, où il se promenait à pied, un de ses camarades monté sur un joli cheval, et

caracolant à la portière d'une belle voiture. Si la
rencontre de son ami lui avait simplement inspiré
le désir d'avoir aussi, lui, un joli cheval, rien de
plus naturel et de moins blâmable. Mais c'est à la
figure contractée, c'est à l'air sombre, c'est au chapeau jeté avec colère que commence la faute, c'est-
à-dire l'envie, c'est-à-dire le déplaisir du bonheur
qu'un autre possède. Commences-tu à comprendre?
— Je crois que oui..., répondit-il un peu troublé.
— Eh bien, es-tu parfaitement sûr que ce matin,
quand tu as pleuré?... —Ce n'est pas pour cela que
j'ai pleuré..., reprit-il vivement, c'est Madeleine
qui...— Oui! je suis de ton avis! oui, c'est Madeleine qui a fait jaillir tes larmes! Sans son observation, tout se serait borné de ta part à une légère
pâleur, à un léger tremblement de lèvres; tout se
serait passé entre toi et toi; mais cette légère
pâleur elle-même, qu'était-ce, sinon l'indice d'un
sentiment intérieur? et ce sentiment, qu'était-ce,
sinon un mouvement d'envie?... Madeleine ne t'a
fait pleurer que parce qu'elle a mis le doigt sur
une petite plaie intérieure. Je vais te faire une
comparaison un peu vulgaire, mais qui te con-
vaincra mieux que les plus fortes raisons. Écoute-
moi bien. — J'écoute, répondit-il tout confus et la
tête basse. — Quand tu te coupes, cela te cuit; mais
une fois le sang arrêté, une fois la coupure fermée
et séchée, toute cuisson cesse; au contraire, si un
cousin ou une guêpe te pique, l'effet de la piqûre
se prolonge pendant plusieurs jours, la petite plaie,
quoique fermée, reste enflammée; pourquoi? Parce
qu'il y a une goutte de venin au fond. Eh bien, voilà
la différence d'un regret ordinaire et du chagrin pro-

duit par l'envie. Un regret simple, le regret d'un
plaisir manqué, c'est une coupure ; on en souffre un
moment, on en pleure un instant, puis on se console. Mais la peine causée par l'envie est une plaie
empoisonnée. La douleur survit à la blessure ; ou,
pour mieux dire, la blessure reste vive et saignante
en dedans, parce qu'elle renferme du venin ! Et
si elle tombe, cette blessure, sur un bon petit cœur,
comme le tien, le remords se mêle à la peine, on a
honte de ce qu'on éprouve, on souffre d'avoir souffert. Eh bien, voilà où tu en es. Est-ce vrai ? »

A ce mot, je m'arrêtai un instant, et j'attendis.
Le pauvre petit avait le cœur oppressé, sa tête
était abattue sur sa poitrine, et je voyais des larmes
tomber de son visage. Alors, j'allai à lui, je l'em-
brassai et je lui dis : « Mon enfant, je t'ai affligé,
je le devais ! maintenant, je vais te consoler, car je
le dois. » Il releva le front. « Si tu étais vérita-
blement un envieux, ta maladie serait sans remède,
et toutes les remontrances échoueraient contre cet
incurable et effroyable vice. Mais, Dieu merci, il y
a bien des nuances dans le mal ! Les gens qui se
portent le mieux ont des indispositions, les meilleurs
terrains produisent de mauvaises herbes, et il pousse
de mauvais sentiments dans les meilleurs cœurs.
L'important est de soigner les indispositions pour
qu'elles ne deviennent pas des maladies, d'arracher
les mauvaises herbes avant qu'elles deviennent des
plantes malfaisantes, et d'extirper les germes de
vices avant qu'ils deviennent des vices. C'est ce que
nous allons faire. — Comment ?... comment ?...
s'écria l'enfant. — Le plus facilement du monde.
La maladie n'est pas grave ; un remède simple

suffira. Depuis ce matin, dès que la pensée de cette chasse te revient à l'esprit, tu la repousses parce qu'elle renouvelle ta peine. Eh bien, fais tout le contraire, jette-toi en plein dans cette idée; transporte-toi par l'imagination au milieu du bois, des chasseurs et des chiens! Cours auprès de ton frère! compte ses beaux coups! et tu reconnaîtras bien vite qu'il est un moyen sûr pour que cette chasse ne te fasse plus de peine, c'est qu'elle te fasse beaucoup de plaisir. »

L'enfant me regardait tout étonné. Je repris plus vivement : « Mais qu'est-ce que je dis? Il y a un remède bien plus efficace, un remède en action. Quatre heures sonnent, la chasse va finir, allons ensemble au-devant des chasseurs. Viens voir de tes yeux, toucher pour ainsi dire de tes mains le bonheur, le triomphe de ton frère... Prends-en ta part et tu verras !

— Je comprends ! Partons ! » s'écria l'enfant.

Nous voilà partis... Un quart d'heure après, nous rencontrons une voiture découverte qui ramenait les chasseurs. Gaston se précipite vers eux : « Qu'as-tu tué, Pierre? — Trois coqs et deux lièvres. — Donne! donne! » Et il les prenait, et il les regardait! et il les pesait, et il riait!... et il triomphait comme son frère!... « Eh bien? lui dis-je au retour. — Oh! oui, oui!... vous aviez raison!... Je ne sens plus rien !... Je suis guéri !...

— Guéri? repris-je lentement, guéri pour aujourd'hui! Mais il faut que cette guérison dure, il faut que cette journée compte. La vie t'offrira bien d'autres occasions d'être envieux! Tu verras plus tard passer à côté de toi, arriver à d'autres qu'à toi bien des plaisirs que tu désireras, bien des bonheurs que tu auras peut-être rêvés ; alors la petite vipère se réveillera et essayera encore de te mordre ; marche sur elle et écrase-la ! Tu sais le moyen, emploie-le ! Dès que tu sentiras poindre en toi le premier, le plus léger mouvement d'envie, sors de toi-même ! Élance-toi hors de ton cœur comme on se précipite hors d'une chambre où le feu vient de prendre, et réfugie-toi dans l'âme de celui qui est heureux ! Si tu le connais, va le voir ! S'il a une femme, une mère, une sœur, une fille, cours chez elles, plonge-toi dans leur joie !... Nourris-toi de leurs regards radieux, de leurs paroles d'actions de grâces, noie enfin ton chagrin dans le bonheur d'autrui ! »

Je parlai avec tant de véhémence, que mes paroles entrèrent comme de force dans ce petit cœur étonné.

Je courus alors près de l'aîné, car il y avait lieu de lui parler, à lui aussi.

« Pierre, as-tu pensé une seule fois, au milieu de cette belle journée, à celui que tu avais laissé derrière toi ? — A Gaston ? — Oui ! tu as vu ses larmes ce matin, larmes bien naturelles... C'était le premier plaisir qu'il ne partageait pas avec toi... c'était le premier signal de votre séparation !... — Notre séparation ?... reprit-il. — Oui ! vous voilà séparés ! Chaque jour vous éloigne davantage l'un de l'autre ; chaque jour, en grandissant, tu t'élèves davantage au-dessus de lui ; et chaque jour aussi, ton intelligence, ton caractère, tes goûts t'emportent davantage loin de lui : vous êtes encore frères, vous n'êtes plus compagnons. Le voilà

donc seul, ce pauvre petit qui a toujours été deux !
Il te regarde t'envoler avec une surprise mêlée de
chagrin, à peu près comme, dans ce tableau de
Rembrandt que je t'ai fait admirer au musée, le
jeune Tobie voit l'ange qui lui avait servi de camarade, déployer tout à coup ses ailes, et disparaître dans le ciel. Eh bien ! sers-toi de tes ailes
pour redescendre vers Gaston ! Aime-le comme un
frère aîné, c'est-à-dire à la fois fraternellement
et paternellement. Fais-lui, le plus que tu pourras,
sa part dans tous tes plaisirs ! Il a toujours eu pour
toi une affection naïvement profonde... Veille bien
sur ce trésor ! Les différences qui vous séparent
aujourd'hui disparaîtront dans quelques années ;
vous redeviendrez du même âge, et alors grande
sera ta joie de retrouver l'ami que tu auras su te
conserver. »

Le soir, les deux frères furent charmants l'un
pour l'autre ; jamais ils n'avaient paru s'aimer
autant. Je n'ai pas perdu ma journée.

L'ÉDUCATION D'UN FRÈRE DE ROI

A M. Henri Martin.

C'est dans une famille royale que nous allons pénétrer cette fois. Il semble que famille royale et famille privée, ce soit tout un. Les sentiments naturels
sur lesquels repose la famille, amour filial, amour
paternel, amour de mère, amour de frère et de sœur,

sont choses si saintes qu'on les regarde volontiers
comme choses immuables. Il n'en est rien. Rois
et reines, princes et princesses ne sont pas toujours
pères, mères et frères de la même façon que nous.
Ils ne peuvent pas l'être. La raison d'État entre forcément dans leurs sentiments et les modifie; ils ont
des devoirs que nous n'avons pas, leurs droits diffèrent plus encore des nôtres. Pour n'en citer qu'un
exemple terrible, Pierre le Grand a fait mourir son
fils. Pourquoi? Des témoignages authentiques et ré-
cents le prouvent : pour ne pas laisser tomber son
empire naissant dans les mains d'un fou. Convaincu,
par des preuves irrécusables, que son œuvre périrait
avec le tsarewitch, il l'a immolé à son œuvre. Si le
père a tué le fils, c'est que le roi, au dedans de lui,
avait tué le père. Qui connaîtrait l'histoire intime
des familles régnantes serait parfois épouvanté de
toutes les tragédies mystérieuses qui se jouent dans
le fond des palais royaux. Le sang ne coule pas toujours dans ces drames-là; il ne s'agit pas toujours de meurtre; ce qui, le plus souvent, y tombe
immolé, ce ne sont pas des créatures humaines,
ce sont les sentiments humains. L'orgueil dynas-
tique, l'ambition, la crainte, la raison d'État sont
les exécuteurs. Ce récit de l'*Éducation d'un frère de
roi* va éclairer d'un bien triste jour un de ces intérieurs de famille royale. On y verra une mère démo-
ralisant ou laissant démoraliser un de ses fils par
amour pour l'autre. Certes, le personnage qui est
comme le héros de cette histoire est bien méprisé
et bien flétri, et pourtant on se sentira saisi de pitié
en voyant ce que la nature avait fait pour lui et ce
que l'éducation a fait de lui! Un heureux hasard

de lecture ayant mis sous mes yeux le récit authen-
tique[1] de ces premières années d'un frère de roi, je
n'ai pas craint de m'attarder dans les détails de cette
vie d'écolier royal; ils sont tous empreints d'un
grand caractère d'utilité pratique; ils révèlent dans
M. de Brèves un personnage digne de mémoire; ils
préparent le dénoûment inattendu et déplorable de
ces trois années de soins éclairés; par là, cette page
d'histoire devient une saisissante page d'éducation.

Gaston, le frère cadet de Louis XIII, naquit à
Fontainebleau le 25 avril 1608, six ans après son
frère, deux ans avant la mort de son père; jusqu'à
l'âge de sept ans, il resta entre les mains de Mme de
Monglat, qui possédait et méritait la confiance entière de Marie de Médicis. Le jugement que la gou-
vernante portait sur son élève peut se résumer en
ces mots : Enfant plein des plus heureuses dispositions, mais *mobile*. La justesse profonde de ce
diagnostic moral va se révéler par ce récit.

En 1615, le 19 juillet, le jour où Gaston eut sept
ans et trois mois, Marie de Médicis, sur la recom-
mandation du maréchal d'Ancre, lui donna pour
gouverneur M. de Brèves. M. de Brèves avait longtemps et heureusement servi l'État dans des mis-
sions lointaines, et son séjour à Rome comme am-
bassadeur l'avait placé au premier rang parmi les
diplomates. Son préceptorat dura trois ans. Nous
tenons de sa plume et de sa bouche le récit de ces
trois ans. Nous le laisserons donc parler le plus que

---

1. Discours véritable, fait par M. de Brèves, du procédé qui
fut tenu lorsqu'il remit entre les mains du roi la personne de
Monseigneur le duc d'Anjou, frère unique de Sa Majesté. (*Mémoires d'histoire et de littérature*, par l'abbé d'Artigny, 1751.)

nous pourrons, car ni Rabelais ni Rousseau n'ont mieux dit ce que devait faire un gouverneur, et M. de Brèves a fait tout ce qu'il a dit :

« Le premier et le plus puissant moyen d'éducation dont je me sois servi, c'est la sujétion que je me suis imposée près de la personne du prince. Une table était toujours servie pour le gouverneur, je ne m'y suis jamais assis, m'obligeant à dîner et à souper toujours avec mon élève, pour ôter le moyen aux gens de basse étoffe à l'entretenir, pour l'obliger à la civilité, et l'habituer aux discours relevés, seuls dignes d'un prince de sa naissance.

« Pendant trois ans, j'ai fait placer chaque soir auprès de son lit une paillasse où j'ai dormi, pour ne pas le laisser à la discrétion de ceux qui couchaient dans la chambre, et pour empêcher qu'aucun d'eux ne prît occasion, s'il se réveillait, de lui dire quelque chose qu'il ne dût pas entendre.

« Jamais, pendant ces trois ans, il n'est sorti de son lit sans que je me levasse moi-même, et, à peine levé, il commençait la journée en priant Dieu, en le louant, en le remerciant et en faisant un sévère examen de conscience.

« Je n'ai jamais paru devant lui sans avoir des verges attachées à ma ceinture ; non pas pour le frapper, je ne me suis pas servi trois fois de ce genre de correction ; mais je croyais utile de lui imprimer par les yeux la crainte salutaire du châtiment ; en général, s'il était tombé en quelque faute, je le ramenais par un simple regard, par un raisonnement juste et quelquefois par une leçon pratique. »

En quoi consistaient ces leçons pratiques ? En voici une que M. de Brèves lui-même a racontée :

11

« Un jour, Gaston, à table, employa une expression blessante vis-à-vis d'un des gentilshommes qui le servaient. M. de Brèves ne lui fit aucune réprimande; mais le soir, au souper, parurent pour le service les *galopins de cuisine*. Gaston s'en étonne. « Il ne vous faut plus que des gens de basse condition pour vous servir, lui répondit froidement M. de Brèves, puisque vous ne savez pas traiter les gentilshommes en gentilshommes. »

L'organisation générale et détaillée de l'éducation du prince répondait à ces principes.

M. dé Brèves se proposait trois objets : l'instruction par les livres, l'instruction par les hommes, l'instruction par les choses.

Une bibliothèque, formée de tous les chefs-d'œuvre des diverses langues, était le meuble principal du cabinet de M. de Brèves, qui servait à Gaston de salle d'études; sur les murs, des cartes dé géographie, des portraits d'hommes illustres, des tableaux représentant quelques-unes des grandes actions du temps passé. Le choix des maîtres répondait au choix des livres.

« Comme le sieur de Brèves (c'est l'abbé d'Artigny qui parle, d'après le discours manuscrit de Brèves lui-même), comme le sieur de Brèves connaissait Monsieur d'un esprit prompt, actif, et qui prenait plaisir à l'entretien des habiles gens sur toutes sortes de sujets, il eut un soin particulier de lui trouver des personnes qui pussent satisfaire cette louable curiosité et lui remplissent en même temps l'esprit de choses bonnes et dignes d'un grand prince.

« Il commença par la charge d'aumônier ordinaire, de laquelle il fit pourvoir le sieur de Passart, gentilhomme de Picardie, très-savant et d'une conversation très-divertissante, homme de bien, et qui avait de bons sentiments de la religion. Sitôt que Monsieur était éveillé, M. de Passart commençait l'entretien, selon que l'occasion s'en offrait. Il ne manquait pas de faire toujours tomber le discours sur quelque moralité tirée de l'Écriture sainte ou de quelque autre bon livre, et cela avec tant d'adresse qu'il ne se rendait jamais ennuyeux.

« Le sieur de Brèves choisit en même temps quatre gentilshommes ordinaires pour être toujours près de la personne de Monsieur, savoir : le sieur de Machault, le sieur de Poysieux, le sieur de Gedoyn et le sieur du Plessis. Le sieur de Machault était de Paris, fort universel en toutes sortes de sciences, surtout en géographie comme en mathématiques, et s'en savait servir à propos et avec jugement; personnage, au reste, fort sage et fort civil.

« Le sieur de Poysieux, Dauphinois, n'était pas de cette force d'intelligence, mais fort sensé et plein de discrétion et de réserve.

« Le sieur de Gedoyn avait beaucoup d'esprit et grande connaissance des choses du monde; sa façon d'agir et de parler était toujours accorte, s'accommodant au goût de ceux avec lesquels il s'entretenait.

« Le sieur du Plessis était d'une humeur joviale, qui avait toujours mille contes à faire, et rencontrait heureusement de quoi que ce soit qu'on parlât; mais avec cela, ses discours n'avaient rien de bas ni de mauvais exemple. Ils se rendaient tous assidus aux heures qui leur étaient ordonnées, et,

connaissant que leur maître se plaisait à leur entretien, ils ne recevaient pas moins de satisfaction
de le voir avancer de jour en jour et parler per-
tinemment de toutes choses en l'âge où il était.

« M. de Brèves, avec sa prestance, tenait bien sa
partie dans ce monde-là, et voici un fait qui prouve
comment il entendait son rôle :

« Un jour, dans un voyage fait en Normandie à
la suite du roi, le maître et l'élève traversèrent un
village où ils virent force peuple, vêtu de lambeaux,
avec des visages qui semblaient l'image de la mort,
et maintes maisons en ruine.

« L'enfant regardait ce triste spectacle en silence.

« — Comment ne me demandez-vous pas la
cause de tant de misères? lui dit M. de Brèves.
Est-ce qu'il vous semble juste que des habitants
du royaume de France soient dans une telle condition?

« — Non, sans doute, reprit vivement l'enfant;
mais pourquoi le roi mon frère le permet-il?

« — Monsieur, répondit M. de Brèves, vous devez
juger qu'un corps couvert de sangsues est bientôt
privé de son sang, et qu'il ne lui reste qu'une chair
morte, collée sur les os : eh bien! la condition de ce
misérable et pauvre peuple est semblable.

« — Quelles sont donc les sangsues qui le dé-
vorent?

« — Les gens de guerre, qui, répandus par
bandes sur tout le royaume, y jettent avec leur licence
et leurs violences, le plus grand de tous les fléaux,
la guerre civile. Voilà ce qui ravit à ces peuples
leur substance, voilà ce qui les force à errer par
les campagnes, vivant d'herbes comme les bêtes

brutes. Eh! quels sont les premiers auteurs de ces guerres civiles? Des grands par la naissance, des seigneurs comme vous, Monsieur, qui, sous prétexte de bien public, bouleversent toute la monarchie et forcent le roi, qu'ils trahissent, à fouler le peuple pour entretenir des hommes de guerre, afin de se défendre contre les entreprises criminelles. Mais je vous ferai lire nos histoires, et vous y verrez la vie honteuse et la fin misérable de tous ces grands qui ont desservi les rois. »

« L'enfant lui répondit :

« — Ils se fussent mieux conduits qu'ils n'ont fait s'ils avaient eu les exemples que j'ai sous les yeux. »

« Grande fut l'émotion de M. de Brèves à cette réponse; le mot, l'accent, le regard de l'enfant, tout lui en semblait singulier, touchant, et il ne put se défendre de dire :

« — Monsieur, à la manière dont vous avez prononcé cette phrase : *Ils se fussent mieux conduits*, il m'a semblé que vous faisiez allusion à un fait récent, à des personnages connus. A qui se rapportait ce mot... *ils?* Pensiez-vous à quelqu'un?

« — Je pensais à deux personnes.

« — A qui donc?

« — Au maréchal d'Ancre, qui est mort tragiquement pour s'être mal comporté envers le roi, et à mon cousin le prince de Condé, enfermé à la Bastille et à Vincennes pour cause de rébellion. »

« Ce blâme jeté sur Condé enchanta M. de Brèves; mais le nom du maréchal d'Ancre ne laissa pas que de l'embarrasser, car c'est le maréchal qui l'avait fait placer auprès de Gaston; il s'en tira par cette réplique adroite :

« — Monsieur, votre naissance diffère trop de celle du maréchal pour que son exemple vous regarde ; mais vous avez raison de faire profit de ce qui est arrivé aux princes du sang pour leur conduite.

« — Aussi ferai-je, répliqua l'enfant.

« — Eh bien, si vous le voulez, répliqua M. de Brèves, je vais vous apprendre un moyen pour vous garder de leur exemple et vivre toujours heureux.

« — Quel est ce moyen ?

« — Votre condition est pleine de périls. Dès que vous serez en âge de porter les armes, vous deviendrez le point de mire de tous les mécontents et de toutes les ambitions ; vous ne trouverez que gens qui, sous le prétexte de vos grandes qualités, voudront vous pousser dans de criminelles entreprises. Le premier qui voudra vous induire à prendre parti contre le service du roi, sous quelque prétexte que ce soit, conduisez-le à l'heure même à Sa Majesté, et répétez tout haut devant elle les discours qu'on aura osé vous tenir. Agissant ainsi, vous préviendrez d'avance tous les soupçons où pourrait tomber le roi à votre égard ; vous vous délivrerez des artifices des méchants, et vous vous attirerez l'estime et l'affection des gens de bien, qui ne respireront que votre prospérité et votre gloire... »

Certes, ces paroles, rapportées par l'abbé d'Artigny d'après l'écrit de M. de Brèves, constituent un admirable programme d'éducation ! Il n'y a rien de plus difficile que d'élever le frère d'un roi, et surtout d'un roi encore enfant lui-même ou qui n'a pas d'enfant ! Il faut à la fois préparer son élève à être souverain et à ne pas l'être ; lui donner toute la variété de connaissances, toute l'ardeur pour le

bien public, toutes les ambitions généreuses, tous les
nobles orgueils qui sont dignes du premier rang,
et lui inspirer en même temps la modération, la
sagesse, la patience qui conviennent au second.
M. de Brèves visa constamment à ce double but, et
l'atteignit si bien, qu'au bout de trois ans, l'esprit
de Gaston, l'instruction de Gaston, son charme de
reparties, son intérêt pour toutes les connaissances
élevées et sa gentillesse de caractère étaient un sujet
d'émerveillement pour tous ceux qui l'approchaient.
Il n'y eut jamais, disent les mémoires, prince de cet
âge de qui l'on eût tant espéré.

Sur ces entrefaites, le 23 avril 1618, vers les
sept heures, un huissier du conseil vint avertir
M. de Brèves, de la part du chancelier Sillery, de
se trouver chez lui à neuf heures, pour chose qui
importait au service du roi.

M. de Brèves s'y rend; il y trouve réunis, avec
le chancelier, M. le garde des sceaux Guillaume
du Vair, et M. le président Jeannin.

Le chancelier prit la parole en ces termes :

« Nous sommes rassemblés pour vous dire que
nous avons remarqué depuis quelques jours que le
roi a volonté de vous retirer d'auprès de Monsieur
son frère. Nous avons jugé à propos de vous conseiller de prévenir Sa Majesté. Il vous appartient
de lui dire votre regret de n'avoir pu le servir à son
gré et de vous déclarer prêt à remettre entre ses
mains les charges que Sa Majesté vous a données
près du prince. Tel est l'avis cue nous avons estimé
devoir vous donner.

— Messieurs, répondit M. de Brèves, un tel
avis venant de seigneurs prudents comme vous, ne

saurait être que très-sage. Je suis prêt à remettre
à Sa Majesté les charges que je lui dois; il me les
a données, il peut me les reprendre; mais ce qu'il
ne peut m'ôter, c'est l'honneur. Or, les services que
j'ai rendus à Sa Majesté, soit au dehors dans les
ambassades, soit au dedans près de Monsieur son
frère, ne méritent pas un aussi mauvais traitement
que celui que vous m'annoncez. Veuillez donc me
dire quelle faute j'ai commise. Quelle conduite
coupable m'attire une peine si honteuse?... Je vous
le demande... veuillez m'en instruire...

— Vous savez, monsieur, répondit le garde des
sceaux, que les souverains n'ont pas besoin d'expliquer les motifs de leur volonté; il suffit qu'ils
veuillent pour être obéis.

— Aussi suis-je prêt à obéir; mais d'abord je
vous dois à vous, messieurs, qui êtes les repré-
sentants des volontés du roi, le récit exact et suc-
cinct de ce que j'ai fait comme gouverneur du prince.
Mon premier soin fut de graver dans son âme la
crainte de Dieu et le respect du roi. Je n'ai cessé
de lui redire qu'il n'était rien que par le roi, qu'il
ne pouvait rien que pour le roi, et qu'il ne dépen-
dait que du bon plaisir du roi pour le réduire à
la condition d'un simple gentilhomme de ce royaume.

« Quant à ses études, elles ont eu surtout pour
objet la connaissance parfaite de la France. Il ne
s'est pas livré, depuis trois ou quatre cents ans,
une seule bataille qu'il n'en connaisse le nom, la
date, les principales circonstances, sans oublier
jamais le nom des chefs. Il connaît le règne, le
caractère et la conduite de tous nos rois, et c'est sur
leur exemple que je me suis appuyé pour lui

enseigner la libéralité et lui inspirer l'horreur de l'avarice.

« Quand il fut remis entre mes mains, il était d'un caractère ardent et mobile. Mais son naturel était bon; il n'aimait ni à faire ni à voir le mal. Aujourd'hui je peux dire que toutes ses inclinations sont celles d'un prince. Il a l'esprit superbe; voulant toujours vaincre et ne pouvant supporter l'idée d'être vaincu. Il parle souvent de faire la guerre aux ennemis de la France et de reconquérir ce qui a été usurpé, mais toujours pour le remettre au pouvoir du roi.

« Après ce récit sincère, messieurs, il ne me reste qu'une chose à faire. Je vais de ce pas à la Conciergerie me constituer prisonnier, et je vous prie de dire au roi que j'attends là mes interrogateurs et mes juges.

— Gardez-vous-en bien! s'écria le garde des sceaux, vous offenseriez grandement le roi!

— Soit donc! Je m'en abstiendrai, puisque vous le jugez à propos; mais veuillez me promettre de répéter à Sa Majesté tout ce que je vous ai dit, et requérir d'elle pour moi la faveur de remettre moi-même mon élève entre ses mains. »

Ils le lui promettent, et M. de Brèves retourne près de Gaston. L'enfant était encore au lit et dormait. M. de Brèves entra dans sa chambre, tira les rideaux, le réveilla, et ayant appelé l'aumônier, il dit à son élève qu'il devait le quitter. A ce mot, l'enfant fut saisi de tremblement et lui en demanda la raison d'une voix tout émue.

« Vous en êtes la cause, reprit M. de Brèves; le peu de succès que vous avez en vos études en est le sujet. Le roi, qui vous aime chèrement et est très-désireux de l'avantage de votre éducation, attribue votre peu de progrès à ma négligence, et il a résolu de vous donner un autre gouverneur. »

L'enfant écoutait, tout saisi, le visage couvert de larmes, ne pouvant pas parler et pouvant à peine respirer. Un peu remis de son premier trouble :

« Monsieur de Brèves, dit-il d'une voix à tout moment brisée par les sanglots... si je ne me suis pas bien conduit... pourquoi ne m'avez-vous pas repris davantage? Oh! je serais content que vous me donniez cinq cents coups de fouet et que vous ne me quittiez pas! Oh! mon Dieu! je donnerais un bras pour que cela ne soit pas! Je vais aller chez le roi. Je vais me jeter à ses genoux pour le supplier de vous laisser avec moi!...

— N'en faites rien! lui répondit vivement M. de Brèves, le roi croirait que c'est moi qui vous fais agir et s'en offenserait. »

L'enfant, se retournant vers son aumônier, lui dit avec une sorte de désespoir :

« Si M. de Brèves n'était pas pour moi un bon gouverneur, pourquoi me l'a-t-on donné? et s'il est bon, pourquoi me l'ôte-t-on? »

M. de Brèves voyant redoubler les larmes et les plaintes de Gaston, qui s'était rejeté sur son lit en sanglotant, se rapproche de son chevet et lui dit, fort ému lui-même :

« Monsieur, vous devez vous apaiser et vous contenter de ce qui plaît au roi, car n'oubliez pas que vous lui devez toute obéissance, comme son sujet et comme son frère. Pensez quelquefois à cette dernière parole que je vous laisse pour adieu, et que je vous adresse du meilleur de mon cœur, non dans mon intérêt, mais dans le vôtre, et pour l'obligation que j'ai au service de l'État. »

Comme l'enfant, à ce mot d'adieu, se mit à sangloter plus fort

« Nous nous reverrons, lui dit M. de Brèves, car je vais moi-même vous conduire au roi, et vous remettre entre ses mains. »

A ce moment, entra dans la chambre de Gaston le sous-gouverneur, M. de Puylaurens.

« C'est M. de Puylaurens, lui dit M. de Brèves, qui désormais demeurera près de vous, et je vous prie de l'aimer et de le croire comme un gentilhomme sage qu'il est; il vous rendra tant de services qu'il ne vous semblera pas que je suis absent. Comme il faut commencer tout de suite ce qui doit être fait, je vais lui laisser le soin que je n'ai confié à nul autre, un seul jour, pendant ces trois ans: c'est lui qui va vous lever. »

Après ces mots, il se retira. Deux jours plus tard, il revint avec un papier à la main; c'était le résumé écrit du discours qu'il avait tenu au chancelier. Il le lut à l'enfant, en le priant, si ses souvenirs étaient bien présents, de l'avouer pour vrai, avec deux mots de sa main, fortifiés de sa signature ordinaire. L'enfant le lut et le signa. Une semaine plus tard, le 25 du mois, jour de naissance de Gaston, M. de Brèves reçut du roi l'ordre de lui amener son élève.

Le roi était dans le grand cabinet de la reine, accompagné de M. de Luynes, de M. le garde des sceaux et de M. le président Jeannin.

« Sire, lui dit M. de Brèves, j'ai appris de

messieurs vos ministres ce qui est de vos intentions, je suis prêt d'y satisfaire. Après quoi, sire,
je supplie humblement Votre Majesté qu'elle me
permette de me rendre prisonnier dans votre Conciergerie pour justifier ma vie. Je n'ai jamais eu
dans tout le cours de mes services passés à demander ni grâce ni abolition, et je ne veux pas...

— Je sais qui vous êtes, monsieur, répondit le
roi, et il ne s'agit nullement de vous envoyer à la
Conciergerie.

—Où Votre Majesté m'ordonne-t-elle de me retirer?

— Je vous ordonne de rester à la cour, près de
moi, et M. le garde des sceaux va vous faire connaître le reste de mes intentions.

— Monsieur de Brèves, reprit le garde des sceaux,
le roi ne vous ôte pas le dépôt de la personne du
Monsieur son frère pour des services que Sa Majesté
ait reçus de vous ; elle le fait pour certaines considérations qu'il ne lui convient pas d'expliquer. Mais,
afin de vous marquer que Sa Majesté est satisfaite
de vous, elle ordonne qu'il vous soit délivré cinquante mille écus de dessus son épargne, et que la
charge de maître de la garde-robe de Monsieur son
frère demeure à vos deux fils, le plus jeune devant
avoir la survivance après l'aîné.

— Sire, répondit M. de Brèves, Votre Majesté
console ma vieillesse ; je vais vous amener Monsieur votre frère. »

Il s'approcha alors de la porte du petit cabinet
de la reine, où il avait laissé l'enfant, et, l'appelant,
le conduisit devant le roi, auquel il adressa ces
paroles :

« Sire, voilà votre frère que je vous rends

sain de corps comme d'esprit et tantôt en âge de vous rendre de grands et singuliers services. » Puis, se tournant vers Gaston : « Monsieur, vous vous souviendrez, s'il vous plaît, des préceptes que je vous ai donnés, qui vous obligent à aimer Dieu sur toutes choses, et à servir le roi par-dessus tout. »

Il ajouta alors en faisant un pas vers le roi :

« Votre Majesté consent-elle que je lui baise la main? » Le roi y consentit. M. de Brèves lui fit alors une grande révérence, et laissa le frère près du frère.

Les réflexions se pressent dans le cœur et dans l'esprit après un tel récit. Qui a pu décider cette mère, qui a pu décider ce roi à arracher un tel maître à son élève? La réponse est bien simple : on le lui a enlevé parce qu'il l'élevait trop bien; l'enfant devenait trop instruit, trop spirituel, trop affable, trop porté aux grandes choses; autant de défauts irrémédiables dans un frère de roi. Ceux qui entouraient Louis XIII lui soufflèrent à la fois au cœur la jalousie et la crainte. On le rendit envieux de Gaston comme frère, craintif de Gaston comme souverain. D'où est partie cette fatale inspiration? Est-ce de sa mère? Marie de Médicis a-t-elle sacrifié un de ses fils à l'autre, immolé sa tendresse maternelle à son ambition maternelle, étouffé dans leur germe les plus heureuses dispositions de Gaston pour assurer la tranquillité du règne de Louis XIII? Quelques mémoires du temps ont expliqué ainsi la disgrâce de M. de Brèves; d'autres y voient plutôt la main de M. de Luynes, irrité de savoir auprès de Gaston un favori du maréchal d'Ancre, et, dans les intérêts de sa haine, ayant présenté à Louis XIII

la supériorité de Gaston comme un danger pour
l'État. Quel qu'ait été le coupable, voilà le fait,
et voici les conséquences.

Le comte du Lude remplace M. de Brèves. Paresseux, vicieux, du Lude se décharge, non des honoraires, mais de la besogne, sur Contade. Contade,
disent les mémoires du temps, était un homme de
peu, rustique dans ses façons, grossier dans son
langage, déréglé dans ses habitudes. On lui adjoint
comme secrétaire des commandements du prince
le sieur de Chazan, connu par ses basses complai-
sances de courtisan pour de Luynes; et les trois
alliés manœuvrèrent si bien, qu'en moins d'une année, l'enfant jurait et buvait avec Contade, imitait
le langage et les habitudes de du Lude et de Chazan,
et que le second des fils de France n'était plus
qu'un misérable vaurien.

Du Lude meurt. De Luynes, effrayé de voir les
progrès dans le mal qu'avait faits Gaston, lui donne
pour gouverneur un personnage recommandable par
son mérite et ses rares qualités, le colonel Ornano,
gouverneur de Pont-Saint-Esprit, et lieutenant général du roi en Normandie. Avec Ornano semble
renaître M. de Brèves. Même énergie, même autorité, même activité; il remet les verges à sa
ceinture, mais ce n'est plus comme un vain simu-
lacre, il s'en sert résolûment et souvent! A côté
du colonel, sa femme, qui le complète, et je dirai
presque, le corrige. Personne d'esprit, de cœur,
elle prend l'enfant sous sa protection, se porte garant de son bon vouloir, le captive par sa grâce;
le mari représentait la force, la femme la douceur,
et tous deux se partagent et remplissent si natu-

rellement ce double rôle, qu'après quelques mois les traces de du Lude et de Contade étaient effacées à leur tour du cœur mobile de l'enfant, qu'il était redevenu studieux, soumis, affectueux, et que toute sa tendresse passionnée pour M. de Brèves s'était reportée sur Ornano.

Quatre ans se passent ainsi. Gaston a quinze ans ; son esprit, son goût pour les lettres et les arts, sa facilité de parole, sa noblesse de penchants ont reparu dans toute leur grâce animée ; Ornano est fier de son ouvrage, toute la cour y applaudit... quand un élément nouveau entre subitement dans cette éducation étrange. Louis XIII n'avait pas d'enfants ; on commençait à craindre qu'il n'en eût jamais, et sa santé débile semblait le destiner à mourir jeune. Une idée fatale traverse l'esprit d'Ornano. Si son élève devenait roi ? En un instant, tout change dans cette âme ambitieuse et ouverte aux résolutions violentes. Gaston n'est plus pour lui son élève, c'est l'héritier du trône, l'héritier direct, certain, presque immédiat. Il se voit déjà lui-même le premier personnage du royaume, et maître réel d'un pouvoir dont Gaston ne sera que le dépositaire ! Dès lors, plus de direction, plus de discipline, plus de fermeté, tout devient instrument de flatterie, de complaisance ; arrivent ensuite les projets coupables ; les rêves ambitieux, et Gaston entre dans la voie des conspirations et des trahisons. La suite, on la connaît. A dix-neuf ans, il conspire avec Chalais ; Chalais est arrêté ; Gaston, au lieu de le défendre, dépose contre lui, et Chalais est exécuté. Il conspire avec Montmorency, et Montmorency est exécuté. Il conspire avec le comte de Soissons ; Soissons est tué

à la Marfée, et Gaston fait sa paix avec son frère et
Richelieu. Il conspire avec Cinq-Mars et de Thou;
ils sont exécutés; Gaston demande grâce pour lui-
même et se retire à Blois.

Il meurt enfin à quarante-cinq ans, laissant dans
l'histoire le souvenir du plus vil, du plus lâche, du
plus ingrat, du plus traître des princes, et n'ayant
sauvé du naufrage qu'une qualité qui est une accusation de plus contre lui : son rare esprit.

L'histoire de cette âme me paraît tragique ; l'histoire de cette éducation me semble terrible. Je n'ai
jamais vu nulle part plus saisissante image de la
puissance d'une bonne ou d'une mauvaise direction,
plus douloureux spectacle d'une créature humaine
pervertie par ceux qui devraient la moraliser. A Dieu
ne plaise que j'absolve Gaston de ses crimes pour
en charger ses instituteurs! quand on a fait autant
de mal, c'est qu'on en portait quelque germe en soi.
Mais il avait aussi d'autres germes en lui, des germes
d'honneur, de reconnaissance. Bien cultivés, ils
auraient pu étouffer les autres, au lieu d'être étouf-
fés par eux; l'éducation n'est qu'une bataille : il
s'agit d'armer ce que nous avons de bon contre ce
que nous avons de mauvais! Ce n'était certainement
pas un être pervers que cet enfant qui se jetait, en
sanglotant, sur son lit, le jour du départ de son pré-
cepteur!... Et ce cri! ce cri déchirant... et prophé-
tique!... *J'aimerais mieux perdre un bras et que
vous restiez près de moi!* Ne dirait-on pas que l'avenir s'ouvre devant lui, que tous ses crimes futurs se
dressent à ses yeux, et que c'est aux pieds d'un sauveur que le pauvre petit se précipite avec désespoir!
Tout s'explique par le mot fatal prononcé par

Mme de Monglat, répété par M. de Brèves, et imprimé sur le front de l'enfant, comme son nom : *mobile !* Mobile, c'est-à-dire faible ! O la faiblesse ! la faiblesse ! le plus fatal de tous les vices, puisqu'il les renferme tous, puisqu'il peut conduire à tous ! Que sert à l'être faible d'être bon, d'être droit, d'être juste, puisque son âme est à la merci de la méchanceté, de l'iniquité, de la perversité des autres ? La faiblesse est la faculté de gagner toutes les maladies morales qui vous entourent. Est-elle donc elle-même un vice irrémédiable ? faut-il nous y résigner, chez nos enfants, comme à une fatalité ? Le souvenir de Gaston nous répond. Il nous montre le double et immense empire de l'éducation, tout ce qu'elle peut en bien, tout ce qu'elle peut en mal ; et c'est des lèvres de cette misérable victime de la faiblesse qu'est parti ce mot qui doit nous servir de soutien et de guide : *Mon cousin Condé n'aurait pas fait ce qu'il a fait, s'il avait eu les exemples que j'ai.*

Je n'ajoute rien à cette parole, si étrange dans la bouche d'un enfant : elle dit tout.

LA POLITESSE.

A Madame Deroulède.

Quand le jeune homme entra dans le salon, tout le monde se retourna. Il était très grand, très pâle, très blond ; une légère moustache ombrageait à peine sa lèvre supérieure ; il portait l'uniforme d'of-

ficier, et sur son uniforme la décoration de la Lé-
gion d'honneur ; il marchait appuyé sur deux béquilles.

La vue d'un jeune homme blessé émeut toujours ;
aujourd'hui, elle nous touche jusqu'au fond du cœur,
car elle réveille l'idée de nos malheurs publics ; la
mutilation du soldat rappelle la mutilation de la
patrie.

« Quel est ce jeune homme ? demandai-je vivement à mon voisin. Comment est-il officier et décoré,
étant encore si jeune ? sa blessure est-elle plus
qu'une blessure ? est-ce une menace d'infirmité ? »
J'appris alors qu'à vingt ans (il en a maintenant
vingt-huit) il s'était engagé comme volontaire dans
l'armée de Sedan ; que, fait prisonnier et conduit en
Allemagne, il s'était évadé pour venir s'engager de
nouveau dans le corps de Bourbaki ; qu'après la capi-
tulation, il s'était pour la troisième fois engagé dans
l'armée de Versailles contre la Commune, qu'il avait
gagné sa croix au combat de Villersexel, que sa blessure, toute grave qu'elle était, né laisserait pas de
traces, et qu'enfin, quoique blessé, riche, lettré, il
avait voulu rester au service, décidé à consacrer
toute son intelligence, tous ses efforts à l'éducation
de ses soldats : j'avais un héros devant moi ! Mon
émotion fut profonde, d'autant plus profonde qu'elle
fut double.

L'héroïsme à vingt-huit ans ne va pas sans un
certain péril pour le héros lui-même. Tant de vives
admirations vous entourent, tant de douces et enthousiastes sympathies courent au-devant de vous,
qu'il est bien difficile de n'en avoir pas la tête un
peu tournée. Comment se défendre, en dedans,

d'une certaine satisfaction orgueilleuse, et comment
n'en rien laisser percer au dehors? Comment être
héroïque à cet âge, sans être un peu plein de soi et
sans le montrer dans ses regards, dans ses gestes,
dans son accent? Or, ce qui me frappa le plus dans
ce jeune homme, ce fut non-seulement sa modestie
de bon goût, mais une autre qualité plus opposée
peut-être encore à la vanité, car cette qualité est un
hommage rendu aux autres, un sentiment réel de
ce qu'on doit aux autres, l'oubli de soi pour les
autres, et cette qualité, c'est la politesse. Ce jeune
homme avait une politesse exquise. Voilà un mot
qui semblera bien suranné, un éloge qui paraîtra
bien mince.

La politesse n'est plus à la mode. On remarquait
autrefois dans un salon les jeunes gens qui n'étaient
pas polis ; on remarque aujourd'hui ceux qui le sont.
Nous voyons quelques parents supprimer la politesse de la première éducation, comme quelque
chose de factice et de tyrannique. Habituer un enfant
à ôter son chapeau en entrant dans un salon, l'as-
treindre à dire bonjour aux personnes présentes, le
forcer, quand il va se coucher, à accompagner son
bonsoir d'un baiser, leur paraissent autant de conventions et de contraintes sociales qui vont mal avec
les deux plus charmantes qualités de l'enfance, le
naturel et la sincérité. A quoi bon, disent-ils, condamner ces pauvres innocents à nos petits exercices
de salon? Vous les rendez à la fois malheureux et
ridicules. Ils ressembleront bien assez tôt à des pou-
pées. L'éducation n'a rien à faire avec ces mouvements automatiques d'où la pensée est absente, et
contre lesquelles les victimes protestent, souvent par

leur résistance, toujours par leur gaucherie ! Fran-
chement, ajoutent-ils, connaissez-vous rien de plus
comique que ces dialogues à voix basse entre les
mères et leurs fils : « Salue la dame, mon petit. —
Je ne veux pas. — Allons ! sois bien gentil ! — Je
ne veux pas être gentil. — Salue ! — Non ! » Le
dialogue s'anime : « Monsieur, si vous ne saluez
pas, vous irez en pénitence ! — Ça m'est égal.!... »
Là-dessus l'étrangère intervient... un peu par embarras personnel : « Laissez-le, madame, de grâce !
Je te tiens quitte de ton salut, mon petit ! — Non !
dit la mère, il faut qu'il salue... ou sinon !... — Ou
sinon ! il sera fouetté !... » s'écrie le père, qui
paraît à son tour ! Alors le tumulte éclate ! L'enfant crie, la mère soupire, on emporte le coupable,
la visiteuse ne sait où se cacher. « Voilà ce que sont
vos leçons de politesse !... Mais il y a de quoi la lui
faire prendre en horreur, au pauvre petit ! » A quoi
je réponds d'abord que les enfants n'y sont pas tous
aussi réfractaires, surtout s'ils y ont été dressés, —
j'emploie à dessein le mot dressés, — de bonne
heure. Deuxièmement, l'idée de leur imposer un
ennui ne me touche nullement, attendu que l'éducation n'est souvent autre chose que l'art d'apprendre
à faire ce qui vous ennuie comme si cela vous amu-
sait. Quant à leur gaucherie, je ne la nie pas, à la
condition qu'on convienne qu'il n'y a rien de plus
charmant que cette gaucherie même. Ces pauvres
mioches qui vous ôtent gravement leur petit chapeau
et vous font si sérieusement l'aumône de leurs
petites joues m'enchantent ! leur air de ne pas penser à ce qu'ils font ajoute à leur charme ! Pour ce
que l'on trouve de machinal dans ces actes, je vous

rappellerai le mot profond de Pascal : *Commençons par les pratiques, la foi suivra.*

L'homme a un corps comme il a une âme, et ce corps peut servir parfois d'instituteur à l'âme. L'habitude est une grande maîtresse d'école. Quand l'enfant salue, ce n'est d'abord que sa tête qui s'incline ; quand sa bouche vous souhaite, comme dit André Chénier, la bienvenue au jour, ce n'est que sa bouche qui parle, mais à mesure que ces actes et ces mots se répètent, ils passent peu à peu des lèvres au cœur, du front à l'intelligence ; les gestes se convertissent en sentiments ! Ajoutez que les enfants polis font seuls les jeunes gens polis. La politesse est comme le piano : si on ne l'apprend pas de bonne heure, on ne l'apprend jamais. Or, je crois bien utile de l'apprendre. Les gens qui ne jurent que par les États-Unis vous objectent qu'en Amérique on se soucie peu de la politesse. C'est précisément pour cela que j'y tiens, parce que c'est une qualité française. Certains esprits farouches la repoussent comme un reste de l'ancien régime. J'espère être de mon époque autant que personne, mais je ne répudie pas tout dans le passé ; il avait du bon et du charmant, et c'est le charmant que je voudrais lui dérober pour en parer les sociétés nouvelles. La France ne sera complètement la France que quand elle alliera les manières d'autrefois avec les principes d'aujourd'hui.

Certes je connais beaucoup de politesses qui me choquent : il y a d'abord la politesse impertinente du grand personnage qui se sait bon gré d'être poli ; il y a la politesse obséquieuse qui obsède ; la politesse phraseuse qui irrite ; la politesse quêteuse qui dégoûte, car l'une ressemble à un mensonge, et l'autre à un placement. Mais quand elle reste dans la mesure et dans la vérité, quand elle se présente à nous avec ses compagnes naturelles, la distinction des manières et l'élégance dans le langage ; quand elle produit cette habitude charmante qui est la prévenance ; quand enfin elle s'allie, comme dans le jeune homme dont je vous ai parlé, avec une supériorité véritable, alors elle devient une qualité à la fois morale et physique, et rappelle, ce me semble, quelques-unes des œuvres les plus délicates du génie grec. Oui, je croyais entendre certains vers d'Euripide, je croyais regarder quelque statue de Polyclète, en voyant ce jeune et héroïque blessé se mouvoir dans le salon à l'aide de ses deux béquilles avec tant d'adresse, de simplicité et d'aisance ; passer naturellement d'un ton à l'autre, approprier son langage à son interlocuteur, plein de respect avec les vieillards, de courtoisie sans fadeur avec les femmes, de réserve avec les jeunes filles, de gaieté avec les hommes de son âge, et, tout en le suivant du regard, je me penchai de nouveau vers mon voisin, et je lui dis :

« Il y a une mère là-dessous ! La politesse a pour premier fondement le respect pour les femmes, et ce respect-là ne s'apprend jamais mieux que sur les genoux maternels ! Ce jeune homme-là a été élevé par sa mère !

— Vous avez raison, me répondit mon interlocuteur, c'est bien sa mère qui la lui a inspirée, c'est elle qui la lui a léguée, mais ce n'est pas elle qui la lui a apprise. Il la tient de sa propre nature. Un jour, à cinq ans, il rencontre un pauvre très-vieux

et très-infirme. Sa mère donne un sou à l'enfant, qui
le porte au vieux pauvre, mais, en le lui remettant,
il ôte d'abord devant lui sa petite casquette et le
salue. N'est-ce pas exquis? Quel enseignement profond! comme ce petit enfant qui se découvre devant
la pauvreté et qui ajoute l'aumône du cœur à l'aumône de la main, nous montre tout à coup la politesse sous une forme nouvelle! Comme il nous dit
sans le savoir, le cher petit! et son inconscience
ajoute à la grâce et à la force de sa leçon, comme il
nous dit clairement d'honorer dans tout être humain
une créature de Dieu et un frère de douleur! Grâce à
lui, nous avons le droit de compléter la phrase de
Vauvenargues en disant : « La politesse est comme
les grandes pensées : elle vient du cœur! »

DE

L'AVANTAGE D'AVOIR UNE FILLE

QUI NE VEUT PAS APPRENDRE L'ORTHOGRAPHE

A M. Régnier.

Voilà un titre piquant, j'espère! Le chapitre le
sera peut-être aussi. Tout au moins aura-t-il le
mérite de vous faire connaître un homme que vous
devez tous aimer; car il fut digne d'être appelé
votre ami, comme Berquin, et il a été le précurseur
de notre cher et spirituel Stahl : c'est M. Bouilly.

Resté seul tout enfant, d'abord avec sa mère veuve,
puis avec sa mère remariée, M. Bouilly trouva un
père dans son beau-père. Arrivé à l'adolescence, il

éprouva un sentiment à la fois naturel et singulier. Son nom de Bouilly commença à l'ennuyer. Les plaisanteries de ses camarades de classe lui avaient appris que ce nom prêtait à rire; il avait plus d'une fois été forcé de se battre parce qu'on se moquait de son nom, et la vanité, lui poussant au cœur en même temps que le duvet au menton, le faisait rougir tout bas de ce nom comme d'un ridicule. Il alla donc trouver son beau-père, et avec ce mélange de diplomatie et de câlinerie qui est très-familier aux enfants, il lui demanda, en l'embrassant, la permission de s'appeler désormais Bourguin comme lui. Le beau-père le regarda entre les deux yeux :

« Eh! pourquoi veux-tu t'appeler Bourguin?

— Pour m'appeler comme vous.

— Ah! répondit le beau-père, rien que pour cela? rien que par affection?

— Oui! répliqua l'enfant en balbutiant un peu.

— Allons, mon petit Nicolas, dit le beau-père, je vois avec plaisir que tu ne sais pas mentir, même quand la vérité n'est pas claire pour toi... Je vais donc te dire ce que tu ne t'es pas dit à toi-même. Tu veux t'appeler Bourguin, parce que tu es embarrassé de t'appeler Bouilly. Eh bien, mon enfant, écoute-moi. Un honnête homme ne quitte jamais le nom de son père, et quand ce nom semble un peu ridicule, on n'a qu'une ressource, c'est de le rendre célèbre, si l'on peut; honorable et honoré, on le peut toujours. D'ailleurs un nom est ce qu'on le fait. Celui qui le porte le transforme à son image. Quand Racine, Boileau, Corneille et La Fontaine étaient obscurs, leur nom était certes tout aussi vulgaire que le tien; après leur gloire, il devint rayonnant comme eux.

« PÈRE! JE T'EN SUPPLIE, DIS-MOI LA FIN! » (Page 181.)

Te le dirai-je? Parfois la bizarrerie de votre nom vous loge dans le souvenir des hommes; témoin les sobriquets, qui sont comme des clous brillants auxquels vos contemporains, et la postérité, accrochent votre mémoire; témoin ce grand peintre vénitien qui a immortalisé le surnom de Tintoretto, petit teinturier. Eh bien, mon petit Nicolas, ou je me trompe fort, ou ton nom de Bouilly t'aidera à être de ceux qu'on remarque. La réputation se compose de toutes sortes de choses. Si ton père ne t'avait pas donné ce nom-là, je ne te dirais pas de le prendre; mais tu l'as, garde-le, et si tu sais t'en servir, il te servira. »

Le brave homme avait vu juste. Pas un des ouvrages de M. Bouilly qui, en paraissant, n'éveillât des plaisanteries qu'il tournait à son avantage, par sa bonne humeur à y répondre ou sa bonne grâce à les accepter. Son nom et lui ne firent bientôt qu'un; on trouva qu'ils se ressemblaient, c'est-à-dire qu'ils rappelaient tous deux quelque chose de sain, de bon et de tendre : son nom fit partie de sa réputation de sensibilité. Mais voici qui est plus curieux. Le hasard lui donna pour contemporain et pour collaborateur M. Pain. Ils composèrent ensemble une comédie mêlée de vaudevilles, qui eut cinq cents représentations : *Fanchon la vielleuse*. L'année suivante, M. Pain fit jouer un vaudeville signé de lui seul et qui n'obtint qu'un médiocre succès. « Ah! dit-on, on voit bien que c'est du pain tout sec, il n'y a pas de Bouilly là-dedans. »

M. Bouilly eut un rare bonheur dans sa vie littéraire, c'est d'avoir deux réputations. Ces deux réputations s'ajoutèrent si heureusement l'une à l'autre, que la seconde commença quand la première finissait, de sorte que cette arrière-saison, si cruelle pour les artistes, la saison de la décadence, ne fut pour lui qu'une transformation de talent et un changement de succès. Auteur dramatique fort applaudi jusqu'à quarante-cinq ans, il devint alors conteur populaire. Conteur, grâce à qui? Grâce à sa fille.

Nous voilà ramenés à notre titre. M. Bouilly eut une fille charmante d'esprit, d'intelligence, de vivacité; mais, arrivée à douze ans, elle ne savait pas l'orthographe et ne voulait pas l'apprendre.

On avait pourtant employé pour l'instruire tous les moyens et tous les professeurs des deux sexes. Le maître d'école y avait échoué; après le maître, une maîtresse; après la maîtresse, le curé; après le curé, une sœur; sans compter, bien entendu, la mère et la grand'mère. Enfin, un jour, le père s'écria: « J'ai trouvé le moyen!... » Il la fit donc venir un matin dans son cabinet et lui dit : « Mets-toi là et écris. » Elle savait écrire. Toute fière, elle s'assied devant son pupitre; le père commence à lui dicter l'histoire d'un sansonnet; le père inventa mille détails amusants ou intéressants sur le caractère, sur le naturel de cet oiseau; il en dicta à sa fille de quoi remplir deux pages. Enfin le voilà arrivé au moment où l'histoire commence : la petite fille est tout oreilles, mais le père s'arrêtant brusquement : « Je continuerai quand tu m'apporteras ces deux pages recopiées, et sans une seule faute d'orthographe? » Qui fut stupéfaite! qui fut désapointée? Je vous le demande. Comme Mᵐˡˡᵉ Flavie,— elle s'appelait Flavie, — était habituée à ce qu'on fît toutes ses volontés, elle pria, elle pleura, elle trépigna, puis elle se calma, attendu que les enfants se calment toujours quand les parents restent calmes, et son père lui ayant permis de demander des conseils pour son travail, la voilà consultant sa mère, consultant le dictionnaire, allant même frapper à la porte de sa vieille tante, et arrivant enfin, après trois jours d'étude, avec deux pages irréprochables comme écriture et comme orthographe.

« Bravo! dit le père, continuons! » Les efforts de sa fille l'avaient touché; son succès personnel l'avait flatté, si bien que, son imagination se montant, il inventa, il improvisa une histoire très piquante; et la petite fille, tout en écrivant, riait aux éclats. Mais tout à coup, au moment le plus intéressant, le narrateur s'arrête.

« Va donc! père! va donc!... la fin!... la fin!

— La fin, répondit froidement le père, je te la dirai quand tu m'auras recopié sans faute ces quatre nouvelles pages.

— Père! père! je t'en supplie, dis-moi la fin!

— Non!

— Je te promets que j'apprendrai par cœur quatre pages de grammaire.

— Non!

— Je prendrai des leçons tous les jours.

— Non, je ne te dirai pas là fin avant que tu m'apportes cette seconde dictée sans faute. D'abord je serais bien embarrassé de te la dire aujourd'hui, attendu que je ne la sais pas encore moi-même. »

Il fallut bien se résigner et se mettre au travail; et comme le père, traîtreusement, avait intercalé dans les phrases bon nombre de difficultés grammaticales, il ne fallut pas moins de dix jours pour que la petite fille mît son devoir en règle et fût digne d'entendre

le dénoûment. Enfin! l'y voilà! L'histoire s'achève,
et avec un tel succès, de telles exclamations de plai·
sir de la part de l'enfant, que le père lui dit : « Or
donc, écoute-moi bien!... Je n'ai plus peur que tu
n'apprennes pas l'orthographe; tu as compris que
la fille d'un homme de lettres qui ne sàit pas sa
langue rend son père même ridicule. Mais cela ne
me suffit pas; tu m'as fait honte, il faut que tu me
fasses honneur; il faut que d'ici à deux mois je
puisse dire à notre ami le professeur de la Sorbonne, qui se moque toujours de toi : Interrogez
donc ma fille!... et que ton interrogatoire soit un
triomphe. »

Ainsi arriva-t-il. Mais voici un autre dénoûment
bien inattendu et qui vous expliquera ce long titre,
dont vous me demandez sans doute compte tout bas.

M. Bouilly était membre d'une société littéraire
qui subsiste encore, et qui s'appelle la Société phi-
lotechnique. Un jour, il raconta à un de ses collègues
sa petite invention paternelle.

« Lisez-nous donc un de ces contes à une de nos
réunions particulières.

— Y pensez-vous? lire un conte fait pour une
petite fille à une assemblée d'hommes graves!

— Ces hommes graves sont des hommes, sont
des pères, et d'ailleurs, entre nous!

— Soit donc; mais à vous la responsabilité! »

Trois jours après, la lecture a lieu. Succès complet! Si complet, qu'on demande à l'auteur de lire
ces deux contes (il en avait lu deux) à la grande
séance annuelle, au Conservatoire.

« Y pensez-vous? s'écrie-t-il. Lire ces enfantil-
lages devant six cents personnes! Entre un fragment

de poème épique (on faisait encore des poèmes épiques dans ce temps-là) et une scène de tragédie (on faisait énormément de tragédies dans ce temps-là), une telle disparate...

— Raison de plus. Le contraste est la meilleure condition du succès. D'ailleurs, nous ne sommes pas plus bêtes que nos six cents auditeurs, et puisque ces deux contes nous ont plu, pourquoi ne leur plairaient-ils pas?

— Soit donc, dit encore l'auteur; mais je vous déclare que ma première phrase sera pour expliquer au public que c'est vous qui l'avez voulu. »

Lecture publique... succès éclatant!... Attendez, attendez, vous ne devinez pas tout. Le lendemain matin, l'auteur écrivait dans son cabinet; on lui annonce un monsieur qui désire lui parler.

« Son nom?

— Il dit que monsieur ne le connaît pas.

— Qu'il entre.

— Monsieur, lui dit l'inconnu, vous avez lu hier, à la séance publique du Conservatoire, deux contes charmants.

— Vous êtes bien bon, monsieur.

— Il est évident que vous avez dû en écrire d'autres?

— Oui, une douzaine environ.

— Eh bien, monsieur, je suis éditeur, je viens vous les acheter.

— Hein! s'écrie l'auteur, marchant de surprise en surprise, publier de telles babioles! Vous n'y pensez pas!

— J'y pense si bien que je vous offre 1,200 francs de la première édition.

— Jamais! je suis trop honnête homme pour vous laisser faire un tel marché.

— Cela me regarde, répond froidement l'éditeur; je vous réponds que le marché est bon. Veuillez y réfléchir; je reviendrai savoir votre réponse. »

Et il sortit.

Y réfléchir! Il appelle sa femme, il appelle sa fille, il leur raconte... ce conte, bien plus extraordinaire que tous les siens... quand, au bout de deux heures, un nouveau coup de sonnette les fait tressaillir... C'est sans doute l'éditeur impatient qui venait chercher sa réponse. Du tout : c'était un second éditeur qui offre 2,000 francs au lieu de 1,200. Concurrence! enchères! et, le soir, le livre était vendu pour 2,500 francs par édition, et sous le titre : *Contes à ma fille.*

Sa fille grandit, et, après les Contes, il lui fit deux volumes de *Conseils.* Ce n'est pas tout! Elle se maria; il écrivit pour elle deux autres volumes intitulés : *les Jeunes Femmes.* Après les *Jeunes Femmes,* les *Jeunes Mères.* Après les *Jeunes Mères,* sa réputation s'étant encore agrandie, il fut chargé par la famille royale d'écrire pour les deux enfants de la duchesse de Berri, c'est-à-dire pour le comte de Chambord et sa sœur, un recueil qui eut pour titre : *les Contes aux enfants de France,* et qu'on lui paya 24,000 francs... Vous comprenez qu'il eut tous les courtisans pour lecteurs; de façon qu'en quelques années, il publia douze volumes, qu'il doubla la fortune de sa fille... grâce à quoi? grâce à ce qu'elle n'avait pas voulu apprendre l'orthographe. Seulement, n'allez pas en conclure qu'il faut laisser là grammaire et syntaxe; cela ne rapporterait pas autant à tous les pères, et c'est aux parents de tirer de ce petit récit l'affabulation convenable. Cette affabulation, la voici : c'est que nous ne remercions jamais assez Dieu de nous donner des enfants; car, même en tenant compte du désespoir que nous causent leurs maladies, et parfois même, hélas! leur perte, leurs insuccès et plus encore leurs défauts, ils n'en restent pas moins la plus pure et la plus féconde des joies de ce monde. Oui, nous trouvons tout en eux, si nous savons tirer d'eux tout ce qu'ils peuvent nous donner; nous y trouvons plaisir, consolations, enseignements, perfectionnement, et, comme le prouve l'exemple de M. Bouilly, lors même que nous travaillons pour eux, nous nous trouvons bien souvent travailler pour nous-mêmes et pour les autres.

LES CINQ ÉDUCATIONS

A Georges Desvallières.

Mon cher enfant,

C'est à toi que je dédie ces pages, car c'est pour toi qu'elles ont été faites. Je t'adresse ce chapitre, qui est un discours, car il te rappellera la date du 31 juillet 1877. Il remettra devant tes yeux cette première distribution de prix de l'École Monge, cette salle si élégamment décorée, ton grand-père dans ce fauteuil de président où tu étais assez fier de le voir assis, ton émotion en attendant la proclamation

13

des prix, ma joie de t'en remettre un, mon regret
de ne t'en remettre qu'un, et enfin les applaudissements donnés à mes paroles par tes camarades,
applaudissements que j'ai été si heureux d'entendre
parce que tu les entendais.

Tel il fut dit, ce discours, tel je l'imprime, ne
voulant rien déranger à ton souvenir, et espérant que
les garçons de ton âge ne liront pas sans intérêt mes
Cinq Éducations.

. . . .
. . . .
. . . .

Je suis un partisan résolu de l'École Monge.
Pourquoi? Est-ce parce que j'ai trouvé ici plus de
bien-être, plus d'air, plus d'espace, des classes
moins nombreuses, des promenades plus intelli-
gentes, des journées de travail moins chargées? Oh!
sans doute, tout cela a compté dans mon jugement,
car je ne puis comprendre qu'on ait fait une loi pour
limiter le travail des enfants dans les manufactures
et qu'il n'en existe pas une semblable pour les lycées!
qu'on craigne si justement d'atrophier les corps et
qu'on ne tremble pas d'atrophier les intelligences!
Pourtant mon sentiment repose sur un motif plus
grave encore : ce qui m'a frappé et charmé dans le
plan d'études conçu par M. Godart, c'est sa con-
formité avec les lois du développement intellectuel
de l'enfance.

Les étoiles n'apparaissent pas toutes dans le
ciel à la fois; les fleurs d'un arbuste ne fleurissent
pas toutes ensemble sur la tige qui les porte; elles
éclosent successivement et à leur heure. Il en est de
même des diverses facultés intellectuelles. Elles

naissent dans l'esprit de l'enfant comme ses membres et ses organes se développent dans le sein de sa mère, l'un après l'autre. Or, dans quel ordre se produisent-elles? Sont-ce les facultés d'abstraction qui paraissent les premières, ou celles qui dépendent des sens? Celles des sens. Et, parmi les sens, quel est l'organe dont le développement précède et domine tous les autres? Les yeux. L'enfant est tout yeux. Il a une puissance de regard incomparable. Nous sommes des aveugles à côté de lui. Entrez avec votre fils dans une chambre, dans un atelier, dans un palais, et, en sortant, interrogez-le; vous serez stupéfait de tout ce qu'il aura vu. En un seul regard, il aura fait l'inventaire des meubles, des murailles, des objets d'art ou de travail. Un homme du métier ne s'en fût pas tiré si vite. Tous les enfants sont nés commissaires-priseurs. Eh bien, c'est le commissaire-priseur que le plan d'études de l'École Monge développe d'abord en eux. La première éducation qu'ils y reçoivent est l'éducation des yeux et par les yeux. Leurs premières leçons portent sur les objets extérieurs, usuels, sur les sciences d'observation.

Il y a certes là un grand progrès, mais ce progrès en a produit un autre plus important peut-être; de cette première innovation en est sortie une seconde plus hardie encore! Comment, en effet, et par qui faire donner ces leçons nouvelles aux enfants? Les maîtres ordinaires n'y sont guère propres : leurs habitudes d'enseignement s'y opposent, leur amour-propre même y fait obstacle. Celui qui peut enseigner le latin et le grec, celui qui s'est exercé pendant vingt ans à la démonstration des

problèmes grammaticaux et philologiques, croirait
quelque peu déchoir en expliquant l'usage et la nature des objets matériels. Il faut des maîtres nouveaux pour cette éducation nouvelle. C'est alors que
M. Godart s'est rappelé qu'une femme[1] ayant inventé *les leçons de choses,* les femmes seules pouvaient donner les leçons de choses ; il s'est dit que
leur esprit, moins philosophique que le nôtre et plus
occupé des faits que des idées, se trouvait appelé par
cette disposition même à cet enseignement pratique,
et il a eu le courage, l'honneur d'introduire les
femmes comme professeurs dans son école. Toutes
les premières classes leur sont confiées ; tous les
petits enfants sont entre leurs mains. Il faut le
dire hautement, ce progrès n'est pas moins qu'une
révolution, la plus heureuse et la plus féconde des
révolutions ! Ouvrir cette école aux femmes, c'était
du même coup y faire entrer un élément nouveau et
tout-puissant : l'affection. A Dieu ne plaise que
j'accuse nos maîtres universitaires de ne pas aimer
leurs élèves ! mille exemples me convaincraient d'injustice. Oui, l'Université est paternelle, mais elle
n'est pas maternelle. Or, ce dont le petit enfant a le
plus besoin, c'est de maternité ! Avec les femmes, la
famille pénètre pour ainsi dire dans l'école, prolonge,
continue l'influence des caresses, des tendresses,
des familiarités du foyer domestique ; avec elles enfin se réalise la belle pensée de Socrate. Socrate, parlant d'un de ses élèves qui ne profitait pas de ses
leçons, disait : « Que puis-je lui apprendre? il

---

1. Je suis heureux de placer ici le nom de Mme Pape-Car-
pantier, qui a tant fait pour l'éducation en France.

ne m'aime pas. » Les femmes mêlées à l'éducation de l'enfant ncus permettent de dire : Que
n'apprendra-t-il pas d'elles? il les aime!

Nous avons dit assez de bien de l'École Monge;
disons-en un peu de mal; parlons de ce qui lui
manque.

Pour ce faire, montons, si vous le voulez, sur
les hauteurs de Montmartre, embrassons de là le
panorama de Paris, et cherchons quelles autres
écoles peuvent donner à celle-ci d'utiles leçons.

Je commence par le quartier latin. J'aperçois
derrière le Panthéon, non loin du Val-de-Grâce,
une rue nommée la rue Tournefort, et dans cette
rue une maison dont l'apparence me tente. Entrons; c'est une école primaire. Rien de particulier
au premier aspect. Des enfants assis devant des
pupitres; des cartes de géographie sur les murs,
des tableaux de poids et mesures, ce qu'on voit
partout. Midi sonne. Tous les enfants se lèvent. Où
vont-ils? Jouer? Non, ce n'est pas l'heure. Ils se
précipitent dans deux ou trois ateliers : atelier de
menuiserie, atelier de serrurerie, atelier de mode-
lage, atelier de sculpture sur bois. Voilà mes écoliers devenus ouvriers! au lieu de la plume, la scie,
le marteau, le rabot, le ciseau; au lieu de faire des
dictées, ils font des tables, des bancs, de petites
armoires. Tout ce qui est à leur usage sort de leurs
mains. Puis, à un second coup de cloche, ils laissent
là l'outil et le tablier du travailleur, et les voilà revenus à la géographie, au calcul, à l'histoire. N'y
a-t-il pas là un spectacle qui vous frappe? cette
alliance de l'instruction intellectuelle et de l'instruction manuelle ne vous semble-t-elle pas une leçon?

n'y voyez-vous rien à prendre et à apprendre? Rassurez-vous, je ne veux pas imiter Jean-Jacques et
faire de vous des menuisiers pour vous donner un
moyen de gagner votre pain en temps de révolution;
vous le gagneriez, je crois, fort mal. Le rude état
d'ouvrier demande un rude apprentissage. Mais, à
côté des arts d'agrément, ne pourrait-on pas insti-
tuer des métiers d'agrément, et pour vous, fils des
classes aisées, élèves de l'École Monge, n'y aurait-
il pas grande utilité à joindre à l'éducation des
yeux l'éducation des doigts? Un fait me frappe toujours lorsque j'entre dans un salon, le soir. Les
femmes cousent, brodent, tricotent, filent, dessinent,
jouent du piano, exécutent des ouvrages de tapisserie. Que font les hommes? Ils tournent leurs
pouces l'un autour de l'autre, ou ils dorment. Car,
remarquez-le bien, dans les soirées de famille il n'y
a guère que les hommes qui dorment. Pourquoi?
Parce qu'il s'ennuient. Pourquoi? Parce qu'ils ne
font rien. Pourquoi? Parce qu'on ne leur a rien appris
à faire. Franklin a consacré deux pages pleines d'esprit à une pétition de la main gauche, se plaignant
qu'on ne lui apprend rien à elle et qu'on apprend tout
à sa sœur la main droite : les doigts masculins pourraient élever la même plainte contre les doigts fé-
minins. On a inventé pour ceux-ci un nom charmant, les doigts de fée. Nous, que sommes-nous?
Des doigts fainéants. C'est un vieux reste des pré-
jugés féodaux, où l'on ne permettait aux classes élevées d'autre métier que le métier des armes, et où
l'homme noble, en fait d'outil, ne devait savoir
manier que l'épée. Mais, aujourd'hui, ne serait-il
pas temps de comprendre que, puisque Dieu nous

a mis, comme aux hommes du peuple, ces dix
jolis petits outils au bout des mains, c'est pour
nous en servir? Affranchir vos dix doigts, ce serait
vous affranchir du plus pesant des jougs, l'oisiveté,
et de la plus désagréable des servitudes, la maladresse. Je peux vous parler savamment de la maladresse, je la connais. Je ne sais pas planter un clou
dans un mur sans me frapper avec le marteau; je
ne peux pas raboter une planche sans me raboter
la main du même coup; et je me suis souvent
demandé avec terreur ce que je serais devenu si j'a-
vais été à la place de Robinson Crusoé.

J'espère qu'aucun de vous ne sera jeté dans
une île déserte. Mais, sans sortir des aventures les
plus ordinaires de la vie, que d'utilité, que d'amusement pour vous dans le maniement du tour, du
rabot, de la scie, dans l'éducation de l'adresse
enfin! L'adresse, mais c'est une fée que l'adresse!
D'un coup de sa baguette, elle console, elle distrait,
elle métamorphose. On ne peut pas toujours penser, parler, écrire. L'adresse comble les intervalles
des occupations intellectuelles, ces intervalles si
souvent remplis par l'ennui. A la chasse, à la
pêche, en voyage, à la campagne, même dans vos
jeux, le jeune homme adroit, industrieux est la providence de ses compagnons, car l'adresse ne consiste pas seulement à se servir des instruments et
des jouets que l'on a, elle en invente quand elle
n'en a pas. L'adresse est créatrice, et, comme telle,
parfois, bienfaitrice. Vous serez tous soldats; eh
bien, en campagne, un soldat peut devoir son salut
à son habileté manuelle; les officiers de Crimée vous
diront tous que l'industrieuse et naturelle adresse

du soldat français, son talent à s'improviser un abri,
à se fabriquer un instrument de cuisine, n'a pas été
pour l'armée britannique un des moins heureux
résultats de l'alliance anglo-française. Ce n'est pas
tout; l'éducation des doigts, à l'école Tournefort, ne
s'arrête pas au métier, elle va jusqu'à l'art. Ces
enfants modèlent la terre glaise, sculptent le bois,
ouvragent en chêne tous les ornements d'architecture ou de menuiserie. Pour vous, cette éducation
peut s'étendre plus loin encore, elle peut généra-
liser l'art du dessin. Comprenez-vous combien le
dessin, mêlé à l'instruction tout entière, serait un
utile auxiliaire pour l'enseignement de la botanique,
de l'histoire naturelle, de la physique, de la mécanique? Rien de plus difficile à comprendre et à
retenir qu'une machine qu'on vous raconte et qu'un
animal qu'on vous décrit. Mais le dessin fait par
vous des diverses parties de la plante, des divers
organes de la bête, des divers ressorts de la machine,
vous les graverait profondément dans la mémoire
en les gravant d'abord dans vos yeux. Arbre, animal ou instrument scientifique deviendront comme
vivants pour vous; il vous semblera, en les voyant
naître pièce à pièce sous vos doigts, que vous les
créez; vous vous en souviendrez comme on se sou-
vient de son œuvre. Deux exemples illustres me
serviront de dernier argument. Le plus habile me-
nuisier amateur que j'ai connu était M. Saint-Marc
Girardin. Il se faisait gloire d'établir lui-même ses
rayons de bibliothèque; quand il était fatigué de lire
ses livres, il se délassait en les logeant; c'était
encore s'occuper d'eux; et le père de Molière, qui
se désespérait si fort de ne pas trouver dans son

fils une suffisante vocation de tapissier, eût salué
comme son digne héritier Victor Hugo. Nul, en
effet, ne pose des rideaux, ne rembourre un fauteuil, ne cloue une tenture comme l'auteur de la
Légende des siècles. On prétend que, dans un grand
chagrin, il ne trouva de soulagement qu'en s'enfer-
mant tout seul pendant un mois et en remeublant
son appartement tout entier. Vous voyez que la
plume et l'outil font parfois bon ménage et bonne
figure dans la même main et qu'on peut, sans déro-
ger, être artiste et artisan.

J'espère que ces modèles convaincront M. Godart, et qu'il trouvera dans son programme... où?
comment? cela le regarde! un coin obscur pour l'é-
ducation des doigts, et je termine par cette maxime :
Tout enfant contient un petit animal industrieux ; ne
tuez pas le petit animal ! Dans l'homme, élevez le
castor !

J'ai à vous proposer une troisième éducation,
j'en ai même une quatrième, j'en ai même une
cinquième; mais allons par ordre, et surtout ne vous
effrayez pas. Mon plan complet d'études ne durera
pas plus de dix minutes.

Du Panthéon, nous tombons rue du Faubourg-
Poissonnière.

Vous devinez où je vous mène? Eh bien, oui,
c'est là! c'est au Conservatoire; et l'éducation dont
je vous parle est l'éducation de la voix. N'est-il pas
étrange qu'il y ait des professeurs pour tous nos
exercices et qu'il n'y en ait pas pour le seul organe
qui nous sert tous les jours, toute la journée et dans
toutes les professions, la voix. On nous apprend à
nager, à danser, à boxer, à gymnastiquer, à nous

escrimer, on ne nous apprend ni à parler, ni à lire. Bien plus, dans les lycées, on vous le désapprend parfois.

Un jour, un de mes enfants, ayant une fable de La Fontaine à réciter, eut le malheur de se souvenir des conseils que je lui avais donnés, et il fit la sottise de bien dire sa fable. Aussitôt tous ses camarades éclatèrent de rire, et le professeur lui dit· sévèrement :

« Monsieur, on ne lit pas comme ·cela; c'est ridicule. »

L'École Monge a eu l'honneur de rompre avec cette routine, en réclamant, il y a un mois, les conseils du maître des maîtres en l'art de lire, M. Régnier; mais, pour que ses leçons aient toute leur force, il faut que vous ayez tous la conviction profonde de leur utilité. Je m'adresse donc à vous tous. Vous, maîtres, l'art de la lecture vous aidera tout ensemble à enseigner et à ne pas vous épuiser en enseignant. La voix est votre instrument de travail, apprenez à vous en servir pour apprendre à le ménager; c'est votre instrument de persuasion; apprenez à vous en servir pour arriver, suivant un mot expressif, à gagner l'oreille de vos élèves, car c'est par l'oreille qu'on va au cœur et à l'intelligence.

Vous, enfants, je vais vous prendre par votre faible. Qu'est-ce qui vous ennuie le plus dans votre métier d'écolier? C'est d'apprendre des leçons par cœur. Eh bien, si vous voulez les apprendre deux fois plus vite, commencez d'abord par les bien lire. Une leçon bien lue est une leçon à moitié sue. La peine que vous prenez pour la rendre vous aide à la comprendre, et la comprendre vous aide à la retenir. Le son même du mot le fait pénétrer dans votre esprit et l'y fixe. En voulez-vous la preuve? J'ai une vieille mémoire qui me sert depuis bien longtemps, et, comme telle, commence fort à s'user, tandis que la vôtre est toute nouvelle, toute fraîche, toute souple. Eh bien, je fais à celui d'entre vous qui voudra, la proposition suivante: prenons, lui et moi, au hasard, un morceau que nous ne connaîtrons ni l'un ni l'autre, et composons ensemble en récitation. Je parie que, s'il lui faut vingt-cinq minutes, un quart d'heure me suffira. Pourquoi? Parce qu'au lieu de m'enfoncer comme lui les mots péniblement dans la cervelle, à force de les répéter machinalement, je chargerai ma voix et mon intelligence de s'entendre pour venir au secours de ma mémoire. Voyons! vous laisserez-vous gagner de vitesse par un écolier de soixante-dix ans? Non! n'est-ce pas? Empruntez-lui donc le moyen de vous délivrer plus vite de votre corvée... Apprenez à lire, ne fût-ce que par paresse!

Pour vous, jeunes gens, un motif plus grave vous le conseille. Vous êtes tous destinés à des professions intellectuelles et libérales. Vous serez avocats, juges, médecins, savants, industriels; à ce titre, vous aurez des discours à prononcer, des rapports à lire, des comptes rendus à faire, des mémoires à discuter, des exposés de situation à présenter. L'art de la lecture est donc pour vous un art, non pas d'agrément, mais d'utilité. M. Régnier vous prouvera qu'apprendre à lire, c'est apprendre à parler. Si donc il y a parmi vous quelques hommes politiques en germe, je leur recommande ces leçons, dans l'intérêt de leur éloquence future!

Un quatrième progrès nous appelle : — où ? — rue de Vaugirard ! — Rue de Vaugirard ! — Oui tout au haut de la rue. — Tout au haut de la rue ! mais c'est l'établissement des Pères jésuites ? — Précisément. — Vous nous menez à l'école du progrès chez les jésuites ? — Sans nul doute. — Eh ! de quel progrès s'agit-il donc ? — D'un progrès qui n'est qu'une tradition conservée, que le maintien d'un usage d'autrefois, mais c'est marcher en avant que de reconquérir ce qu'il y avait de bon en arrière. Or, les écoles des jésuites sont presque les seules où les élèves jouent et courent comme autrefois. On ne sait plus courir dans nos écoles. Voilà l'éducation que je voudrais emprunter aux révérends Pères, l'éducation des jambes. Il est vrai que leurs élèves ont l'espace et que les nôtres ne l'ont pas ; mais l'espace n'est pas ce qui vous manque le plus ; vous n'avez pas le feu sacré. A peine arrivés à l'adolescence, vous devenez graves et calmes ; vous vous promenez deux à deux, vous causez deux à deux, sous la surveillance de maîtres vigilants ; chez les jésuites, les maîtres relèvent leur soutane et courent avec leurs élèves !

Ne me parlez pas, comme compensation, de la gymnastique. Je fais grand cas de la gymnastique ; mais c'est un exercice, ce n'est pas un jeu. Le jeu ! ce mot devrait être inscrit en lettres d'or dans le décalogue de l'enfance. C'est le synonyme de santé, de gaieté, voire même de bonté. J'ai connu des jours pareils à celui-ci ; je suis monté sur une estrade pareille à celle-ci pour y être couronné et embrassé par un homme aussi vieux que celui-ci ! J'ai entendu, au concours général, mon nom retentir dans la

grande salle de la Sorbonne. Eh bien! je ne jurerais pas que le plus vif souvenir conservé par moi
des années de collège ne soit pas celui de ces
ardentes parties de barres où l'on courait quatre ou
cinq heures de suite! Comme on se sentait vivre!
comme le sang se précipitait à flots joyeux dans les
veines! comme on avait la tête libre de tout souci!
comme on riait! Je ne comprends pas que les
anciens, qui élevaient des temples à la jeunesse,
à la beauté, même à la peur, n'aient pas consacré
un autel à la gaieté!... au rire!... C'est un si puissant cordial dans la vie! Je pourrais vous citer tels
illustres personnages historiques qui n'auraient pas
été peut-être d'aussi grands hommes s'ils n'avaient
pas été d'aussi grands rieurs. Croyez-vous que
Henri IV aurait pu faire tout ce qu'il a fait, s'il
n'avait eu pour auxiliaire sa gaieté? Quand son
pourpoint était percé, quand ses ennemis le tra-
quaient, quand ses amis le trahissaient, quand ses
finances étaient à sec, il se sentait souvent tout
près du désespoir; mais tout à coup jaillissait de
ses lèvres une saillie qui chassait les soucis dans un
éclat de rire. Je demandais un jour à M. de Lesseps
quelle force l'avait soutenu à travers tant d'épreuves,
de déceptions, d'hostilités! « Ma gaieté! m'a-t-il
répondu; j'ai dompté les hommes et les choses en
leur faisant toujours bonne mine. » Enfin le plus
illustre de nos hommes vivants, celui à la gloire
duquel rien n'a manqué, pas même la calomnie et
l'ingratitude, croyez-vous qu'il aurait pu, à soixante-
quinze ans, accomplir l'œuvre de notre salut, si, de
temps en temps, au milieu des plus terribles épreuves, sa gaieté méridionale ne lui avait soufflé un

joyeux éclat de rire? Un éclat de rire, c'est un rayon
de soleil! c'est une bouffée d'air pur! Riez donc, mes
amis! riez! courez, jouez pendant que vous êtes
encore dans vos vingt ans... Il vous en restera
peut-être quelque chose à soixante-dix, et cela vous
aidera à les porter! Le rire ressemble à un flot de
bon vin, c'est le lait des vieillards!

Encore un pas, et nous sommes au terme de
notre course. Cette fois, nous n'avons pas un long
chemin à faire. C'est à quelques pas de vous que
se trouve le dernier perfectionnement que je rêve
pour vous, c'est au collège Chaptal. Le collège Chaptal est, comme vous le savez, le berceau de l'enseignement professionnel en France. Il s'est d'abord
appelé collège François Ier. Mais ni François Ier ni
Chaptal n'y sont pour rien; le seul fondateur fut
M. Goubaux. A peine son œuvre commencée, cet
homme de bien eut l'idée, que beaucoup ont adop-
tée depuis, d'organiser ses élèves en visiteurs des
pauvres et des malheureux du quartier; il institua
dans son collège une bourse pour la charité. Voilà
la dernière éducation que je veux transplanter parmi
vous, l'éducation du cœur. Mais le collège Chaptal
peut vous donner encore à ce sujet une autre et importante leçon. Vous vous demandez sans doute
comment il se peut que le nom de M. Goubaux, qui
a fait une œuvre nationale, ne soit pas inscrit sur
son œuvre. C'est une suite de cette ingratitude
humaine qui semble se plaire à dérober aux inven-
teurs la gloire de leurs inventions. Pas une des
grandes découvertes de notre siècle, qui porte le
nom de celui qui l'a faite! La vaccine, la vapeur,
le chloroforme, la télégraphie électrique, la photo-

graphie, autant de bienfaits immortels et anonymes.
Je ne connais qu'une exception à cette règle d'oubli; elle est pour le malheureux docteur Guillotin,
mort de douleur, dit-on, d'avoir vu son nom attaché
à la guillotine.

Sans assimiler Goubaux aux grands génies dont
j'ai rappelé les œuvres, on peut dire qu'il a compté
parmi les bienfaiteurs de son temps, puisqu'il a
ouvert un horizon de plus à l'instruction publique;
eh bien, le croiriez-vous? pendant vingt ans, j'ai
vainement demandé à tous les gouvernements qui
se sont succédé en France d'ajouter le nom de Goubaux au nom de Chaptal; partout et toujours j'ai
échoué. En vain ai-je rappelé tous les sacrifices,
tous les efforts, toutes les luttes que lui avait coû-
tés cette fondation; en vain ai-je répété qu'il avait
doté la France d'un enseignement nouveau; qu'il
avait doté la ville de Paris d'un établissement sans
pareil; qu'il ne s'agissait pas pour l'État d'accorder
une faveur, mais de payer une dette; que ce souvenir perpétué était le seul patrimoine des enfants
de Goubaux; que ce nom inscrit sur cette maison
serait pour les élèves une perpétuelle leçon de dévouement à la patrie, rien n'y a fait; partout, toujours j'ai trouvé une résistance occulte, anonyme,
inerte, invincible, qui a fini par exproprier le bienfaiteur de son bienfait. Profitez de cet exemple, mes
chers amis! Vous qui avez le bonheur de constituer une école libre, vous qui ne dépendez ni d'un
ministre, ni d'un préfet, ni d'un administrateur
public quelconque, vous qui pouvez prendre pour
seule loi votre conscience et votre cœur, faites honte
à ceux de qui relève le collège Chaptal de leur ingra-

titude, par votre reconnaissance, et qu'un jour on lise sur le seuil de cette maison : ÉCOLE *Monge-Godart.* J'espère que ce sera dans très longtemps, car M. Godart n'a guère d'autre manière d'être canonisé, et on ne canonise les gens qu'après leur mort. D'ici là, il aura le temps de former plusieurs générations de vrais et solides Français. Nous en avons grand besoin. La France est bien malade, mais heureusement vous êtes là, vous la jeunesse, vous l'avenir. Votre tâche est rude, mais belle. Votre patriotisme ne peut pas avoir l'enthousiasme et les illusions du nôtre. Nous, générations de 1830, nous aimions la France avec orgueil, pour tout ce qu'elle était ; aimez-la, vous, pour tout ce qu'elle n'est plus, et pour tout ce qu'elle peut redevenir ! Mais pour cela ne comptez que sur vous. Le temps des hommes providentiels est passé. A leur place règne celui que les Allemands appellent énergiquement *Herr Omnes, Monsieur Tout le monde!* Voilà votre règle ; et souvenez-vous que si le *Connais-toi toi-même* est la première loi morale des individus, le premier devoir des peuples majeurs est dans ce mot : *Sauve-toi toi-même.*

UNE GUÉRISON DIFFICILE

A M. Jules Sandeau.

I

Il y a une vingtaine d'années, je déjeunais chez un de mes voisins de campagne. Une vieille parente, qui l'a aidé à élever ses enfants depuis la mort de sa femme, occupait la place de maîtresse de maison ; mon ami était en face d'elle ; puis, de chaque côté, ses deux fils, sa petite-fille, deux invités, et une place vide ; cette place vide appartenait à un ami qu'on n'attend jamais, parce qu'il se fait toujours attendre. Nous achevions la première moitié du repas, quand le retardataire entre.

Il entre bruyamment, gaiement, follement.

« Quelle honte ! s'écrie-t-il tout en se débarrassant de son chapeau, de sa canne et de son pardessus. Je meurs de confusion ! Ne vous levez pas ! faites comme si vous ne m'aviez pas vu entrer ! Une demi-heure de retard ! c'est abominable ! mais la faute n'est pas à moi ! Voici la coupable ! dit-il en tirant sa montre ; c'est cette créature extravagante qui est cause de tout ! »

Et là-dessus, toujours debout, il entame sur sa montre, sur l'imagination de sa montre, sur le caractère de sa montre, une histoire si folle, si pleine de fantaisie, que nous éclatons tous de rire.

14

« Allons! asseyez-vous, lui dit mon ami, et répa-
rez le temps perdu.

— Non! non! s'écrie-t-il, la pénitence d'abord?»

Et il va se mettre à deux genoux devant la vieille
dame, lui baise les mains avec les mines de com-
ponction les plus comiques, puis il tire de sa poche
une boîte de bonbons qu'il a achetée pour la petite
fille... C'est ce qui l'a retardé!... La marchande
était si jolie! Et là-dessus, tout en gagnant sa place,
portrait de la marchande... Il se met à table. Sa
justification continue. Cette fois, c'est aux mets qu'il
s'adresse, c'est à eux qu'il demande pardon : manger si vite des plats qui mériteraient d'être savourés
avec tant de recueillement! Enfin il entremêle si plai-
samment l'éloge du déjeuner et ses anathèmes contre
lui-même... que dirai-je? il fait de son inexactitude
quelque chose de si amusant, de si aimable, de si
gai, que chacun de se dire tout bas :

« Quel dommage que ce garçon-là fût arrivé à
l'heure! »

Seul, mon ami ne riait pas. Sa physionomie
sévère, même un peu triste, faisait un tel contraste
avec la gaieté générale, qu'en sortant de table, je
ne pus m'empêcher d'aller à lui et de lui dire :

« Qu'avez-vous donc?

— J'ai, me répondit-il, que, grâce à cet écer-
velé, voilà mon travail d'un mois renversé. Ses folles
gaietés ont fait plus de mal à mon fils aîné que
quinze jours de sages conseils ne lui feront de bien.
Comment voulez-vous que je combatte efficacement,
chez lui, son fatal penchant à l'inexactitude, quand
elle lui apparaît sous les traits d'un défaut charmant, amnistié par vos rires et vos sympathies?

— Il me semble, répondis-je, que voilà des mots bien graves pour une chose légère : *fatal penchant, combattre énergiquement;* vous ne parleriez pas autrement d'un vice !

— Oui, je sais, reprit-il, que l'inexactitude compte à peine comme un défaut, dont les sermonnaires ne s'occupent pas, dont les moralistes s'occupent peu, et dont le monde ne fait que rire.

— C'est qu'en réalité, mon ami, il n'y a là qu'un travers, qu'une mauvaise habitude, qui, chez les jeunes gens surtout, tient à leur âge même, fait partie de leurs qualités d'effervescence, d'ardeur, d'oubli de la vie réelle, et tombe de soi avec l'emportement des premières années.

— Ah ! vous croyez, vous. que l'inexactitude se corrige toute seule ?

— Toute seule ? Non. Je regarde comme très sage le père qui fait entrer la correction de ce défaut dans son plan d'éducation ; mais je crois qu'en général, ce défaut n'est pas bien profond, ce mal n'est pas bien grave, et que cette guérison n'est pas bien difficile. »

Mon ami garda un moment le silence ; puis, avec un accent qui m'étonna :

« Ce mal si peu grave a troublé toute ma vie, ce défaut si léger a gâté devant moi les plus aimables qualités, et, pendant dix ans, j'ai vu tout l'effort de ma volonté et de ma tendresse échouer devant cette guérison si peu difficile. »

Je me récriai.

« Écoutez, ajouta-t-il, je vais vous dire ce que je n'ai jamais dit à personne. Ne me remerciez pas trop de ma confiance, mon intérêt personnel y a sa part.

Je vous aime non-seulement comme ami, mais comme
père ; les problèmes de l'éducation de famille vous
occupent comme moi, vous agitent comme moi ; en
vous prenant pour confident, c'est un conseiller, c'est
un auxiliaire que je cherche, et, quand vous saurez
pourquoi je redoute tant pour mon fils ce défaut,
vous m'aiderez peut-être à le guérir. Venez donc
vous promener avec moi dans le jardin, et nous cau-
serons. »

Une belle allée de platanes, située à peu de distance de la maison, nous conviait à une promenade
péripatétique, et mon ami commença ainsi sa confi-
dence :

« J'avais épousé, à trente ans, une jeune fille du
plus aimable naturel, pleine de charme, de grâce, et
toute propre à rendre un honnête homme heureux. La
date de sa naissance lui donnait dix-neuf ans, mais
son caractère, son cœur et sa figure n'en avaient
guère que seize. Je l'aurais volontiers appelée,
comme la Dora de Dickens, *my wife child*, ma
femme-enfant. Je m'aperçus, au bout de quelques
jours, qu'élevée par une mère faible, créole d'origine
et de caractère et qui idolâtrait sa fille, ma femme
ne connaissait guère, dans le cours habituel de la
vie, d'autre règle que sa fantaisie et ses impressions
du moment. Elle ne savait jamais l'heure, et sa
montre ne la savait pas beaucoup mieux qu'elle,
n'étant jamais remontée que de temps en temps, ce
qui trouble beaucoup les montres. Au début, ce
laisser-aller, ce décousu m'amusa ; la ponctualité et
la lune de miel ne vont guère ensemble, et il ne tenait
qu'à moi de croire que ma femme n'oubliait tout le
reste que parce qu'elle pensait uniquement à moi.

Mais lorsqu'à l'expiration de mon congé, il fallut que
la réalité fît place au roman, quand le mariage devint
le ménage, quand je repris ma vie de travail, alors
commencèrent à se faire sentir tous les inconvénients
de ce défaut d'exactitude. Mes affaires me forçaient
à sortir à heure fixe et exigeaient une régularité
absolue dans les heures des repas. Le déjeuner
devait être servi à onze heures. A onze heures précises, j'entrais dans la salle à manger... Personne !
parfois même, rien sur la table ! Madame avait donné
les ordres trop tard ; ou, si le déjeuner était prêt,
c'était madame qui ne l'était pas. J'attendais dix
minutes, un quart d'heure, et, de guerre lasse, je
commençais seul un repas qui me faisait mal, parce
que je le mangeais seul, parce que je le mangeais
vite, et parce que je le mangeais de mauvaise humeur. J'essayai quelques observations, légères
d'abord, puis plus vives. Ma femme accueillit les
unes et les autres avec la même bonne grâce, avec
le même désir de se corriger ; mais, seize années
de mauvaises habitudes avaient si profondément en-
raciné en elle son défaut natif, qu'il triompha des
meilleures résolutions. Après quelques jours de
régularité, les retards recommençaient, et je dus
renoncer à cette douce réunion du matin autour de la
table commune ; je déjeunais seul dans mon cabinet,
et je ne voyais ma femme que le soir.

« Je suis d'une famille où les anciens serviteurs
font souche ; j'avais été élevé par un domestique de
mon père, devenu immeuble par destination, et qui
possédait toutes les habitudes d'ordre et de ponctualité qu'on prête à la domesticité d'autrefois. L'inexactitude de ma femme lui donnait parfois à lui-même

des apparences d'oubli et de négligence qui le révol-
taient ; un jour, je ne. sais quel reproche injuste
amena sur ses lèvres une réponse malséante qui
m'obligea à me séparer de lui. J'en pris d'autres qui,
au lieu de se révolter, se gâtèrent. Rien ne fait plus
vite un mauvais serviteur d'un bon que l'inexactitude
du maître ; la règle disparaissant d'en haut disparaît
forcément d'en bas ; nos gens deviennent inexacts à
leur tour, et si on les admoneste, ils vous jettent
votre défaut au visage comme excuse du leur. Que
répondre? les congédier? Oui! mais, comme on ne
congédie pas son propre défaut en même temps, on
ne change que pour recommencer.

« Dieu nous envoya deux garçons et une fille. Pas
de mère plus tendre que ma femme : elle eût donné,
sans hésiter, sa vie pour ses enfants; son plus grand
bonheur avait été de les nourrir. Son plus vif désir fut
de les élever, au moins jusqu'à dix ou douze ans, et
son intelligence, son instruction même, n'étaient pas
au-dessous de cette tâche difficile. Il fallut pourtant
nous séparer de très bonne heure de nos fils, et les
envoyer dans une pension voisine. Pourquoi? Parce
que la première condition de toute bonne éducation
est la régularité ; parce que l'intelligence des enfants,
comme leur caractère, comme leur cœur, a besoin
avant tout d'ordre, que leur santé morale est à ce
prix comme leur santé physique, et que ma femme
n'était jamais prête, ni pour les faire sortir, ni pour
les habiller, ni pour les faire manger, ni pour faire
travailler.

« Le charmant naturel de ma femme et notre heureuse situation dans le monde nous attiraient de nombreuses invitations à dîner. Le jour arrivé, je ne

manquais jamais de lui dire, en rentrant : « N'oublie pas qu'il faut partir à sept heures ; aie soin d'être prête. — Sois tranquille ! sois tranquille ! » A sept heures, j'entrais au salon ; ma femme n'y était pas. J'allais frapper à sa porte. « Tout de suite ! tout de suite ! » Au bout d'un quart d'heure, je retournais frapper encore. « Dans une petite minute !... » La petite minute en durait dix, quinze, et me voilà arpentant la salle à manger, avec mon chapeau sur la tête, mes gants jaunes aux mains, mon pardessus sur le dos, et maugréant, et regardant vingt fois ma montre, sentant qu'on nous attendait, au supplice enfin !

— C'est que vous, mon cher ami, lui dis-je, vous êtes un modèle d'exactitude, et les défauts d'autrui ne nous sont jamais aussi insupportables que quand ils nous blessent dans nos qualités.

— Sans doute ! Mais avais-je tort, lorsqu'en arrivant enfin pour ce dîner, en arrivant les derniers, nous étions forcés de mentir, d'inventer mille excuses absurdes auxquelles personne ne croyait ; de voir le mécontentement du maître de la maison et l'empressement de la maîtresse à se précipiter sur la sonnette pour qu'on servît tout de suite !... Ce sont de petites choses... soit ! mais la vie de tous les jours est faite de petites choses. Le bonheur de tous les jours se compose de petites choses, et les petites choses sont souvent fécondes en grosses conséquences. La patience m'échappait parfois. Je ne pouvais retenir sur mes lèvres des reproches sévères qui provoquaient, de la part de ma femme, des réponses blessantes, et alors des altercations, des reproches, des larmes, des journées de bouderie, la paix intérieure

troublée enfin! Un jour, nous entreprîmes avec des
amis un voyage en Suisse. Ce plaisir devint bientôt,
grâce à elle, un ennui insupportable. Ses perpétuels
retards agaçaient, irritaient nos compagnons de
route. Elle nous fit manquer une admirable excursion, en nous faisant manquer un départ de chemin
de fer. Nos amis se plaignirent vivement d'elle. Je
la défendis tout haut, mais je l'accusais tout bas.
Nos relations avec nos compagnons devinrent pé-
nibles. Je saisis un prétexte d'affaires pressantes
pour interrompre le voyage et revenir à Paris; j'avais
perdu mes vacances et deux aimables relations.
Comprenez-vous maintenant mon ressentiment contre
l'inexactitude, et ma crainte en la voyant poindre
chez mon fils? Ne croyez pas que je calomnie cette
disposition et que je la place trop haut dans la hiérarchie des infirmités morales. Je sais qu'elle n'appartient pas à la sombre famille des vices; elle ne
tient pas à une perversité de l'âme, elle ne part d'aucun sentiment bas ou mauvais : c'est un petit défaut,
mais un petit défaut tenace et funeste comme un
grand, surtout pour un homme. L'homme a un état,
des devoirs sociaux, sa vie à faire; or, quelle est la
première règle de toute profession? quelle est la première condition de tout succès professionnel? La ponctualité. L'étudiant qui arrive en retard à son cours,
le médecin qui se fait attendre au lit du malade,
l'avocat qui n'est pas exact au rendez-vous de con-
sultation, sont des êtres nuisibles aux autres et à
eux-mêmes : ils compromettent leurs études, leurs
malades, leurs clients. Rien ne nous crée plus d'ennemis que l'inexactitude, car elle est une des formes
de l'impolitesse et une preuve d'oubli des autres;

or, ce que les autres nous pardonnent le moins, c'est
de les oublier. Parfois, une heure de retard a gâté
toute une vie. Le maréchal Gouvion Saint-Cyr rapporte, dans ses Mémoires, qu'un général, plein de
feu et de génie militaire, mais habituellement inexact
par paresse, perdit l'honneur d'une victoire certaine,
pour être arrivé sur le champ de bataille une demi-
heure après le moment fixé. Comment donc combattre ce fatal penchant dans mon fils? J'ai en main
un remède radical peut-être, mais auquel je ne puis
me résoudre.

— Lequel?

— Je pourrais lui raconter l'histoire de sa mère.
Je pourrais l'effrayer, en lui montrant tout le mal
qu'elle m'a fait et qu'elle s'est fait à elle-même par
ce seul défaut. Mais porter atteinte en lui à ce cher
souvenir me semblerait un crime. Et cependant la
maladie gagne, les symptômes héréditaires se multi-
plient, le temps presse, et je me sens désarmé. Venez-
moi en aide. »

Mon ami, à ces mots, s'arrêta assez ému, et je
restai, moi, fort touché, mais fort embarrassé de sa
confiance. Après quelques instants de réflexion, je
lui dis :

« Si nous procédions comme les médecins? Quand
on donne à un médecin quelque maladie à guérir,
que fait-il d'abord? Il en cherche la cause, la connaissance de la cause pouvant l'aider puissamment à
combattre l'effet. Or, tout défaut, comme toute maladie, n'est qu'un effet ; il part d'une passion, d'un sentiment : cherchons donc dans votre fils le principe
de son défaut, et nous attaquerons le défaut dans son
principe.

— Vous mettez le doigt, me répondit mon ami,
sur le point le plus singulier de l'inexactitude : elle
ne part pas d'une cause comme la plupart des défauts, elle part de plusieurs causes, elle tient à l'âme
humaine par plusieurs petites racines différentes, et
c'est précisément ce qui le rend si difficile à déraciner. Tantôt elle vient de la paresse, tantôt de la dis-
traction, tantôt de la lenteur des mouvements, tantôt
de la maladresse des doigts. Une foule de gens sont
inexacts, parce que leurs mains s'embrouillent dans
toute espèce de préparatifs ; parfois le manque
d'ordre dans les idées amène l'inexactitude : tous les
brouillons sont inexacts ; souvent il faut en accuser
ou l'imprévoyance, ou la mobilité dans les idées, ou
l'inaptitude à mesurer le temps. J'ai connu des
inexacts qui étaient toujours en retard, parce qu'ils
se croyaient toujours en avance. Ils sont de la famille
du lièvre de La Fontaine : *J'ai bien le temps* est leur
mot. L'amour-propre a sa part dans ce genre d'inexactitude ; sûrs de leur facilité, ces gens-là ne commencent les choses que quand il faudrait penser à
les finir. Il y a encore les inexacts par imagination ;
ma chère Dora était de ce nombre. La vivacité de ses
impressions lui ôtait le sentiment du temps ; une
fleur, un livre, une idée qui lui venait à l'esprit, l'emmenaient tout à coup à mille lieues de ce qu'elle avait
à faire. Que de fois ne s'est-elle pas oubliée au milieu
de sa toilette commencée, parce qu'une partition
ouverte sur le piano lui montrait tout à coup une jolie
mélodie, que cette mélodie l'arrêtait sur place, l'attirait, la fascinait, et la faisait entrer malgré elle en
conversation avec Weber ou Beethoven! Enfin, le
bavardage est une grande cause d'inexactitude ;

bavarder, c'est, comme on dit, s'oublier; en d'autres termes, c'est oublier tout ce dont on doit se souvenir. J'ai connu une jeune fille qui manquait de la sorte même ses rendez-vous avec son fiancé; l'amour du bavardage l'emportait sur l'amour. Je pourrais vous citer les inexacts qui font attendre tout le monde par égoïsme, parce qu'ils n'aiment pas à se gêner, et qu'ils s'inquiètent très-peu de troubler les autres, pourvu qu'ils ne se troublent pas eux-mêmes. Mais il n'y a rien de pareil chez mon fils, et je vous en ai assez dit pour vous montrer combien il est difficile de guérir un défaut qu'on ne sait comment attaquer, tant il repose sur des causes différentes, tant ces causes agissent tour à tour isolément ou simultanément, tant enfin les vices de naissance, les vices de transmission sont plus tenaces que les autres, l'hérédité mêlant, pour ainsi dire, les infirmités de notre âme à notre substance corporelle et les faisant couler dans nos membres avec notre sang.

— Eh bien, dis-je à mon ami, puisque la cause du mal est si difficile à constater, adressons-nous aux symptômes, faisons de la médecine expérimentale. Le fait joue un grand rôle dans ce défaut : combattons-le dans le fait et par le fait! L'inexactitude est une habitude; cherchons les cas les plus habituels où elle ait lieu de se montrer, comme, par exemple, les rendez-vous pour projets de plaisir ou d'affaires, ou bien les repas...

— Oh! s'écria mon ami, vous tombez précisément sur la plus fréquente occasion de chute pour les inexacts. La voix qui crie le plus dans le désert, c'est la cloche du déjeuner. On a inventé les deux coups, pour ôter tout prétexte à l'irrégularité; les inexacts

s'en servent comme d'une excuse : « Je n'ai pas entendu le premier coup !... j'ai cru que c'était le
premier coup !... » Ils arrivent, comme les belles
dames aux messes de huit heures du matin dans les
châteaux, après l'évangile. Chaque début de déjeuner est marqué ici par les mêmes scènes. La place
d'Octave est toujours vide. La colère me prend ; je
me précipite dans l'escalier, et je crie d'une voix de
Stentor : « Octave !... » Pas de réponse. « Où est
M. Octave ? demandé-je au domestique. — J'ai vu
M. Octave aller du côté du petit bois. — Appelez-le !
et sonnez une troisième fois ! » Et voilà la cloche qui
sonne fiévreusement ! et voilà les cris : « Monsieur
Octave !... monsieur Octave !... » qui remplissent
tout le jardin.

— Eh bien, dis-je à mon ami, demain, au déjeuner, nous commencerons le traitement. Votre fils
n'est plus un enfant, et n'est pas encore un jeune
homme, la leçon peut être excellente. A demain ! »

II

Le lendemain, déjeuner avec deux invités ; on avait
reçu des huîtres de Paris. Tout le monde est dans la
salle à manger, sauf Octave. On commence sans lui.
Il arrive cinq minutes après.

« Donnez-moi des huîtres, dit le jeune homme au
domestique.

— N'en donnez pas ! » dit le père d'un ton bref et
ferme.

Le jeune homme pâlit. Cette leçon, donnée devant
des étrangers, devant les domestiques, l'humilia

jusqu'au fond de l'âme ; et il reprit d'une voix tremblante :

« Qu'est-ce que cela veut dire?

— Cela veut dire, reprit le père docile à mon conseil, que dorénavant tu n'auras pas le droit de toucher à un plat, quand il sera arrivé avant toi dans la
salle à manger. Donc, aujourd'hui, pas d'huîtres ! »

Le jeune homme se leva et s'apprêta à sortir.

« Je vous ordonne de rester ! dit le père.

— Oh ! vous êtes trop cruel ! s'écria la vieille parente : ces huîtres sont si bonnes !

— Tant mieux !

— C'est le supplice de Tantale !

— Vous voulez dire de Cancale, » répondit le
père.

Ce mot ayant excité l'hilarité générale, le dépit du
jeune homme devint de la rage ; et le domestique lui
ayant offert du second plat :

« Je n'en veux pas ! dit-il, je ne veux rien !

— A ton aise ! répondit froidement le père.

— Oh ! c'est impossible ! s'écria la vieille dame
tout émue, vous ne pouvez pas condamner cet enfant
à mourir de faim !

— Il est bien de force à passer un repas s'il en a
envie ! » reprit froidement le père.

Les plats se succédèrent devant le jeune homme,
en lui jetant un parfum tentateur ; mais son orgueil
tint bon ; il causait, il riait, il tambourinait des airs
sur son assiette ; toutefois sa physionomie protestait
contre son assurance. Il se sentait ridicule, il était
blessé, sans compter les réclamations de son estomac
de quinze ans, de son appétit de chasseur, car il avait
couru la plaine toute la matinée, de façon que le sup-

plice fut complet. A peine tout le monde levé de table,
il se jeta sur un morceau de pain qu'il alla dévorer
avec rage dans sa chambre. La leçon était rude; elle
agit toute une semaine; toute une semaine, le père
avait beau être exact, il trouvait toujours Octave
debout devant sa place, quand il entrait, lui, dans la
salle à manger. Mais, au bout de huit jours, soit
retour du mal, soit calcul, — les jeunes gens, comme
les domestiques, sont très diplomates, et ils com-
battent, pour la tranquille possession de leurs petits
défauts, avec toutes les armes, y compris la ruse, —
au bout de huit jours donc, il essaya timidement une
petite inexactitude de cinq minutes; il la paya séance
tenante. Or, justement, ce jour-là était le jour d'un
de ses mets favoris; il fallut s'en passer, et comme
il était naturellement un peu gourmand et, vu son
âge, assez vigoureux mangeur, son estomac lui fit
un sermon dont il se souvint. Rien de tel qu'un
défaut corrigé par un défaut, et qu'un pécheur con-
verti par un péché; la rechute est très rare. Après
un mois d'expérience, Octave était devenu un modèle
d'exactitude deux fois par jour.

« Deux fois par jour, c'est quelque chose, dis-je
à mon ami, mais ce n'est pas tout; les repas ne remplissent pas la journée; il y a d'autres devoirs que
ceux de l'estomac; de plus, le déjeuner nous a fourni
deux auxiliaires puissants, un besoin et un défaut. Il
faudrait trouver maintenant quelque autre allié aussi
fort que la gourmandise.

— Nous en trouverons, me dit en riant mon ami.
Octave a plus d'un aide précieux à nous fournir dans
ce genre-là. Sa petite personne n'est pas mal tournée, et il en a conscience.

— Bien !

— Il commence à avoir une assez jolie voix de ténorino, et ses petits succès de musicien augmentent fort son amour-propre.

— Tout cela est bon ! tout cela est bon ! repris-je en riant ; il ne nous faut plus qu'une occasion où nous puissions confier notre seconde leçon à sa vanité. La Providence nous l'offrira, ou nous la ferons naître. »

III

A quelques jours de là bourdonnaient, volaient, s'agitaient en tous sens les petites abeilles de nos deux ruches, je veux dire le petit peuple de nos deux maisons. Les vacances avaient rempli de jeunesse toutes les habitations environnantes. Que faire? quel plaisir inventer? Jouons la comédie! Approuvé à l'unanimité. La représentation s'organise; Octave a l'honneur d'être choisi pour un rôle, un très petit rôle, composé à peine de quelques lignes, pouvant être joué par tout le monde, mais où on avait intercalé une ronde qui ne pouvait être chantée que par lui.

La représentation avait lieu dans un château voisin, à six kilomètres de distance. Le jour arrive.

« Départ à six heures précises ! dit le père, heure militaire ! »

Dix minutes avant six heures, une voiture louée à la ville voisine entrait dans le jardin et s'arrêtait devant le balcon. A six heures sonnantes, le père, la vieille parente, les enfants et moi, nous prenons place dans l'intérieur ou sur la banquette. Octave

seul manquait à l'appel. L'importance particulière
qu'il attachait à sa toilette, l'agitation inséparable
d'un premier début, l'avaient rendu nerveux dans
ses préparatifs. Un bouton de chemise tiré un peu
trop fort et qu'il fallut recoudre, une cravate chiffon-
née par impatience et qu'il avait fallu changer, lui
avaient mangé ces quelques minutes qu'on ne rat-
trape jamais, et le coup de six heures l'avait surpris
en chemise.

« Partons! dit le père qui était sur le siège et qui
conduisait.

— Les cinq minutes de grâce! s'écria la vieille
dame.

— Pas de grâce! »

Et la voiture se met en mouvement. A peine sortis
du jardin, à peine quelques pas faits sur la route,
nous voyons apparaître, sur le seuil de la porte,
notre jeune homme appelant de toutes ses forces et
faisant des gestes désespérés.

« Trop tard! » s'écrie le père.

Et d'un coup de fouet, il enlève les chevaux et les
fait partir au galop.

« C'est monstrueux! c'est féroce! s'écrie la vieille
dame.

— Tant mieux! il s'en souviendra plus longtemps.

— Mais que direz-vous au maître de la maison?

— Ce qui est! que nous sommes partis sans
Octave, parce qu'il n'était pas prêt.

— Vous ne ferez pas cela!

— Je le ferai! »

Et il continue à fouetter les chevaux.

« Mais vous punissez tout le monde! vous faites
manquer toute la représentation!

— Je ne ferai rien manquer du tout.

— Qui remplira son rôle?

— Moi! répondit le père gaiement et en hâtant toujours les chevaux... Il n'est pas long ce rôle! à peine quelques lignes!... Un peu jeune pour moi, peut-être...

— Eh! est-ce aussi vous qui chanterez sa ronde? répliqua la vieille dame exaspérée. Il la chantait si bien!

— Soyez tranquille! répondit le père, il la chantera. Il arrivera à temps. Six kilomètres, ce n'est pas une affaire pour des jambes de son âge!... Allons! nous voici arrivés. »

La voiture s'arrête; on descend.

« Et M. Octave? s'écrie le maître de la maison.

— Il va venir, dit le père, ne vous inquiétez pas! »

Mais rien qui s'inquiète si vite, rien qui s'agite si fort, rien qui s'agace si facilement que la gent irritable des acteurs de société. Voilà tout le monde en émoi. On met deux jeunes gens en sentinelle, sur la route, pour guetter l'arrivée du retardataire. Il n'arrive pas. L'inquiétude augmente. Que s'était-il donc passé? Rien que de très simple. Le pauvre garçon a pris un chemin de traverse, pour ne pas affronter l'entrée par la grande cour, en face de tous les invités l'attendant peut-être sur le perron. Il s'est donc glissé par les derrières du château et va s'asseoir un moment sous un massif pour reprendre haleine, — car il avait couru, — s'essuyer le front, rajuster ses cheveux, épousseter ses habits et sa chaussure, et il se dirige vers un petit salon du rez-de-chaussée. Son nom, prononcé très haut, l'arrête.

15

Ce petit salon était celui où s'habillaient les acteurs,
les acteurs qui l'attendaient! Oh! comme lui apparut
alors cruellement la vérité de cette maxime : « Le
temps qu'on passe à attendre les gens, on l'emploie
à dire du mal d'eux! » Comme on se plaignait amère-
ment de son inexactitude! comme on l'accusait! quelle
mordante revue de tous ses autres petits travers!
quelle pénétration implacable de tous ses défauts!
Son caractère, sa figure, sa tournure, son chant, tout
y était passé par les armes. Humilié et irrité, il
s'élance vers la porte pour entrer, puis il s'arrête :
il craint de faire un éclat ridicule... Et, cloué sur
place, attendant qu'il se sente plus calme, et ne pouvant pas se calmer, car les railleries, les quolibets,
les reproches montaient toujours, il pense un moment à repartir.

« Non! se dit-il, ce serait trop lâche! »

Il entre. Un immense : *Enfin! c'est bien heureux!* part de toutes les bouches et lui perce le
cœur comme une nouvelle injure. On le presse...
on le bouscule... Commençons! commençons! Frappez les trois coups! On commence. Sa scène arrive...
Mais l'émotion, la contrariété, la fatigue de la course
avaient altéré le timbre de sa voix; il chante mal, il
chante faux. Pas un applaudissement, à la fin de sa
ronde. Je le voyais de ma place pâlir sous son
rouge. Le père était aussi pâle que lui. Le retour,
le soir, dans la voiture, fut morne; personne n'ouvrait la bouche. A l'arrivée, j'entraînai le père à
l'écart, et je lui dis :

« Pas de regret! Cette seconde épreuve est rude,
mais elle portera fruit. Maintenant, à la troisième.
Jusqu'ici, nous ne nous sommes servis que de ses

défauts ; faisons appel à ses qualités. Oh! je suis
un médecin implacable. Vous m'avez chargé de la
cure : il faut qu'elle soit complète ! »

IV

Quelques semaines se passèrent. Un voyage
m'emmena pendant trois mois hors de notre petit
pays. Ma première visite de retour fut pour mon
ami.

« Eh bien, lui dis-je en entrant, Octave?

— Je suis plus content de lui, mais il n'est pas
guéri. Il faudrait un coup décisif qui le frappât,
comme vous me l'avez dit, dans ses bons sentiments; il faudrait qu'il en arrivât à avoir honte de
l'inexactitude comme on a honte d'un vice.

— Eh bien, lui répondis-je, fiez-vous à l'inexactitude même, pour vous offrir l'occasion que vous
cherchez. »

Quelques jours après, en effet, nous étions réunis
dans la bibliothèque de mon ami. La veille, il avait
chargé son fils d'aller demander un renseignement
important à un fermier des environs.

« Surtout, avait-il ajouté, sois chez lui à neuf
heures précises, l'heure de son déjeuner; autrement, tu courras risque de ne pas le trouver. »

Le jeune homme arrive; il n'apporte pas le renseignement désiré : le fermier était sorti.

« Tu n'y étais donc pas à neuf heures précises?

— Si, vraiment.

— Il déjeunait donc en ville?

— Précisément, répondit le jeune homme ; mais j'y retournerai à trois heures.

— La chose n'est pas la même, répondit mon ami ; ce retard est pour moi plus qu'une contrariété : j'avais absolument besoin de ce renseignement ce matin. Enfin, tu y retourneras à trois heures. Allons déjeuner. »

Nous sortions à peine de table, que le fermier arrive.

« Vous ! s'écrie mon ami. Par quel heureux hasard ?

— Ce n'est pas un hasard : en rentrant, à onze heures et demie, j'ai appris que vous m'aviez envoyé votre fils. Je viens savoir pour quel motif.

— Un motif assez important, et je vous remercie de votre empressement à venir jusqu'ici. Mais, sans indiscrétion, chez qui donc déjeuniez-vous ce matin ?

— Chez moi.

— Chez vous ! s'écrie mon ami. A quelle heure, donc ?

— A mon heure ordinaire, à neuf heures.

— Neuf heures ? vous en êtes sûr ?

— Comment ! si j'en suis sûr ! reprit en riant le fermier ; si sûr, que j'ai regardé ma montre en me levant de table et qu'elle marquait neuf heures trente-cinq minutes, quelques instants avant l'arrivée de monsieur votre fils. »

Il se fit dans le salon un silence mortel. Chaque parole du fermier tombait sur nous comme un coup de massue. Le père avait les lèvres serrées. Le jeune homme, pâle comme un mort, les yeux fixés à terre, n'avait pas même la force de balbutier. Il avait menti !

menti pour excuser son inexactitude! et son mensonge éclatait aux yeux de tous! Le fermier, étonné du trouble de nos physionomies, reprit en riant :

« Ah! çà, qui a pu vous conter cette bourde de déjeuner en ville? Ce n'est pas votre fils, puisque ma femme lui a dit que je sortais de table... »

Chaque mot accentuait encore plus le flagrant mensonge. Le père, pour échapper à une explication qui devenait une honte pour son fils, emmena vivement le fermier, sous prétexte de causer avec lui de ce renseignement, et je restai seul avec le jeune homme. J'allai à lui et je lui dis :

« Vous connaissez le *Menteur*, de Corneille? Relisez la scène du père et du fils : le vieux gentilhomme vous montrera, en vers immortels, que le vice le plus bas, le plus indigne d'un homme de cœur, c'est le mensonge, puisque le mensonge amène le démenti, et que le démenti ne peut se laver que dans le sang. Eh bien, mon cher enfant, sachezle : tout homme inexact est forcément un menteur! Qu'il le veuille ou non, il ment, il mentira, ou il a menti! Voyez donc si vous voulez conserver un défaut qui peut produire un tel vice. »

Octave avait un véritable sentiment d'honneur. Grande fut donc son émotion, et cette troisième leçon s'imprima fortement en lui. Il en fallut pourtant une dernière ; il fallut un coup plus terrible, un coup qui allât droit au cœur, pour en déraciner cette fatale habitude.

Trois mois après, nous projetâmes une excursion à un ancien château des environs. La course était un peu longue pour la petite Madeleine; on emporta les provisions d'un déjeuner sous les arbres,

et il fut convenu qu'Octave, qui n'avait pas pu
nous accompagner, viendrait nous rechercher, avec
la voiture, sur le bord de la rivière, à l'endroit où
abordait le bateau de passage. L'heure et le lieu
étaient clairement indiqués. Notre journée de promenade finie, nous descendons vers la rivière, nous
la traversons, nous débarquons. Pas d'Octave! pas
de voiture! Qu'était-il donc arrivé? Qu'Octave appartenait aux inexacts par imagination, c'est-à-dire
que, parti longtemps avant l'heure avec la voiture,
il rencontra, sur la route, un point de vue si pittoresque, qu'il ne put résister à descendre de voiture
pour le dessiner, en se payant de la formule ordinaire : J'ai bien le temps! qu'il perdit dans son
travail la mesure de l'heure; qu'il n'eut pas le courage, quand le sentiment confus lui en vint, de s'arrêter net au milieu d'un croquis presque achevé, et
qu'il emprunta au devoir quelques minutes pour le
plaisir.

Quand il s'apprêta à repartir, il arriva ce qui
arrive presque toujours quand on est en retard, que
le cheval, par ses mouvements d'impatience, avait
dérangé l'économie de l'attelage; il fallut tout remettre en ordre, et comme il se pressa parce qu'il
se sentait pressé, il fit mal ce qu'il avait à faire;
il fut obligé deux fois de le recommencer. Une fois
en route, talonné par l'heure (sa montre, qu'il venait
de regarder, lui disait implacablement : Tu es en
retard!), il hâta à coups de fouet le pas du cheval;
mais le cheval n'était pas habitué à courir si rapidement. Octave dut le laisser souffler au haut de la
côte, et le résultat final fut un retard d'une demi-
heure... d'une demi-heure qui avait suffi au ciel pour

.se couvrir et au temps pour tourner à l'orage, une demi-heure pendant laquelle la pluie et la grêle, nous surprenant sur une côte sans abri, nous mouilla tous jusqu'à la moelle des os. Or, nous n'étions pas seuls; avec nous se trouvait la petite Madeleine, aussi délicate de santé que fine d'esprit et de cœur; de façon que quand Octave arriva, il trouva sa petite sœur frissonnante, glacée, les lèvres bleuâtres, qu'il fallut la porter jusqu'à la voiture, qu'on ne put parvenir à la réchauffer pendant toute la route, et que le lendemain on prononça ce terrible mot de « fluxion de poitrine! » Rien, non, rien ne peut exprimer le désespoir du jeune homme! Pendant les neuf jours que dura le danger, il ne quitta pas un instant le chevet de la petite malade. Tout ce que le remords ajoute à la douleur, il le sentait avec mille nouvelles tortures sans cesse ravivées par la vue du désespoir de son père. Il n'osait pas le regarder. Il n'osait pas lui parler. Il se faisait à lui-même l'effet d'un meurtrier. Il l'était en effet, puisque son retard seul avait amené le danger de sa sœur. Au bout de neuf jours, le médecin déclara l'enfant sauvée. Avec quelle émotion éperdue Octave se précipita aux genoux de son père et le supplia de lui pardonner, en versant des torrents de larmes, les premières qu'il eût versées depuis le commencement de la maladie! Oh! cette fois, c'en était fait! il était bien guéri!... Il en était arrivé, contre son défaut, à la haine, à l'horreur! horreur si profonde, que pour éviter toute occasion de rechute il se jeta violemment dans la disposition contraire. Vingt ans se sont écoulés depuis ce jour. Depuis vingt ans, il est non seulement le modèle, mais le martyr de l'exactitude!

Son père lui a cédé son étude, si bien qu'il est plus ponctuel encore que son père. Il n'arrive jamais à un rendez-vous une minute après, ni une minute avant, il arrive à l'heure sonnante. Nous l'appelons en riant « l'homme à la montre ».

Il a, en effet, armé sa ponctualité d'un instrument de précision ; c'est une montre admirable, à répétition, qu'il a payée fort cher, afin de posséder un véritable chronomètre. Elle ne varie pas d'une minute en un mois. Cette montre en main, il a calculé le temps précis que lui demande chacun des actes habituels de sa vie, ses repas, sa toilette, sa barbe à faire, le parcours de chez lui au palais, la distance de la gare du chemin de fer à sa maison de campagne. Il se lève et se couche toujours à la même heure, c'est-à-dire à l'heure de sa montre, car il ne se fie à aucune autre. Quand il conduit sa femme au bal, car il est marié, l'heure réglementaire du départ est deux heures du matin. Le moment venu, ce ne sont pas les pendules du salon du bal qu'il consulte, il a trop de mépris pour elles ; ce sont autant de menteuses à qui on fait dire tout ce qu'on veut, qu'on avance ou qu'on recule, pour tromper les maris et les pères. Il ne s'en rapporte qu'à sa montre ! Elle est l'arbitre de sa vie ! Je prétends que sa montre est sa conscience.

« Riez ! riez ! me répond-il, je vous le permets ; mais rappelez-vous donc, mon ami, que pour me guérir, il a fallu me prendre par la faim, par la gourmandise, par l'amour-propre, par la honte, par l'honneur, et enfin par le plus terrible des remèdes, un danger de mort et un danger de meurtre, c'est-à-dire par le remords ! Vous appelez, en riant, ma montre ma conscience. Vous avez raison. Grâce à elle, ce ne sont pas seulement mes habitudes extérieures qui sont devenues régulières : elle a réglé mon âme elle-même. L'ordre est entré dans mon esprit et dans mon cœur, en entrant dans ma vie. Je sais bien que je suis tombé dans un autre genre d'inconvénient. Le monde se partage en deux classes : les gens qui attendent, et les gens qui font attendre ; je n'ai que changé de supplice, en passant de la seconde classe dans la première ; mais, sans compter que j'aime beaucoup mieux souffrir des autres que faire souffrir les autres, j'ai trouvé un moyen d'utiliser mon rôle de victime. Mme de Genlis raconte, dans ses Mémoires, qu'ayant entrepris un ouvrage de tapisserie, auquel elle ne travaillait que deux fois par jour, pendant quelques minutes, en attendant, à l'heure du déjeuner et du dîner, les convives qui n'arrivaient au salon que l'un après l'autre, elle se trouva, au bout de quelques années, avoir fait un meuble complet. Eh bien, je porte toujours avec moi deux choses, ma montre et mon Horace ; dès que j'arrive à un rendez-vous le premier, je prends mon cher poète, et j'en apprends quelques vers par cœur. A ce métier, j'ai, depuis quinze ans, appris toutes les odes, toutes les satires, toutes les épîtres, y compris l'*Art poétique*, et, depuis l'année dernière, j'ai commencé Virgile. Pour peu que je vive, je ne désespère pas, grâce à l'exactitude, de devenir ainsi un latiniste très-distingué, et il se trouvera que les moments les mieux employés de ma vie seront ceux que les autres m'auront fait perdre. »

RESPECT A LA VIEILLESSE

Quoi! si sur quelque terre étrangère et lointaine
Reste une vieille église, un vieux temple, une arène
Vous voilà pleins d'ardeur et les yeux enflammés,
Quittant ce qui vous aime et ce que vous aimez
Pour voir et saluer ces débris de matières ;
Et quand vous approchez de ces antiques pierres,
Le cœur vous bat, vos pieds tremblent, et de vos yeux
S'écoulent lentement des pleurs religieux !
Quoi! tout ce qui s'éteint vous attriste et vous touche ;
Un arbre qui jaunit, le soleil qui se couche,
Une œuvre d'art détruite, un fronton renversé,
Arrachent quelque hélas ! à votre cœur glacé ;
Et l'homme, la plus sainte et la plus solennelle
Des ruines que Dieu sur la terre amoncelle,
L'homme, débris qui souffre et sent qu'il est débris,
L'homme, en tombant, n'aura de vous que vos mépris,
Et vous insulterez des cris de votre haine
Ce front, temple écroulé de la pensée humaine !
Ah! par pitié pour vous, pitié, pitié, pour eux !
Que le temps fasse un pas, ils sont morts, et vous...
                                        [vieux !!

LA PROBITÉ DANS L'ENFANCE

A M. Victor Schœlcher.

La probité est une vertu bien particulière, en ce sens qu'il y a non seulement des degrés, mais des catégories de probité. Ce sont les compartiments d'un même logis, mais ils ne communiquent pas toujours entre eux. Très peu de personnes ont naturellement toutes les probités. Tels hommes réputés honnêtes, et qui ne vous feraient pas tort d'un centime dans un compte, vous vendent sans scrupule, comme excellent, un cheval auquel ils connaissent un défaut irrémédiable, mais non rédhibitoire ; la probité de ces gens-là s'arrête à la porte de l'écurie. D'autres, qui auraient horreur de vous prendre de l'argent, ne vous rendent jamais celui qu'ils vous ont emprunté. D'autres vous rendent votre argent et ne vous rendent jamais vos livres [1]. Quelques-uns, collectionneurs passionnés de gravures, d'autographes, d'objets d'art, trouvent dans leur passion une circonstance si atténuante qu'ils ne pensent même pas à avoir des remords de leur improbité.

Un de mes amis avait rapporté d'un voyage au

---

[1]. Je trouve ce joli passage dans une lettre de Guy-Patin : « J'ai prêté un volume rare à M. D... qui l'a prêté à M. F... qui l'a prêté à M. L... qui ne me l'a pas rendu. Je remarque qu'on relient bien plus les livres que ce qu'il y a dedans. »

Mexique plusieurs curiosités très précieuses, et entre autres une petite Vierge de Guadalupe, costumée de la façon la plus originale. Arrive un matin chez lui un amateur enragé de bibelots; il se passionne à première vue pour cette petite statue : « Vendez-la-moi, je vous en supplie. — Elle n'est pas à vendre. — Je vous en donnerai le prix que vous voudrez. — Je n'en veux aucun prix. — Eh bien ! s'écria-t-il avec la naïveté de la passion, donnez-la-moi ! — Vous moquez-vous ? répond en riant mon ami. — Je vous en conjure ! je ne peux pas m'en passer. Cette petite statue me tourne la tête ! — La bonne plaisanterie ! —Vous me la refusez ? — Oui ! — Eh bien, je la prends ! » Et là-dessus, il la saisit et l'emporte bravement, sans remords, à la façon des Romains enlevant les Sabines ! Mon ami, stupéfait de ce rapt original, lui dit pourtant : « Vous savez que je ne vous la donne pas ! — C'est entendu ! » répond le voleur, et il s'en alla... Certes, un larcin commis sournoisement, frauduleusement, eût été plus blâmable, mais enfin on ne peut pas dire que ce fût honnête !

Il est des domestiques, parmi les plus sûrs, qui ne se font aucun scrupule de vous dérober un fruit, un verre de liqueur, un gâteau ; ce qui se mange et ce qui se boit ne compte pas dans leur accommodante probité. Un homme se regarderait comme déshonoré si on le supposait capable de jouer avec des cartes biseautées ; mais que le hasard ou même la ruse le rende maître d'un secret dont la divulgation influera certainement sur les fonds publics, et il courra jouer à la Bourse, à coup sûr, autant dire avec des dés pipés.

Combien de braves gens n'hésitent pas à frustrer le Trésor public par de fausses déclarations de ventes, de baux, sous prétexte que l'État n'est pas quelqu'un ! Mais c'est bien plus que quelqu'un, c'est tout le monde, et tout le monde représentant ce qu'il y a de plus sacré dans la société, la loi. N'importe, on commet allègrement cette fraude, quoiqu'elle soit aggravée d'un mensonge, et souvent d'un mensonge signé.

Je ne puis me rappeler, à ce sujet, sans en rire et sans en être touché, le trait caractéristique d'un de mes plus chers amis. Il porte dans toutes les choses de la vie, et surtout dans les questions d'argent, une inflexibilité de principes, un absolu dans la probité, une délicatesse allant jusqu'au chevaleresque, qui lui ont valu dans le monde le surnom de Don Quichotte. Or donc, X... revenait de Belgique avec sa belle-mère. La brave dame avait acheté à Malines de fort belles dentelles et les avait adroitement cachées dans ses malles, au milieu de ses robes. Arrivés à la frontière, son gendre lui dit :

— N'oubliez pas de déclarer vos dentelles, chère belle-maman.

— Par exemple ! il me faudrait payer des droits énormes.

— Mais ces droits, vous les devez.

— Je les dois ! A qui ? pourquoi ?

— Parce qu'il y a une loi sur l'importation qui frappe d'un impôt...

— Est-ce que c'est moi qui l'ai faite, cette loi ? est-ce qu'on m'a demandé mon avis pour la faire ? Je la trouve absurde, moi, cette loi ; je la trouve inique, oppressive... et je ne comprends pas qu'un libéral comme vous approuve une telle tyrannie. J'y échappe, c'est mon droit.

— Mais c'est de la contrebande, belle-maman, et la contrebande est une fraude..

— Assez! reprit-elle assez sèchement. Vous n'avez pas la prétention, j'imagine, de m'apprendre ce que j'ai à faire. Donc, taisez-vous. »

Il se tut; mais, quand on en vint à l'examen des malles et que le douanier demanda aux voyageurs s'ils n'avaient rien à déclarer, mon ami, avec le calme qui lui est propre, répondit : « Oui, monsieur ; madame a ici des dentelles, qui, je crois, doivent payer à l'entrée. »

La fureur de la dame, vous vous l'imaginez. Elle ne pouvait rien dire, le douanier était là ; il lui fallut ouvrir ses malles, dérouler ses bandes de Malines et payer un droit qui lui parut exorbitant. A chaque pièce de dentelle qu'elle montrait et à chaque somme d'argent qu'elle tirait, elle lançait à son gendre des regards furibonds et des imprécations sourdes, qu'il essuyait avec un flegme imperturbable. Mais l'histoire eut un dénoûment bien imprévu. La vue de l'honnêteté a un tel ascendant, même sur ceux qu'elle condamne ou irrite, que, la visite finie et les deux voyageurs restés seuls, la belle-mère de mon ami se retourna vers lui, et, après un moment de silence, lui sautant au cou : « Mon gendre, vous êtes un brave homme, il faut que je vous embrasse. »

Voilà un bien long préambule ; où tend-il? où nous conduisent toutes ces réflexions philosophiques? A un fait particulier d'où elles sont nées, et qui met en scène le sujet de cette étude, la probité dans l'enfance.

Je suis, depuis quelques années, en relations
de confiance affectueuse avec une mère qui m'appelle, en riant, son moraliste consultant. Chaque fois
que l'éducation de ses enfants fait surgir devant
elle quelque intéressante question relative à la famille,
elle m'en fait part, et de là, entre nous, une correspondance où les lettres que je reçois vont souvent
bien plus au fond des choses que celles que j'écris.

Je vais donc laisser la parole à cette mère. Sous
sa plume, le récit sera une action.

                              2 juillet 1876.

« Mon vieil ami, depuis huit ans, vous le savez,
mon fils m'a fait faire bien des pas dans le monde de
la réflexion et de la conscience. Aujourd'hui, il me
jette dans un indicible émoi. Voilà toutes mes idées
sur les hérédités morales renversées! Je croyais
aux bonnes souches, aux bonnes races. Une de mes
joies, en épousant mon mari, était de penser à tout
ce que des enfants nés d'un tel homme apporteraient, dans ce monde, de probité native et d'honnêteté sans alliage. Un petit fait a ébranlé toutes
mes espérances. Il ne m'aurait pas effrayée s'il eût
été isolé; mais déjà quelques symptômes fugitifs,
quelques indices vagues avaient éveillé ma sollicitude à ce sujet.

« Une vieille tante qui demeure avec nous a une
manie assez commune chez les personnes de son
âge et de son temps, la manie des provisions. Vous
vous rappelez que les armoires pleines de linge

étaient l'orgueil de nos grand'mères, et que les armoires pleines de conserves étaient leur joie. Ma vieille tante possède donc un tiroir où elle entasse deux ou trois livres de sucre en morceaux cassés, afin d'assurer d'avance, et pour un mois, le service régulier de son café au lait du matin et de son verre d'eau à la fleur d'oranger, le soir. L'adresse fureteuse des huit ans de mon garçon a bien vite dépisté ce trésor, et, dès que ma vieille tante n'est plus chez elle, voilà mon maraudeur qui entre dans la chambre à pas de loup, décroche la clef du tiroir dont il a découvert la cachette, et pille le magasin, avec la discrétion de quelqu'un qui compte bien y revenir. Jusqu'ici, sans doute, rien de bien grave ; la morale de beaucoup d'enfants ne s'élève pas toujours au-dessus de celle des domestiques : ce qui se mange ne compte pas ; voler des friandises, ce n'est que *chiper,* et ce qu'il y a de *niche* dans ce larcin arrive encore comme circonstance atténuante. Pourtant, un détail me frappe et m'attriste : c'est la clef décrochée !

« Si le tiroir avait été ouvert, si la tentation s'était offerte à lui inopinément, s'il n'y avait succombé qu'une fois, je l'excuserais ; mais la préméditation, la combinaison, la récidive constituent un véritable larcin. Il sait bien qu'il fait mal, puisqu'il se cache ; sa modération même dans ses fraudes, son art à les espacer pour pouvoir les dissimuler tout en les recommençant, dénote un esprit de ruse qui est trop souvent le compagnon de l'improbité. Aussi, quand ma vieille tante, qui sait son compte, attendu que son tiroir est tenu comme un livre de dépense, et que le total des morceaux se divise en autant de

petits tas qu'il y a de tasses de café et de verres d'eau
à la fleur d'oranger dans le mois; lors donc qu'elle
m'a dit : « Il m'en a pris deux mardi, trois le
surlendemain, un seulement le dimanche, » j'ai été
aussi affligée de l'habile échelonnement de ces petits
larcins que de ses larcins mêmes. M'alarmé-je à
tort? Répondez-moi. »

Je lui répondis immédiatement : « Ne vous effrayez
ni trop, ni trop tôt. Il y a très souvent chez les enfants un peu du renard, ou plutôt du petit sauvage.
Or, chez les sauvages, l'idée de propriété est chose
fort confuse ; la distinction du tien et du mien y consiste généralement à prendre le tien pour en faire
le mien. C'est le fait et l'honneur de la civilisation
d'avoir élevé jusqu'au rang d'une vertu et d'un devoir
le respect du bien d'autrui; à ce titre, elle rentre
dans l'éducation, et ce n'est là qu'une chose de plus
à apprendre à votre enfant; ajoutez que la gourmandise a sa part dans cette petite improbité, et l'explique. Donc, pas de sujet de crainte excessive; rien
qui ressemble à une perversité exceptionnelle chez
votre fils. Seulement, commencez vos leçons le plus
tôt possible. »

Quelques jours après, je reçus cette seconde
lettre :

10 juillet 1876.

« Mon inquiétude est devenue du chagrin. Je ne
peux plus en douter, mon fils n'est pas honnête.

16

Jugez-en. Chaque matin, il part pour une pension voisine et revient à l'heure du dîner. Ce départ matinal et cette absence qui dure tout le jour nous ont amenés à lui constituer un petit budget pour ses déjeuners, ses jeux, ses promenades du jeudi. Il a, selon un mot familier, son petit *argent de poche.*

« Quoique mes livres ne soient pas aussi rigoureusement tenus que le tiroir de ma tante, cependant je compte et veux compter. Grands furent donc mon étonnement et ma peine, quand je crus m'apercevoir que mon fils avait gonflé sa bourse d'écolier aux dépens de la mienne. D'abord je me refusai à un tel soupçon ; il me sembla que je le calomniais ; mais hier, appelée par une visite au jardin, je laissai imprudemment traîner sur ma table à ouvrage mon porte-monnaie, dont je venais de compter le contenu. C'était dimanche, jour de congé. Je sors du salon ; je descends dans le jardin où m'attendait un visiteur ; mon fils y jouait avec sa sœur. J'entre dans le petit bois pour y promener le voisin qui venait me voir, quand tout à coup, à travers les arbres, je vois l'enfant se glisser dans le salon, et deux minutes après, en ressortir vivement, et l'air agité. Je rentre, je cours à mon porte-monnaie ; il y manquait une pièce d'un franc et une autre de cinquante centimes. Ce fut un coup affreux.

« Je tombai sur un fauteuil en sanglotant. Sans doute, pour les enfants, ce qui est à leurs parents leur semble encore à eux. Ils se disent peut-être qu'ils ne nous dérobent que leur propre bien. Sa faute n'est, je veux le croire, qu'une ignorance, une erreur de conscience ; mais peut-être aussi est-ce le germe d'une maladie morale incurable. Les malhon-

nêtes gens commencent ainsi. Cette perversité précoce
éclate parfois chez les enfants des plus honnêtes
parents. Le fils d'un de nos plus chers amis fut
chassé, à seize ans, de son collège, pour avoir volé
à un de ses camarades une pièce de cinq francs. Si
un pareil malheur nous fût arrivé, je ne sais pas ce
que mon mari serait devenu. Je frémis de penser à
ce qu'il ferait s'il apprenait seulement le larcin de son
fils ! Quel parti vais-je prendre? comment couper
dans sa racine, comment étouffer dans son germe
ce vice naissant? En fait de guérisons morales, je
ne crois qu'à celles où l'on est soi-même le guéris-
seur. Je ne crois aux plantes vénéneuses bien mortes
que quand on se les arrache soi-même du cœur avec
indignation et furie. Voilà ce que je cherche! Une
épreuve, une épreuve décisive, radicale, qui m'ouvre
son âme et la lui ouvre à lui-même! Il faut que je
sache ce qui s'y passe, ce qui s'y cache! Il faut
que je sache ce qu'elle est, ce qu'elle peut, cette
bête hideuse tapie dans le for intérieur de mon enfant. Si vous trouvez quelque moyen, écrivez-le-moi;
si j'en trouve un, je vous l'écrirai. »

15 juillet 1876.

« J'ai trouvé. Demain je fais la tentative. Ce que
j'essaye est bien grave; mais je verrai clair enfin.
Je tremble comme à la veille d'une opération d'où
doit sortir l'arrêt du médecin, qui vous dit : « Votre
fils est perdu ! » ou : « Votre fils peut être sauvé! »

Deux jours après.

« Voici ce qui s'est passé. Nous étions réunis tous trois dans le salon, mon mari, mon fils et moi. L'enfant écrivait un devoir. Alors, d'une voix un peu émue, que je tâchais pourtant de rendre calme : « Mon ami, dis-je à mon mari, j'ai une nouvelle fâcheuse à vous apprendre. — Laquelle? — Vous avez comme moi de l'affection pour notre petit domestique, Joseph? — Je le crois bien, je l'ai vu naître; je l'ai retenu à sa mère il y a treize ans, quand elle le nourrissait encore, pour l'attacher à notre service; il est fils de braves gens! Je l'aime beaucoup. Que lui arrive-t-il donc? — Vos éloges rendent ma réponse plus difficile. — Parlez. — Eh bien, ami, je crains que Joseph ne soit pas honnête. — Pas honnête, Joseph! pas probe! C'est impossible! — Si je vous disais que je suis à peu près sûre... plus qu'à peu près... qu'il a volé! — Volé! s'écria mon mari, volé! Joseph! Quand? à qui? quoi! Quelles preuves en avez-vous? — Une preuve irrécusable! c'est à moi qu'il a volé! — A vous! après tout ce que nous avons fait pour lui! quand nous l'avons élevé comme notre enfant! Mais ce serait aussi abominable... que si notre fils!... Comment vous en êtes-vous aperçue? »

« Je restai un moment sans répondre et suivant mon fils de l'œil.

« Il était devenu un peu pâle au commencement de l'entretien, et, quoique toujours penché sur son papier, sa plume s'était arrêtée; il écoutait.

« Je repris donc lentement : Il y a quelques
jours, j'avais oublié mon porte-monnaie, là, sur
cette table à ouvrage.

(Un léger tremblement saisit mon fils.)

« Je savais le compte exact de mes pièces de mon-
naie...

(Chacune de mes paroles augmentait le tremblement de mon fils.)

« Je descendis au jardin, laissant Joseph ici à
côté, dans la bibliothèque qu'il nettoyait, et où je
l'entendais aller et venir. Personne que lui dans
ces deux pièces. Au bout de quelques instants de
promenade, je reviens brusquement, et j'entends
des pas qui semblaient se précipiter au dehors.
J'entre dans la bibliothèque, Joseph n'y était
plus. Je cours à ma bourse, il y manquait deux
pièces d'argent.

(Mon fils devenait livide.)

« Le vol est donc évident. Maintenant, mon ami,
que faut-il faire? »

« Mon mari gardait le silence. Il semblait profondément ému. Sa figure, d'ordinaire si calme,
trahissait un trouble extraordinaire. Il répondit
enfin, d'une voix très-altérée :

« Il n'y a qu'une chose à faire... tout dire aux
parents. Pauvres gens! quel coup! Des cœurs si
honnêtes! Que va devenir le père? Je me figure ce
que j'éprouverais si j'apprenais que mon fils!... »

« Ici il s'arrêta, ses larmes contenues lui cou-
paient la voix.

« Je regardai mon fils : ses lèvres se choquaient
l'une contre l'autre.

« Mais que direz-vous aux parents, mon ami? —

Tout! — Est-ce que vous chasserez Joseph? — Si
je le chasserai! s'écria-t-il. Je ne pourrais plus le
voir! Les fripons me font horreur! »

« Je fus effrayée de la figure décomposée de mon
fils. Nous, mères, nous sommes bien vite au bout
de notre inflexibilité; et je repris doucement :
« Calmez-vous, mon ami! Pensez que Joseph n'a que
treize ans. Il est encore possible de le corriger. Il
y a bien de l'inconscience dans les fautes de certains enfants. Ils font souvent le mal, parce qu'ils
ne se doutent pas que ce soit le mal!

(Je parlais pour mon fils, pour le réconcilier
un peu avec lui-même.)

« Ne vaudrait-il pas mieux tâcher de s'adresser
à la conscience de cet enfant, lui faire sentir à
lui-même sa faute? — Un coup violent, répondit
mon mari, la lui fera seul sentir. Ce qu'il a fait est
injustifiable. Je vous promets d'arrêter la colère du
père. Tel que je le connais, elle pourrait être terrible.
Mais, s'il me demande un conseil, je le lui donnerai
sans hésiter. — Que lui conseillerez-vous donc?
—De mettre pour trois mois son fils dans une maison
de correction. — En prison! m'écriai-je avec effroi,
car ma pensée n'avait pas été jusque-là.

(Mon fils était blême de terreur.)

« En prison! si jeune encore! presque enfant!
Son chagrin sera du désespoir! — Tant mieux! la
leçon sera plus forte. D'ailleurs il l'a méritée! Comment! nous voyons tous les jours de pauvres petits
malheureux expier par la détention des larcins
qu'excusent la faim, l'ignorance, l'abandon, et nous
épargnerions, nous, cette peine à des enfants qui
volent par vice!...

« Je tressaillis à ce mot de vice.

« Oui, par vice! puisqu'ils étaient mis à l'abri de
la tentation par le bien-être et avertis du mal par
l'éducation. S'il y a un moyen de sauver Joseph,
c'est celui-là! Il n'est peut-être pas incorrigible,
mais un châtiment terrible peut seul le corriger! Il
faut, avant que nous le rendions à la société, qu'il
ait appris par la souffrance, par l'humiliation, ce
qu'est cette grande vertu de la probité, qui est le
fondement de l'état social même, puisque sans elle
il n'y a dans le monde que mensonge, iniquité,
spoliation et haine. Je vais écrire au père de Joseph. »

« Mon mari, à ce mot, se leva et se dirigea vers
son cabinet; mais mon fils, mû comme par un ressort, s'était levé en même temps, et, courant à
son père, il se jeta par terre. Il semblait qu'il voulût
se mettre sous ses pieds, et il criait, avec un mélange effrayant de sanglots et de larmes : « Je ne
veux pas! Tu n'iras pas! tu n'écriras pas! Joseph
est innocent! C'est moi! c'est moi qui suis le
coupable! — Toi! s'écria mon mari en le relevant violemment. — Oui! moi! dit l'enfant, dont la
terreur avait disparu devant le sentiment du danger
de son camarade. Oui! moi! c'est moi qui ai pris
l'argent de maman! C'est moi qu'il faut envoyer en
prison! Je veux que tu m'y envoies! Tu as raison!
Punis-moi! punis-moi! »

« Et sa voix s'éteignit dans les larmes.

« Mon mari était tombé sur un fauteuil, anéanti.
J'en profitai pour relever l'enfant, le prendre dans
mes bras, l'emmener dans la pièce voisine, en lui
disant : « Reste là. » Puis je revins à mon mari.

« Il vous a dit vrai! il est coupable! Je le savais!
J'ai cru, comme vous, qu'une leçon terrible était
nécessaire! J'ai tenté l'épreuve. Si cruelle qu'elle
ait été, je m'en applaudis. Son aveu, et surtout la
manière dont il a fait cet aveu, effacent un peu sa
faute à mes yeux. La faute était d'un enfant,
l'aveu est d'un homme. Le fond même de son
âme s'y est montré, et cette âme n'est pas basse.
Calmez votre chagrin, mon ami ; nous avons écrasé
la tête du serpent. Votre fils sera digne de vous! »

« Mon mari n'avait pas la force de me répondre ;
il se leva pourtant, il me suivit, et nous entrâmes
dans le petit salon où j'avais caché l'enfant. Il n'y
était plus. Étonnée, presque inquiète, je m'élance
vers la fenêtre... et qu'est-ce que je vois? Mon fils,
courant après Joseph qui était au bas du perron, se
jetant à son cou, et lui donnant une petite montre
qu'il s'était achetée avec ses étrennes. Joseph
se débattait, refusant la montre. « Prends-la,
Joseph! prends-la! lui disait mon fils, je t'en supplie! »

« Sa pensée, que je devinai, m'émut profondément. Ce besoin de réparer, de compenser le tort
qu'il avait non pas causé, mais failli causer à son
camarade ; cette idée de le dédommager du soupçon
injuste qu'il avait fait planer sur lui, me parut d'un
cœur trop délicat pour être malhonnête. Me retournant donc vers mon mari, je lui dis : « Êtes-vous
rassuré? — Une blessure si cruelle ne se guérit
pas si vite, me répondit-il. Je suis touché, mais
non consolé. »

« A ce moment entrèrent Joseph et mon fils. « Monsieur, dit Joseph, voilà une montre que M. Maxime

veut absolument me faire prendre; mais je ne
veux pas. Il ne peut pas me la donner, n'est-ce
pas, monsieur? »

« Mon mari resta un moment comme interdit:
des larmes roulaient dans ses yeux. « C'est très-
bien, ce que vous faites-là, Joseph, dit-il au petit
domestique; ne pas s'approprier ce qui ne vous
appartient pas, c'est de la probité; refuser ce
qu'on croit ne pas devoir accepter, c'est mieux
encore, c'est de la délicatesse. Vous donnez là à
mon fils une double leçon, dont il profitera, j'espère.
Prenez cette montre, je vous y autorise. Allez!
mon enfant. »

« Joseph sortit aussi confus qu'heureux. Mon
mari alla à son fils et lui dit : « Je te promets d'oublier ce qui s'est passé, mais à une condition,
c'est que tu te le rappelleras toujours ! »

LA FRANCE

A M. Mignet.

Selon moi, on n'entretient pas assez les enfants
de grandes choses. Le mot de Patrie n'a pas assez
de place dans leur éducation. Sans doute Corneille
n'est pas leur auteur, et qui voudrait ne les nourrir
que des sentiments sublimes d'*Horace* ou de *Cinna*,
courrait risque de les rebuter sans les instruire;
mais, quand les évènements parlent le langage

de Corneille, quand quelque circonstance présente fait tout à coup éclater sous nos yeux les grandes leçons des poèmes tragiques, il est bon alors de prendre l'enfant par la main et de le plonger dans ces beaux ou terribles spectacles. Ne vous croyez pas obligé de les amoindrir pour les faire descendre jusqu'à lui ; il saura bien monter jusqu'à eux, porté par l'émotion de tous ! C'est donc sous le coup de nos récentes calamités (les inondations de 1875) que je viens, sans crainte et sans préambule, parler aux jeunes lecteurs du *Magasin,* non pas de leurs plaisirs, ni de leurs études, ni de joies, ni même de leurs devoirs de famille, mais de nos malheurs publics ; et m'adressant à eux comme à des hommes, je leur dis : « Encore un coup sur la France ! encore un fléau ! encore un désastre ! Dieu n'est-il donc pas lassé de nous punir ? et si grandes qu'aient été nos fautes, ne les avons-nous pas assez expiées ? Depuis cinq ans, quelle calamité nous a été épargnée ? Après la guerre étrangère, la guerre civile ! après les massacres sur le champ de bataille, les assassinats dans les cités ! après le bombardement, l'incendie ! après l'incendie, les inondations ! après la rançon de l'ennemi, la rançon des éléments ! Depuis cinq ans, la maternelle nature elle-même semble s'être faite marâtre pour nous accabler. C'est elle qui, pendant la guerre, pendant le siège de Paris, a tourné contre nous tour à tour la neige, la glace, le dégel, la pluie, la crue des fleuves, et voilà aujourd'hui qu'elle se déchaîne sous une forme nouvelle pour nous frapper encore ! Comme si elle s'irritait qu'une seule partie de notre cher pays échappât à la vengeance céleste, la voilà qui se pré-

cipite à la ruine des contrées que la guerre avait
épargnées! Que dis-je? par un raffinement de
cruauté, elle choisit la plus magnifique année d'a-
bondance; et jalouse, ce semble, de ses présents
mêmes, des récoltes dont elle faisait déjà épanouir la
promesse dans nos plaines, elle saccage tout en un
jour! Elle ajoute au désespoir de la ruine la douleur
de l'espérance trompée; si bien que cette nation,
jadis l'objet de la crainte, de l'envie, et, ce qui vaut
mieux, de l'admiration, de la sympathie générale,
est devenue un sujet de pitié!

Certes, voilà de quoi désespérer tout ce qui porte
le nom de Français!

Pourquoi donc, après cette sombre énumération,
ne suis-je pas triste jusqu'à la mort?

Pourquoi mon âme rapporte-t-elle du fond de cet
abîme où elle vient de se plonger, je ne sais quelle
consolation, quelle espérance, quel orgueil?

C'est que, tout en regardant le calvaire, je regarde
aussi la victime; c'est qu'en comptant ses blessures,
je considère la façon dont elle les a supportées et
les supporte encore; c'est que je la vois se relever
sous chacun des coups qui la frappent, grandir à
chacune des épreuves qui l'exercent, et faire de
chaque étape dans la voie douloureuse un pas de
plus vers le but final, la résurrection! Pour tout
observateur attentif, il n'y a pas, depuis cinq ans,
un seul de nos malheurs, une seule de nos tra-
verses dont nous n'ayons tiré quelque profit moral.
La nation, mise ainsi à l'école de l'humiliation,
de la privation, ajoutons encore, de la dissension,
est devenue peu à peu plus patiente, plus ferme,
plus sensée, plus clairvoyante. Au milieu de toutes

les agitations qui la pouvaient troubler, la masse
laborieuse a démêlé instinctivement le but où elle
devait tendre, et y a marché progressivement, mais
sûrement.· Quelle ardeur à réparer. les ruines! que
d'efforts de travail et d'économie! Nous avons vu
peu à peu les plus impatients se calmer, les plus
effervescents s'assagir, tous enfin mettre au premier rang ces qualités moyennes et jadis dédaignées,
la modération, la résignation, le bon sens, jusqu'au jour où, ce grand désastre des inondations
éclatant tout à coup, éclatèrent de nouveau en
même temps les anciennes vertus nationales : l'élan,
le dévouement, la générosité, l'héroïsme! N'y a-
t-il pas dans ce double réveil un bien˙ bon motif
d'espérance, et n'est-ce pas à ce signe que se
reconnaissent les peuples qui se régénèrent? Certes,
nos chères contrées du Midi nous offrent en ce moment le plus douloureux des spectacles; mais quel
admirable spectacle aussi, que tant de prodiges de
charité et de vaillance! Sur quel champ de bataille
la France, aux temps de sa gloire, a-t-elle déployé
plus d'énergie qu'au milieu de ces villes écroulées,
de ces champs dévastés, de ces populations éper-
dues, de ces ondes charriant ensemble des cadavres
et des débris! Dans cette ruine de la France, l'âme
de la France s'est réveillée! A peine le cri de détresse
est-il parti de Toulouse qu'il a retenti au cœur de
toutes les autres cités! Toutes se sont senties
sœurs! L'Alsace et la Lorraine, si cruellement retran-
chées de notre patrie, se sont de nouveau proclamées
françaises par leur générosité envers la France!
De toutes parts, de tous les coins de l'Europe comme
de tous les coins de notre pays, sympathie! dons!

secours ! De toutes parts, liens resserrés ! solidité raffermie ! haines éteintes ! Plus de divisions de partis ! de classes ! En face de telles calamités, ces trente millions d'hommes n'ont plus qu'un cœur, ce cœur n'a plus qu'une pensée, la France ! qu'une passion, le salut de la France ! qu'un but, la gloire de la France ! Eh bien ! je ne puis croire que de tels élans ne laissent pas plus de traces qu'un sillon d'éclair, et qu'il n'y ait pas là comme un prélude de concorde générale. Malheurs et vertus, tout nous y pousse. Ne semble-t-il pas que ce nouveau et terrible fléau, en visitant les contrées épargnées par la guerre, ait eu pour objet de nous courber tous sous le même niveau de douleurs, afin qu'ayant tous souffert patriotiquement ensemble, nous comprenions qu'il y a quelque chose à qui nous devons sacrifier nos ressentiments, nos espérances, nos opinions, et que ce quelque chose est ce que les anciens nommaient du beau nom de *res publica,* la chose publique, et que nous nommerons, nous, la Patrie.

UNE MÈRE PERSÉVÉRANTE

A *Mme J. Reynaud.*

J'ai vu cet automne une mère dont j'ai besoin de vous parler.

Cette mère a deux fils, séparés l'un de l'autre par une différence d'âge de trois ans. Il est difficile

de se figurer deux plus mauvais écoliers. L'aîné a
mis cinq ans à apprendre à lire, le cadet quatre.
Tous deux semblent être nés sans mémoire, sans
attention, sans faculté de compréhension. Leur inca-
pacité était différente dans son principe. L'intelligence de l'aîné ressemblait à une maison où rien ne
peut entrer; celle du cadet à une maison où rien
ne peut rester. Figurez-vous un logis où il n'y aurait
ni portes, ni fenêtres, et sur les murs duquel vien-
draient se heurter sans y pouvoir pénétrer jamais,
tous les oiseaux du ciel : voilà l'image du cerveau de
l'aîné. Représentez-vous au contraire une hutte ouverte à tous les vents, n'ayant ni toiture, ni clôture,
et où tout ce qui vole, oiseaux, insectes, abeilles,
moucherons, entre, sort, passe, tourbillonne sans
s'arrêter une seconde : voilà l'image du cerveau du
cadet. Les idées venaient se briser contre la tête de
l'un, et ne voulaient pas faire leur nid dans la tête de
l'autre. Après la lecture, vinrent l'écriture, l'orthographe, le calcul, les éléments de la langue latine.
Même lenteur pour apprendre, même impuissance
pour retenir. Heureusement pour eux, ils avaient
pour mère une femme de tête et de cœur, et qui, en
bonne chrétienne, se rappelant que l'espérance est
une vertu théologale, ne se permit pas de désespérer de ses fils. « Ce sont de déplorables écoliers,
disait-elle, qui le sait mieux que moi? Dès qu'on les
fait asseoir devant une table avec un livre sous leurs
yeux, la figure de l'aîné se contracte, ses sourcils se
froncent, ses lèvres se serrent, le voilà muet comme
une souche et immobile comme une borne; tandis
que l'autre s'évapore, se volatilise!... Mais ôtez-les
de la classe, rendez-les à la vie ordinaire, à la vie de

famille, au jeu, vous retrouvez en eux des enfants assez bien doués et assez observateurs. Ce qui leur manque, ce n'est donc pas l'intelligence, c'est l'intelligence scolaire. Il ne faut que tourner du côté de l'étude les dispositions qu'ils montrent pour le reste. Il ne s'agit que de faire jaillir ce qui est enfoui chez l'un, et de condenser ce qui est vaporisé chez l'autre, c'est-à-dire persévérer et attendre! J'attendrai et je persévérerai. Les puits artésiens ne sont pas inventés pour rien; ils nous apprennent qu'il y a des enfants dont les facultés sont à fleur de terre, tandis qu'il y en a d'autres chez qui il faut fouiller comme à Grenelle, à treize cents mètres, pour faire jaillir la source. Eh bien, je vais continuer à perforer la caboche de mon aîné, et quant à l'autre, je me rappellerai mon métier de jeune fille, je courrai après mon papillon, jusqu'à ce que je l'attrape! »

Ainsi fit-elle, la tendre et vaillante femme, et pendant plusieurs années, elle servit d'institutrice et de répétitrice à ses deux garçons, leur faisant redire vingt fois la même leçon, leur apprenant pendant plusieurs mois de suite le même fait d'histoire, la même règle de grammaire, et répétant à ceux qui la plaignaient ou l'admiraient : « Je ne fais que mon devoir. Ce n'est pas leur faute à ces pauvres petits s'ils sont ainsi; c'est moi qui les ai mis au monde comme cela; c'est à moi de corriger mon œuvre. »

Tant de soins eurent leur digne loyer.

L'aîné se réveilla le premier, et le moment de son réveil fut l'époque de sa première communion. Ces habitudes d'examen intérieur, de bonnes résolutions, d'efforts pour s'améliorer, profitèrent à l'intelligence, comme au caractère et au cœur; l'enfant s'accoutuma à vouloir, et s'associa pour ainsi dire à sa mère afin de percer l'enveloppe qui lui cachait, à lui aussi, ses propres facultés. Une fois que l'ouverture faite eut permis de voir clair dans ce cerveau et de passer en revue ce qu'il renfermait, on y trouva un esprit assez solide, une puissance d'attention assez rare, et une grande ténacité dans l'effort. La compréhension ne se distingua pas d'abord par une grande vivacité; mais, quand on lui laissait le temps, elle arrivait au but sans trop dévier. Chose étrange! la mémoire elle-même s'éveilla, toujours un peu lente, mais sûre. Enfin, avec l'adolescence, les facultés d'imagination apparurent à leur tour et se révélèrent avec une certaine ardeur, confuse mais intense, que j'appellerai un feu sombre.

Que sera ce jeune homme quand il deviendra homme? S'élèvera-t-il au-dessus des régions moyennes? Nul ne peut le dire. Mais ce qu'on peut affirmer dès aujourd'hui, c'est qu'il aura une tête bien faite, un esprit sensé, une intelligence capable de se proposer un but et de l'atteindre. Enfin, ce sera un homme. A qui le devra-t-il? A sa mère. Elle l'aura créé deux fois.

La besogne n'est pas aussi avancée avec l'autre. D'abord il est encore bien jeune, douze ans à peine. Pourtant le progrès a commencé. Il sent son infirmité et voudrait la combattre. Je l'ai entendu une fois s'écrier du haut de l'escalier, d'une voix désespérée : « Maman! maman! viens! » La mère y court. « Que veux-tu? — Viens m'empêcher de perdre mon temps! » lui dit-il avec un déluge de larmes... car il appartient à la tribu des pathétiques. « Ce n'est pas ma faute! » et il sanglotait tout en parlant. « Je

VI

LA MÈRE ALORS S'ASSIED AUPRÈS DE LUI. (Page 249.)

cherche *Venatio* dans le Dictionnaire, je trouve *Chasse*, et alors, au lieu de penser à ma version, je pense à la chasse. » La mère alors s'assied auprès de lui, lui met son papier bien droit sur son pupitre, l'empêche de lever la tête, de manger sa plume, de donner des coups de pied à la table, de se dresser tout debout sur sa chaise, contraint enfin son corps à l'immobilité, parce que c'est toujours son corps qui, en remuant, entraîne son esprit, le condamne au tête-à-tête, au vis-à-vis avec son cahier, et, après tous ces préliminaires, l'amène quelquefois à produire cinq ou six phrases qui se suivent.

Je l'ai vue pourtant l'autre jour redescendre désolée de la classe d'étude. « Il est stupide! me dit-elle. C'est fini! Il est stupide! Je viens d'assister à sa leçon de grammaire latine! Une phrase que son maître lui a expliquée hier, une règle qu'il a apprise vingt fois, il ne la sait plus! Il ne la comprend plus! Il nous regardait comme si on lui parlait hébreu!... Et pourtant, reprenait-elle tout à coup avec énergie, non! non! il est impossible qu'il n'y ait pas quelque chose dans ce follet-là! Son impuissance d'apprendre n'est pas seulement de l'ineptie. L'imagination y a sa part. Il ne comprend pas son *Epitome,* parce qu'il pense à tout, excepté à l'*Epitome*. Les oiseaux, le jardin, la rivière, la natation, les animaux de la basse-cour, tout cela fait trop de bruit dans sa cervelle pour qu'il puisse entendre la voix calme de l'étude! mais il l'entendra. Je ne crois pas que jamais j'en puisse faire ni un homme d'affaires, ni un négociant; mais il y a une goutte de lumière sur ce front! Il est hardi, ouvert, sensible, aventureux de caractère; il plaît à tout le monde: il faut

donc qu'il ne soit pas l'être borné et bouché qu'il
paraît à l'étude! Tenez, mon ami, ajouta-t-elle en
s'animant, il faut que je vous fasse part d'un fait
très singulier que j'ai remarqué chez les enfants!
Leur figure a souvent de l'esprit avant eux. Je n'ai
pas entendu sortir de la bouche de mon fils un seul
mot qui valût d'être remarqué; mais à défaut de ses
paroles, ses yeux sont spirituels. — C'est vrai,
repris-je avec conviction. — Eh bien, s'écria-t-elle
avec joie, il y a là un signe qui ne trompe pas. C'est
comme une bouteille sur laquelle l'étiquette se trouve
placée avant que le vin soit dedans; mais le vin vient
toujours après. J'ai un autre motif d'espérance. J'ai
entendu l'autre jour ce méchant garnement lire à sa
sœur une fable de La Fontaine. Je suis restée stupéfaite de la justesse, de la finesse, de la force de ses
intonations. Lire ainsi, c'est comprendre, c'est
presque commenter; car, qu'est-ce que les inflexions,
sinon l'écho, je dirais presque le portrait de nos sensations, de nos sentiments, de nos jugements? Peut-
être il en est de la voix de ce garçon comme de sa
figure; elle en dit plus qu'il ne s'en rend compte.
Les effets qu'il produit sont plus instinctifs que rai-
sonnés, n'importe! L'instinct d'aujourd'hui sera de
la raison demain. Voilà ce que je me dis pour relever mon courage maternel. Ai-je tort? — Si peu tort,
ma chère amie, lui répondis-je en lui prenant les
mains, que j'écrirai ce que vous venez de me dire,
et que je l'imprimerai, pour que les mères apprennent
de vous que la première vertu des parents qui élèvent
leurs enfants, c'est de se redire sans cesse le mot
de saint Paul : *Sperare contra spem !...* Espérer
contre l'espérance. »

LES ENFANTS

ET LES DOMESTIQUES

A M. Cuvillier-Fleury.

Voilà une question bien complexe. Elle a des aspects bien divers. Elle n'est plus aujourd'hui ce qu'elle était il y a cent ans. Elle n'est pas en province ce qu'elle est à Paris. L'âge des enfants, leur sexe, la position des parents, leur fortune, leur caractère, sont autant de circonstances qui la modifient. Selon qu'on habite dans un hôtel ou qu'on loge à un troisième étage, qu'on a dix serviteurs ou qu'on en a deux, les relations des enfants avec les domestiques changent et doivent changer. Le nom même de domestiques (*domestici*) convient-il encore aux serviteurs d'aujourd'hui? Font-ils encore partie de la *domus?* On le voit, notre question embrasse beaucoup de questions. Je n'ai pas la prétention de la traiter tout entière. J'en prendrai un seul côté, le côté présent. Je l'examinerai dans une seule classe, la bourgeoisie. Je ne considérerai qu'une moitié des enfants, les filles. Je tâcherai enfin de résumer les idées générales qui naissent du sujet dans un fait particulier, et ce fait, je l'emprunterai au journal d'une mère.

FRAGMENTS DU JOURNAL D'UNE MÈRE.

10 mars 1869.

Hier ma fille arriva chez moi tout en pleurs. Son
petit cœur de neuf ans était gonflé de sanglots.
« Qu'as-tu, mon enfant, au nom du ciel, qu'as-tu? »
Là-dessus, récit entrecoupé de larmes. Depuis près
de deux ans, j'ai pris à mon service une femme de
chambre appelée Julie, qui me satisfait complètement. Intelligente, propre, courageuse, active, son
mari, en mourant, lui a laissé tout le soin d'une
petite fille, un peu plus jeune que la mienne, et
qu'elle a placée chez sa mère à la campagne. L'enfant est tombée malade d'une fièvre muqueuse. On
l'a écrit ce matin à Julie; de là sa douleur, et de
là aussi le chagrin de ma fille. Elle a vu sa bonne
pleurer, elle a pleuré comme elle; elle a entendu sa
bonne se désespérer, et elle s'est désespérée autant
qu'elle! Enfin, sa bonne s'est écriée avec sanglots :
« Et penser que je ne suis qu'à dix heures de mon
enfant et que je ne peux pas aller la rejoindre!
qu'elle souffre et que je ne peux pas la soigner!
qu'elle va peut-être mourir et que je ne lui dirai pas
adieu. » Là-dessus, ma chère petite Madeleine, tout
en courant, est arrivée à moi. « Laisse-la partir!
laisse-la partir!... Elle ne demande que quatre
jours! le temps de la voir... de l'embrasser... —
Oui, ma petite fille! oui! Je lui donne huit jours,
dix s'il le faut, va le lui annoncer! » Madeleine
partit toute joyeuse, et revint au bout d'un instant,

toute triste. — Julie te remercie bien, maman! mais
elle ne peut pas s'en aller. Le voyage, aller et
retour, lui coûterait quatre-vingts francs, et quatre-
vingts francs, c'est trop pour elle ; elle ne les a pas. »
Ma fille, fort contristée, se remit sur son petit tabouret à mes pieds, et reprit sa couture ; moi, je
repris ma tapisserie, et tout en travaillant, j'entrai
dans mille réflexions sur le sort des domestiques ;
puis mon aiguille commença à prendre le train de ma
pensée, c'est-à-dire à aller très vite et fiévreusement. Ainsi en arrive-t-il souvent ; quand un homme
marche à grands pas dans la rue, ce ne sont pas
toujours ses jambes qui courent, c'est sa tête.

Je réfléchissais donc combien ce nom de mère,
si cher pour nous, est douloureux pour les femmes en
service. Tout pour elles est privations, sacrifices,
peines dans la maternité. A peine l'enfant regardé,
embrassé, sans avoir pu lui donner une goutte de
leur lait, car cette sainte communion de l'enfant
avec la mère leur est défendue, elles remettent le
pauvre petit aux mains d'une étrangère qu'elles
n'ont peut-être vue qu'une fois, dont elles ne connaissent ni le caractère, ni le cœur, et qui l'empor-
tera au loin, le plus loin possible, pour que cela
coûte moins cher, et voilà que commencent les
angoisses de la séparation. Premier objet de terreur! l'enfant supportera-t-il ce voyage? Un redou-
blement de froid suffirait pour le tuer. Il arrive,
il est installé... où? comment? Elle ne peut pas
même le suivre par la pensée dans ce lieu inconnu
où il vit, et bientôt, pour tout lien entre lui et elle, de
temps en temps, une lettre, qui se résume en une
demande. « Je dirai à madame que je n'ai plus de

sucre. Madame veut-elle m'envoyer du savon, du
linge, des habillements? » La confection de ces petits
habillements est la seule joie de la mère. On la voit le
dimanche, ou le soir, après son travail fini, pen-
chée jusqu'à minuit sur un petit jupon de futaine,
sur quelques débris de la garde-robe de ses maîtres qu'elle rajuste, qu'elle répare, et qu'elle envoie
là-bas, non sans les avoir baisés plus d'une fois,
comme s'ils devaient porter ses baisers à l'absent.
Parfois, grand événement, quelque photographe
ambulant a passé dans le village, et elle reçoit
au jour de l'an, le portrait de celui... qu'elle ne
reconnaît pas... à peine l'a-t-elle entrevu! et il est
si changé depuis ce temps-là! Rien de plus doux,
pour nous, mères riches, que d'assister à toutes les
métamorphoses de visage, à toutes les conquêtes
d'intelligence, à toute l'éclosion physique et morale
de nos enfants : les yeux qui s'ouvrent, le regard
qui naît, la bouche qui sourit, les cheveux qui
poussent, les dents qui pointent, la langue qui
bégaye, sont autant de sujets de joie et d'espérance. Eh bien, ces bonheurs, qui sont de simples
bonheurs naturels, qui devraient être le lot de
toutes les mères, la femme en service les ignore.
L'enfant, au sortir de nourrice, ne revient pas chez
elle... Elle n'a pas de chez elle. Il lui faut trouver,
comme Julie, quelque parente retirée à la campagne, en province, qui élève l'enfant à sa place. Elle
ne peut ni surveiller sa santé, ni combattre ses
défauts... ni se faire aimer de lui, et enfin!... si
comme Julie... elle apprend qu'il est malade, mourant... elle ne peut pas... Oh! je n'y tiens plus!
ce serait trop cruel! quatre-vingts francs sont

quelque chose dans mon budget de toilette ; et puis,
il faut bien l'avouer, je me rêvais, pour l'anniversaire de mes trente ans, un joli chapeau... que je
comptais charger de défendre ma figure! Bast! un
joli chapeau de moins... une petite bonne action
de plus... j'y gagne! Et, me levant vivement, je
cours à mon secrétaire... j'y prends quatre-vingts
francs, et je dis à Madeleine : « Va donner cela à
Julie, et qu'elle parte ! » Le saut de joie de ma
fille, son avalanche de baisers, et les remerciements
de la mère m'ont bien payée de mon sacrifice.

13 mars.

Julie est revenue. Son enfant est sauvée. La
mère est bien heureuse!... Quand je dis bien heureuse... je dis trop. Est-ce un reste d'inquiétude?
est-ce une crainte pour l'avenir? Je ne sais, mais
il reste un nuage sur son front. Qu'a-t-elle?

25 mars.]

Je sais le mot de l'énigme. Nos enfants sont les
grands intermédiaires entre nos domestiques et
nous. On nous fait dire par eux ce qu'on désire,
pensant que les messagers aideront à la réussite du
message. Ils sont très diplomates les domestiques,
et comme les enfants, de leur côté, n'aiment rien
tant que d'être de moitié dans un petit secret, dans
un petit manège, ils jouent le jeu des autres pour

leur compte, ce qui fait qu'ils le jouent très bien.
Mademoiselle ma fille est donc arrivée hier près de
moi avec une mine mystérieuse, et de petits mots
adroits jetés comme par hasard dans la conversation. Oh! Julie l'a bien dressée! J'ai feint de ne
pas comprendre. Renonçant alors au discours par
insinuation, elle en est venue à ce que ces messieurs appellent l'argument *ad hominem* et m'a tenu
à peu près ce langage : « Voilà, maman! Ima-
gine-toi que le médecin a dit que la pauvre petite
fille de Julie ne guérirait jamais, si elle restait
là-bas. Il paraît que l'air est très mauvais! qu'il
donne la fièvre!... Enfin, tout le contraire d'ici...
où l'air est si bon! où l'on se porte si bien! —
Autrement dit, répondis-je en riant, Julie voudrait faire venir sa fille ici. — C'est ça, maman!
mais elle ne veut pas le faire sans ta permission,
et elle n'ose pas te la demander. — Et alors, elle
t'a chargée de la commission! — C'est ça, maman!
—Mais où mettra-t-elle cette enfant?—Elle a trouvé
une petite pension tenue par les sœurs, une très
bonne petite pension, très bon marché, où l'on
apprend très bien, et où l'on est très bon pour les
enfants. — Eh bien, c'est parfait. — Oui! seulement... — Ah! il y a un seulement. — Oui; seulement, on ne peut pas coucher sa fille, et alors... —
Alors Julie ne peut pas la faire venir. — C'est ça,
maman! Et alors tu comprends comme elle a du
chagrin! — Je le comprends. — Il paraît pourtant
qu'il y aurait un moyen. — Lequel? pourquoi
Julie ne me l'a-t-elle pas dit? — Elle n'ose pas.
— Mais elle te l'a dit à toi. — Oh! oui! — Eh
bien alors, dis-le-moi. — Oh! non! Julie me l'a

bien défendu! — Pourquoi? — Parce qu'elle a
peur que tu ne veuilles pas. — Parle toujours,
nous verrons après. —Eh bien, voilà! Oh! ce serait
un très bon moyen. La petite Thérèse viendrait
tous les soirs coucher ici. — Ici? — Oui! avec sa
maman! dans le lit de sa maman! Elle n'arriverait que pour se coucher! et elle s'en irait tout de
suite en se levant! cela ne dérangerait personne...
Tu ne t'en apercevrais même pas ! et la pauvre Julie
serait si contente!... Veux-tu? » Je ne répondis
rien. « Est-ce que tu ne veux pas ?... C'est qu'il
paraît que cette pauvre petite fille... elle mourra...
si elle reste là-bas. Oh! maman!... je t'en prie!...
je t'en prie!... » A ce... *je t'en prie!*... si bien
sorti du fond du cœur, je n'eus pas la force de
répondre par un non, et la fille de Julie entrera en
pension chez les sœurs, dans huit jours, et tout le
temps de notre séjour à la campagne, elle couchera
avec sa mère... Oui! mais après? quand nous
retournerons à Paris? comment ferons-nous? Oh!
je m'en fie à Julie pour souffler encore à Madeleine
quelque très bon petit moyen, que Madeleine me
soufflera à son tour, et... et je serais bien étonnée
si je résistais!

15 octobre.

Plus de six mois se sont écoulés depuis ce
jour-là. Les sœurs parlent avec grand éloge de
l'intelligence et du caractère de l'enfant. Seulement, les choses n'ont pas tout à fait marché
comme on me l'avait annoncé. La petite Thérèse,

c'est le nom de l'enfant, ne passe pas tout à fait
inaperçue dans la maison. Elle revient souvent avant
l'heure du coucher, je l'ai trouvée plus d'une fois à
table avec les domestiques; le dimanche et les jours
de fête, la mère la garde à côté d'elle dans la lin-
gerie, l'emploie à quelques travaux d'aiguille qui
lui sont personnels, l'emmène avec elle à la messe
et aux vêpres; mes prévisions et nos conventions
sont un peu dépassées... Mais Madeleine aime
tant cet enfant... à cause du bien qu'elle lui a
fait!... La reconnaissance du bienfaiteur est souvent plus sûre que celle de l'obligé! Puis, à cet
âge-là, c'est chose si douce qu'une compagne qui
est une contemporaine. Jouer tout seul, ce n'est
pas jouer, et quand j'entends dans le jardin ces
deux éclats de rire qui se répondent, quand je les
vois toutes deux, adroitement et ardemment attachées toute une journée à la confection de quelque
robe de poupée, ou que ma fille me revient d'une
course dans notre petit bois, le teint empourpré, les
yeux brillants, le visage étincelant de gaieté et de
santé, je me dis que Dieu me récompense en elle
de ce que je fais pour l'autre.

10 juin 1871.

Un lien nouveau s'est formé entre moi et Julie.
Elle m'a montré, à l'époque de la guerre, un
dévouement véritable. A ce moment, l'incertitude de
l'avenir, la crainte de la gêne, déterminèrent un certain nombre de maîtres à congédier une partie de
leurs domestiques. Mon mari garda tous les

nôtres. Jeter sur le pavé, au début d'une telle crise, des serviteurs fidèles, lui parut comme à moi une cruauté. Il ne voulut même pas que leurs gages fussent diminués. « Notre prévoyance, me dit-il, nous a assuré quelques économies; que nos domestiques en profitent comme nous! Je pars pour Paris avec le valet de chambre. Toi, va en Bretagne avec tes deux enfants et la cuisinière. Quant à Julie, je la laisserai avec sa fille dans notre petite maison de campagne pour sauver ce qu'elle pourra du pillage. » L'intelligence de Julie, sa présence d'esprit, son courage firent merveilles. Elle déménagea toute la maison, mit les meubles en sûreté, installa les troupes de passage dans la grange, dans les communs, partout où ils ne pouvaient pas nuire, et notre village ayant été évacué, elle ramassa les objets usuels auxquels je tenais le plus, les petits meubles qui étaient pour moi un souvenir, et vint, à travers mille dangers, me les apporter en Bretagne. Jamais arrivée ne fut plus opportune. La cuisinière était hors de service, par suite d'une chute. Tout le fardeau de la maison était retombé sur moi ; j'étais à la fois maîtresse, mère et servante; j'habillais, je nourrissais, je soignais tout mon petit monde... Cela ne me déplaisait pas. La responsabilité ne me pesait pas plus que la fatigue. C'est un bonheur pour nous, femmes des classes aisées, qui sommes habituées à voir tout ce qui est autour de nous vivre pour nous, quand quelque événement public ou privé nous force à vivre pour les autres, et nous apprend que le nom de chef de famille n'est pas trop lourd pour nos forces. Julie ne m'en apporta pas moins un réel secours. Ce qui me toucha le plus, ce ne furent pas seulement ses soins, son activité, ses ressources, ce fut surtout sa délicatesse et son cœur. Mon mari m'avait donné comme viatique la moitié de ses fonds de réserve : Julie se montrait plus économe de mon petit pécule que moi-même; elle se refusait presque tout pour moins dépenser. Nos malheurs publics me déchiraient l'âme : elle était aussi patriote que moi, et elle l'était à cause de moi. Que de fois la vis-je entrer éperdue, hors d'haleine, épuisée par une course à toute vitesse, pour m'apporter un peu plus tôt une nouvelle un peu moins mauvaise! Notre logement se composait de deux petites pièces qui servaient de chambres à coucher, de salon et de salle à manger. De là un rapprochement matériel de tous les instants. Plus grand encore était le rapprochement moral. Nous mettions en commun nos penscées... comme nos robes; tout cela ne faisait qu'un. Les malheurs publics sont de grands éducateurs ; ils élèvent les âmes qui valent quelque chose et les purifient de leurs petits défauts. Julie n'avait presque plus rien de ses susceptibilités et de ses irritabilités ordinaires... car il faut bien convenir que je l'avais reconnue pour irritable et susceptible; occupée de ma fille comme moi, elle lui parlait le même langage que moi. Quant aux deux enfants, elles vivaient comme deux sœurs; ce qui nous était un sujet d'angoisse leur était un sujet de jeux; elles jouaient à la guerre. Enfin ces quelques mois passés dans ce petit port de Bretagne, si près les uns des autres et si loin de ce que nous aimions, avaient fait de notre égalité d'existence une sorte d'égalité de condition. Revenus après l'armistice, rentrés dans notre maison de campagne, cette intimité de passage ne s'effaça qu'à demi de nos habitudes. Julie continua à intervenir dans tout ce qui touche Madeleine; elle se mêle de sa toilette, de ses plaisirs, elle la gronde même quelquefois; je prétends en riant que, depuis notre séjour dans le Morbihan, Madeleine est devenue pour elle une sorte de nièce à la mode de Bretagne.

30 juin.

Une visite que j'ai reçue hier de mon amie Juliette m'a fort troublée. Elle est beaucoup plus du monde que moi; mais, au milieu du tourbillon de la vie élégante, elle a gardé un vif souvenir de notre affection de jeunesse, et elle vient de temps en temps jeter, par bouffées, dans le calme de ma vie, les saillies de son bon sens mondain et positif. Je l'appelle, en riant, une évaporée raisonnable. A quoi elle me répond : « Et toi, tu es une raisonnable romanesque; ta raison est toujours dans le sentiment; moi, je suis la femme pratique. » Elle arrive donc hier, et, avec sa soudaineté habituelle : « Qu'est donc cette petite fille qui joue avec Madeleine? — C'est la fille de Julie. — Qu'est-ce que Julie? — Ma femme de chambre. — Tu laisses ta fille jouer avec la fille de ta femme de chambre? — Sans doute. — Tu as tort. — Écoute d'abord l'histoire, car il y a une histoire... » Et je lui conte ce qui s'est passé. « Eh bien, sais-tu ce

qu'elle prouve, ton histoire? C'est que tu as eu
trois fois tort : tort de faire venir cette enfant,
tort de la laisser coucher chez toi, tort d'en faire
la compagne de jeu de ta fille. — Mais songe donc...
—A ton séjour en Bretagne? Oui, c'est une circonstance atténuante; mais on n'absout pas les gens
pour les circonstances atténuantes, on abaisse leur
peine, et tout ce que je peux faire pour toi, c'est
de déclarer ta faute explicable, mais c'est une faute.»
A ce moment, les deux petites filles passaient près
de nous. « Prends donc garde, dit Thérèse à
Madeleine. — Ah! bon Dieu! s'écria mon amie,
voilà bien autre chose! Cette petite fille tutoie ta
fille? — Oui. — Et ta fille sans doute?... — Bien
entendu. Quel inconvénient y vois-tu entre deux
enfants de douze ans? — Quel inconvénient? C'est
que cela n'a pas le sens commun. — Mais... —
Écoute-moi bien : je me crois une bonne femme et
j'espère être une bonne maîtresse. Quand mes
domestiques sont malades, je les soigne; quand
ils sont dans la peine, je les aide; quand ils sont
dans l'embarras, je les conseille; mais de l'intimité entre moi et eux, de la familiarité entre eux et
mes enfants, jamais! jamais! Mes sentiments à leur
égard ressemblent aux figurants dans les tragédies... ce sont des personnages muets! pleins
de sincérité, de cordialité, toujours prêts à agir,
mais ne parlant pas. — Rappelle-toi donc que Julie
m'a rendu un véritable service! — Tant pis, te
voilà à l'état d'obligée vis-à-vis d'elle! or, nous ne
pouvons plus être les obligés de nos domestiques.
— Julie appartient à la race d'élite des vieux
domestiques. — Oh! les vieux domestiques!

s'écria mon amie en riant, tu tombes bien! moi qui prétends qu'il faudrait les changer tous les six mois! — Ah! par exemple! — C'est évident! As-tu remarqué que quand on prend un domestique nouveau, on cherche, pendant le premier mois quels sont ses défauts, et qu'après on cherche bien souvent quelles sont ses qualités? C'est tout simple! au début, il cache tout ce qu'il a de mauvais et met en montre tout ce qu'il a de bon; c'est comme les nouveaux mariés; d'où il suit qu'une succession de domestiques constituerait une succession de lunes de miel. — Quelle folle! — Du tout! je parle très sérieusement. — Voyons, peux-tu nier que mille exemples prouvent qu'autrefois?... — Autrefois était autrefois; et aujourd'hui est aujourd'hui. Autrefois les domestiques faisaient partie de la famille, ils y naissaient, ils y mouraient. Aujourd'hui ils ne font que traverser nos maisons; ce sont des étrangers, des nomades. Autrefois un serviteur qui se sacrifiait pour son maître pensait ne faire que son devoir et se trouvait payé par son sacrifice même; aujourd'hui... — Mais c'est aujourd'hui, repris-je vivement, c'est chaque année qu'une illustre compagnie..... — Ah! répliqua Juliette, en m'interrompant, je devine ce que tu vas me citer!... les prix de vertu, les prix de l'Académie... dont un bon tiers revient à de vieux serviteurs... mais je ne te parle pas de ceux qui les obtiennent, je te parle de ceux qui ne les obtiennent pas!... Et tu conviendras bien que c'est la majorité. — Sans doute. — Et que, dans cette majorité, il y a plus d'un dévouement un peu grognon, un peu acariâtre, voire même un peu

18

paresseux, ce qui fait que je suis toujours tentée
de leur dire :

Aimez-nous un peu moins! servez-nous un peu plus !

Je t'indigne!... C'est que j'ai eu aussi, moi, une
vieille bonne qui m'affectionnait... Ah !... seulement, son affection avait toujours la quittance à la
main. Rappelle-toi que tu entendras sortir de la
bouche de Julie... et probablement à propos de sa
fille, la phrase sacramentelle : *Après ce que j'ai fait
pour monsieur et madame.! —* Ah! tais-toi !
m'écriai-je avec vivacité, tu désenchantes tout avec
ton prétendu bon sens. — Ce n'est pas mon bon
sens qui parle, ma chère amie, c'est celui d'un
homme que tu aimes et honores, mon mari ! — Que
t'a-t-il dit? — Un mot qui m'a convaincue et me
sert de règle : « Les filles, autrefois, n'apparte-
naient pas aux mères, m'a-t-il dit, elles apparte-
naient aux nourrices d'abord, puis aux bonnes,
puis aux gouvernantes, puis aux couvents, puis aux
filles suivantes, comme parle Molière. Quelles sont,
en effet, dans ses comédies, les confidentes, les con-
seillères des Marianne et des Isabelle? Les Dorine
et les Lisette. Aujourd'hui, grâce à Dieu, les mères
ont reconquis leurs enfants. Qu'elles les gardent! »
Voilà ce que m'a dit mon mari, on ne peut pas
mieux dire... Et pour en revenir à toi, parlons
nettement. Ta fille peut-elle rester l'amie de
Thérèse ? Non. Thérèse pourra-t-elle toujours
tutoyer Madeleine? Non. Madeleine doit-elle regarder toujours Julie comme une sorte de tante? Non.
Tu as donc eu tort d'établir des rapports qui ne

peuvent pas durer, et tu seras forcée de briser péniblement ce que tu as noué imprudemment. Voilà ma prédiction ! » Là-dessus, elle partit, me laissant fort songeuse.

Le lendemain.

Je viens de recevoir la lettre suivante de Juliette : « Ma chère amie, notre causerie d'hier demande un post-scriptum et un erratum. Je ne veux pas que tu m'accuses d'injustice ou de dureté ! Comprends-moi donc bien. Il y a évidemment, aujourd'hui, plus d'une famille où les rapports des domestiques et des maîtres sont pleins de sympathie de la part des uns, sans cesser d'être pleins de déférence de la part des autres; mais cela tient, sois-en sûre, à ce que cette sympathie est toujours accompagnée de réserve. Le mal commence où commence la familiarité ! Quand les idées de hiérarchie étaient implantées dans les mœurs, l'on pouvait sans inconvénient se familiariser avec ses serviteurs, car ils se souvenaient toujours du rang du maître, même quand celui-ci l'oubliait. Mais aujourd'hui, avec les idées d'égalité qui courent, on n'a plus alors pour garant de leur déférence que leur bon caractère... Or, si je ne me trompe, ce n'est pas le fait de ta femme de chambre; penses-y ! »

12 août.

Deux petits incidents, arrivés il y a quelques jours, m'ont donné à réfléchir.

Une fort aimable femme, qui vient de s'installer dans notre voisinage, m'a amené ses deux filles. Cette visite m'a charmée. Ces deux enfants sont bien élevées; elles ont l'âge de Madeleine, et mon imagination maternelle rêva aussitôt en elles de gentilles compagnes pour ma fille. La sympathie, du reste, s'était déclarée entre elles du premier coup. Un quart d'heure après l'arrivée, je les voyais toutes trois rire et jaser sur la petite terrasse. C'était un dimanche. La fille de Julie arrive selon son habitude, traverse le salon, et va se joindre au petit groupe. « Quelle est donc cette enfant? » me demande ma nouvelle voisine. Je le lui dis : ma réponse amena sur sa figure une expression de surprise et de mécontentement. Même effet parmi les trois anges. L'arrivée de Thérèse coupa court à la gaieté, à l'expansion. Les deux petites étrangères semblaient choquées, Madeleine embarrassée, Thérèse elle-même gênée. La mère, en me quittant, ne me parla plus du désir de réunir encore nos enfants. Avait-elle fait le même projet que moi, et l'intimité de Madeleine et de Thérèse l'en a-t-elle détournée? Je le crains. Qui a tort, elle ou moi? Voilà ma conscience en éveil. Si ce rêve d'intimité ne se réalise pas, je regretterai beaucoup les filles pour Madeleine, et la mère pour moi.

Le dimanche suivant, les fêtes de l'Assomption ramenèrent Thérèse à la maison pour plusieurs jours. Madeleine commence une partie de crocket avec elle. Un coup douteux produit une altercation; les mots aigres s'échangent, et Thérèse, qui a quelque chose du caractère ardent de sa mère, lance à Madeleine une repartie qui ressemblait à une mal-

honnêteté. Tort d'enfant, tort que toutes les amies de
cet âge se permettent entre elles, mais qui me cho-
qua singulièrement de la part de Thérèse. Plus j'oublie qu'elle est la fille de ma femme de chambre,
plus elle devrait s'en souvenir; il y a là un manque
de tact qu'on pourrait presque appeler une ingratitude. Julie aurait dû lui apprendre que le changement d'âge doit changer les rapports, et que la
familiarité, naturelle entre toutes petites filles, est
choquante entre filles de quatorze ans. Enfin, faut-il
tout dire? je vois poindre en moi, depuis quelque
temps, un sentiment nouveau et dont je ne puis me
défendre. Je commence à m'impatienter que Thérèse fasse plus de progrès avec les sœurs que
Madeleine avec moi; qu'elle soit plus adroite que
Madeleine, plus vive d'esprit que Madeleine, plus
gracieuse que Madeleine. Mon Dieu!... qu'on préfère à Madeleine... une de ses compagnes... je ne
m'en blesserais en rien... mais que la fille de ma
femme de chambre soit plus jolie que ma fille... cela
m'agace, cela m'irrite... Il me semble qu'elle n'en
a pas le droit, et une petite mésaventure qui m'est
arrivée récemment a très fort mortifié mon amour-
propre maternel. Une dame que je connais à peine,
m'aborde avec les compliments les plus sympathi-
ques, les mieux sentis sur ma fille : « Quelle jolie
taille! quelle figure spirituelle! quelle aimable physionomie! » Je triomphais, quand je m'aperçois
qu'elle s'était trompée; elle avait pris Thérèse pour
Madeleine. Enfin, inconvénient beaucoup plus grave,
Madeleine trouve trop souvent dans Thérèse une
obéissance docile à sa volonté, à ses caprices; de
là des habitudes de despotisme, d'égoïsme qui

entravent toute bonne éducation... Décidément
Juliette pourrait bien avoir eu raison.

13 avril 1872.

La prédiction s'est accomplie. Avant-hier, à
table, une expression plus que vulgaire, presque
grossière, est sortie de la bouche de Madeleine. Mon
mari a bondi sur sa chaise. « Qui t'a appris un mot
pareil ? — Je l'ai entendu dire à Thérèse, répond
l'enfant tremblante. — C'est bien, laisse-nous. »
Elle sort, nous restons seuls. « Ma chère amie,
me dit mon mari, voilà un mot qui doit vous éclairer. C'est un symptôme. Madeleine n'a répété que
celui-là, mais Thérèse lui en a appris probablement plus d'un autre. J'hésite depuis quelque
temps à vous dire mon sentiment et ma résolution,
mais il ne m'est plus permis d'hésiter. Il faut couper court à la familiarité de Madeleine avec la
fille de Julie. La fréquentation des domestiques
est, en général, sauf quelques rares exceptions,
mauvaise pour nos enfants, surtout pour nos filles.
Elles n'y apprennent pas seulement des paroles
qu'elles doivent ignorer, elles s'y initient à des pensées, à des actions dont la connaissance seule est
déjà un mal. Vous ne vous doutez pas, avec votre
naturelle élévation de sentiments, de ce qui se
raconte souvent autour d'une table de cuisine. Or,
la fille de Julie, confinant à la fois à la cuisine et
au salon, est comme l'intermédiaire, le fil conduc-
teur qui porte aujourd'hui à l'oreille de Madeleine,
et porterait demain jusqu'à son âme, ce qui pour-

rait la troubler, plus que la troubler! Il faut éloigner la fille de Julie. Mettez dans cette séparation toute mesure, tout adoucissement, mais je veux qu'elle soit prompte et absolue. »

Me voilà en face du dénoûment prévu par mon amie! il me faut dénouer péniblement ce que j'ai noué imprudemment.

Ma perplexité est grande. J'aime réellement Julie, mais je connais ses défauts. Elle est violente, passionnée : dès qu'il s'agit de sa fille, elle n'est maîtresse ni de ses sentiments, ni de ses paroles. Le coup sera rude, car éloigner sa fille de nous, c'est l'éloigner d'elle ; enfin, mon mari le veut, et il a raison ; à mon devoir !

Le lendemain.

Julie sort de chez moi. « Asseyez-vous là, ma fille, lui dis-je quand elle entra, et causons de choses sérieuses. Que comptez-vous faire de Thérèse? — Comment ! madame? — Oui ! voilà Thérèse qui approche de ses quatorze ans. Les sœurs ne peuvent plus lui rien enseigner, son éducation est finie, sa vie commence, il faut penser à son avenir... Qu'en comptez-vous faire? — Madame le sait bien, la femme de chambre de mademoiselle. Je veux qu'elle vive toujours auprès de mademoiselle, et auprès de madame... Mademoiselle Madeleine le lui a souvent promis. Je l'élève dans cette seule idée. Je lui apprends tout ce que je sais; je lui fais apprendre tout ce que je ne sais pas; elle travaille avec moi; elle commence à coif-

fer aussi bien que moi ; elle écrit beaucoup mieux
que moi ; dans deux ans elle saura faire une robe
comme la meilleure couturière ; enfin mon ambition est que mademoiselle ait en Thérèse une telle
femme de chambre, que tout le monde là lui envie
et que personne ne puisse jamais la lui prendre,
car ce sera une amie à toute épreuve. »

Il y avait dans les paroles de Julie, dans son
accent, une telle simplicité, une telle confiance d'affection, que je me sentis touchée, et ce n'est pas sans
hésitation que je lui répondis : « Je reconnais bien
là votre dévouement, Julie, mais c'est un rêve, ma
pauvre enfant, et on ne bâtit pas sur un rêve. L'avenir ne nous appartient pas. Quel sera le sort de
·ma fille? Cela dépend de son mari. Quel homme
sera ce mari? Où l'emmènera-t-il? Autant d'éven-
tualités auxquelles nous ne pouvons pas sacrifier
le sort de votre fille. Je suis plus ambitieuse pour
elle. Je lui veux une existence indépendante, où son
travail lui assure l'aisance, et j'ai trouvé ce qu'il lui
faut. — Quoi donc, madame? répondit Julie toute
tremblante. — Vous connaissez Mme Vauthier? —
La blanchisseuse de dentelles? — Oui ; elle a un
établissement très convenable. C'est là que je vais
placer Thérèse. Elle apprendra un état sous les
yeux d'une maîtresse habile, qui est en outre une
excellente femme, et plus tard... — Mais, moi!
madame, moi! je vais donc perdre ma fille? —Vous
ne la perdrez pas. — Je ne la verrai plus! elle
vivra chez Mme Vauthier, elle ne vivra plus avec
moi. — Hélas ! ma pauvre Julie, c'est le sort des
mères. Moi aussi, il me faudra me séparer de
Madeleine quand je la marierai. Je m'y résoudrai

pourtant, parce que je le ferai pour son bonheur,
comme vous y consentirez, vous, dans l'intérêt de
votre fille. — Oh! pauvre enfant! pauvre enfant!
reprit Julie en étouffant ses larmes, quel chagrin
pour elle! Elle aimait tant Mlle Madeleine! — C'est
une amitié qui ne pouvait pas durer plus que l'enfance. Leur différence de situation, de relations
aurait tôt ou tard brisé ces liens. C'est, ajoutai-je
avec précaution, c'est... comme ce tutoiement réci-
proque, il n'est plus convenable. Madeleine dira
toujours *tu* à Thérèse!... mais Thérèse... — Doit
l'appeler mademoiselle!... répliqua Julie avec amertume... C'est juste! c'est bien!... Oh! je comprends!... je comprends!... C'est pour éloigner ma
fille de Mlle Madeleine que madame la met en
apprentissage! Madame rougit de Thérèse!... C'est
bon! c'est bon!... Quand faudra-t-il qu'elle parte?...
Pourrai-je aller la voir quelquefois? — Vous êtes
injuste, Julie; je ne songe nullement à vous enlever
votre fille, et les vacances venues, c'est-à-dire dans
deux mois, elle pourra venir passer quelques jours
avec vous. — Merci, madame, merci!... répliqua
Julie d'une voix étouffée; je vais tout préparer...
pour... pour le départ. » Et elle s'éloigna précipi-
tamment. Allons! voilà qui est fait! Mais ç'a été
dur.

17 septembre.

Pas si dur que ce qui s'est passé aujourd'hui.
Le second et inévitable dénoûment vient d'éclater.
Trois mois s'étaient écoulés depuis le départ de Thé-

rèse. Elle est revenue, il y a huit jours, passer ses
vacances ici. Plus de tutoiement! La vanité blessée
de Julie y a mis bon ordre; plus de jeux communs!
mais des causeries en cachette, dont un mot,
entendu par hasard, m'a révélé le danger.

Je me promenais le soir sur la terrasse. Dans
une salle basse située au-dessous, se trouvaient
réunis tous les gens de la maison, sauf Julie. « Vous
ne savez pas! dit un de nos domestiques au jardi-
nier d'une habitation voisine, votre maître se rema-
rie! — Ah! bah! — Chut! c'est un mystère! —
Comment l'avez-vous su? — Par Thérèse qui l'a
su de Mlle Madeleine, qui l'avait entendu dire par
hasard à ses parents. Nous nous doutions de
quelque chose, et en interrogeant adroitement... Ces
petites filles, ça ne sait pas ce que ça dit, et on
leur fait dire tout ce qu'on veut. » Je m'éloignai
indignée. Cette indiscrétion de Madeleine, ce manège, la divulgation de ce secret, tout me blessait
au cœur. Notre ami ne s'était confié qu'à nous; des
raisons puissantes lui faisaient désirer le silence,
une parole indiscrète pouvait faire rompre ce mariage. Pour la première fois m'apparaissait ce vice
si souvent reproché aux domestiques, et auquel je
ne voulais pas croire, le besoin maladif de savoir
ce qui se dit parmi nous, ce qui se fait autour de
nous, et leur habileté à se servir de nos enfants
comme de reporters. Mon mari partagea mon mécontentement. Thérèse est mandée au salon. A peine
commencions-nous à lui adresser des reproches ainsi
qu'à Madeleine, que Julie entre. En entendant
l'accusation portée contre sa fille, elle pâlit, ses
lèvres tremblent... « Ce n'est pas ma fille! s'écrie-

t-elle. Ma fille est incapable de jouer ce vilain jeu-là. — Elle l'a fait innocemment, je le crois, répond mon mari, mais elle l'a fait. C'est elle qui a interrogé Madeleine, et c'est elle qui a répété. — Ce n'est pas elle!...» répliqua Julie; et la voilà qui s'irrite, qui s'emporte!... « On en veut à ma fille! on déteste ma fille! Il me semble pourtant qu'*après ce que j'ai fait pour monsieur et madame!...* » Puis un mélange de reproches, de récriminations contre Madeleine, se terminant par ce mot: « Tout cela, c'est des menteries! » A peine la parole prononcée, elle s'arrête court... toute rouge de confusion. «Laissez-nous, Julie,» reprend mon mari froidement. Elle sort. « Ma chère amie, me dit-il, je sais ce qu'il y a d'affectueux dans votre cœur, et je vais vous affliger, mais l'hésitation ne m'est plus possible. Nous avons sagement séparé Madeleine de Thérèse, il faut aujourd'hui nous séparer de Julie. — Pour un mot! m'écriai-je vivement, mot inexcusable, j'en conviens, mais dont elle a déjà, soyez-en sûr, regrets et remords, dont elle vous demandera pardon. — Le mot n'est rien, répondit mon mari, le fait est tout. Or, le fait, c'est que, par vos bontés pour Julie, vous l'avez gâtée. Tenue à distance, elle serait restée un excellent serviteur; traitée comme une amie, elle a pris dans la maison une place qui n'est pas la sienne. Rien de plus touchant, je le sais, que le point de départ de cette petite usurpation; mais le mal n'en est pas moins réel : vos quatre mois passés en Bretagne ont donné à Julie des habitudes d'intimité et même d'autorité qui deviendraient bientôt intolérables. Elle a un très grand cœur, mais elle a un très mauvais carac-

tère; or, les défauts de caractère vont toujours
s'aggravant avec l'âge. Elle se croit sur Madeleine
les mêmes droits que vous, et elle en use beaucoup trop; le petit amour-propre de votre fille commence à s'en irriter, demain elle en souffrirait;
demain, nous serions obligés d'accomplir durement
une séparation qui peut s'effectuer aujourd'hui encore avec d'affectueux regrets. Employez donc les
ménagements, conciliez votre gratitude légitime
avec mon désir, acquittez largement le *après ce que
j'ai fait pour madame,* mais séparez-vous de Julie. »

Le lendemain.

J'ai réfléchi toute la nuit; ce matin, j'ai fait part
de mon projet à mon mari. Il l'a approúvé. A peine
me quittait-il, que Julie est entrée dans ma chambre
pour me coiffer. C'est un soin où elle excelle, et où
elle se plaît. Dans la grande affection qu'elle a pour
toute ma personne, mes cheveux ont une place à
part. On peut convenir sans trop de coquetterie qu'on
a de beaux cheveux, et le goût que Julie a pour les
miens lui arrache chaque matin, quand elle fait son
office de coiffeuse, des exclamations d'enthousiasme;
qui me font sourire... et qui me font plaisir. Ce
matin donc, elle est entrée à l'heure ordinaire et a
commencé sa besogne accoutumée. Nous ne nous
disions rien, mais je voyais dans la glace devant
laquelle j'étais assise, se réfléchir cette figure placée
derrière moi; et ses yeux gonflés me disaient assez
à quoi elle avait employé la nuit. La vue de cette
tristesse m'ôtait un peu de courage. Pourtant, après

quelques hésitations : « Julie, lui dis-je, vous savez quelle affection j'ai pour vous... » Le peigne lui tomba des mains et, sans me laisser achever, elle s'écria : « Madame va me renvoyer ! — Vous renvoyer, non ! Julie ! lui dis-je, en nouant moi-même mes cheveux au hasard... Voyons ! calmez-vous... et causons. » Mais elle n'eut pas la force de se contraindre. « Madame va me renvoyer ! je le sens ! j'en suis sûre ! Oh ! j'ai eu bien tort hier ! mais ce n'est pas ce malheureux mot ! Il y a autre chose ! Monsieur ne m'aime pas ! — Vous êtes injuste, Julie, monsieur vous estime et sait ce que vous valez; vous allez en juger vous-même; écoutez-moi donc. — Oui, madame ! et elle tomba assise sur un petit tabouret. — Ma pauvre Julie, vous êtes partagée entre deux affections dont l'une doit nécessairement être sacrifiée à l'autre. Vous m'aimez profondément ! — Oh ! oui ! madame ! très profondément ! personne ne saura jamais à quel point j'aime madame. — Oui, répliquai-je en souriant, mais vous aimez encore plus votre fille, n'est-ce pas? et c'est plus que juste. Eh bien, sans que vous le vouliez, son absence vous rend irritable, vous aigrit... — Je fais pourtant tout ce que je peux pour me contenir, madame ! — Je le crois, mais vous n'y réussissez pas toujours, et vos regrets, votre tendresse, se traduisent en paroles dont vous vous repentez... sans doute, mais... qui n'en sont pas moins blessantes. — Vous voyez bien, madame, que monsieur me chasse ! — Non ! vous dis-je. Oh ! quelle tête ! Écoutez-moi donc. — Oui !... vous avez raison, madame, j'écoute ! j'écoute ! D'ailleurs ce que j'ai dit hier est très mal, et je mérite d'être punie. —

Je ne vous renvoie pas, Julie ; je ne vous éloigne pas de moi, je vous réunis à votre fille. — Comment ! madame ! dit-elle en se levant à moitié. — La maison où elle est en apprentissage est une bonne maison ; on peut y réaliser des bénéfices modestes, mais certains. La maîtresse est malade, elle désire vendre son fonds, je l'achète et vous le donne. — Oh ! madame ! — Il est juste, après ce que vous avez fait pour nous, que nous assurions l'avenir de votre fille. Vous ne la quitterez plus et vous lui serez d'un immense secours. Elle est jeune, vous la guiderez. Je vous connais ; avec votre intelligence, vous doublerez la valeur de la maison, et quand Thérèse sera en âge de se marier... » La pauvre femme ne pouvait parler, les sanglots la suffoquaient. Quelques paroles confuses s'échappèrent seulement de sa bouche ! « Oh ! madame ! madame !... Ah ! que j'ai raison de vous aimer !... » Puis tout à coup, se levant : « C'est égal ! cela me fend le cœur ! moi qui comptais tant mourir ici !... Élever les enfants de Madel.... de mademoiselle Madeleine ! — Dites Madeleine. — Et il va falloir vous quitter !... — Pour retrouver votre fille ! pour vivre près de votre fille ! — Oui ! oui ! madame !... vous avez raison... toujours raison !... vous êtes à la fois raisonnable et bonne, vous... oh ! bonne ! surtout ! Je comprends si bien pourquoi vous me dites tout cela ! Et vous occuper de votre pauvre femme de chambre !... Et penser à la consoler !... Et pleurer avec elle !... car vous pleurez aussi ! Ah ! ma maîtresse ! ma chère maîtresse !... permettez-moi de vous embrasser ! » Deux amies ne s'embrassent pas plus sincèrement. **Notre** émotion calmée elle me dit : « Allons, ma-

dame, il faut achever votre coiffure ! c'est la dernière fois ! » Et nous voilà toutes deux, moi assise,
elle debout, en face de cette glace qui nous avait
souvent vues ainsi. La pauvre femme prolongeait
sa besogne le plus qu'elle pouvait... disant tout bas :
« Quel chagrin de ne plus coiffer ces cheveux-là ! »
A ce moment, mon mari entra. Notre physionomie
lui dit tout. Julie avait pâli en le voyant entrer, mais
avec sa nature toute d'élan, elle alla à lui, et lui dit :
« Merci, monsieur, de ce que vous faites pour moi.
— Nous ne faisons que notre devoir, Julie, et croyez
bien que ce dénoûment est le meilleur. Autrefois le
rêve des domestiques pouvait être de rester toujours
dans la maison de leurs maîtres; aujourd'hui, leur
ambition doit être d'en sortir. Les temps sont chan-
gés ; chacun doit viser à s'appartenir à lui-même.
La domesticité ne doit plus être qu'un passage, une
étape ; vous traversez nos maisons pour y amasser
un petit pécule, pour y faire preuve de probité, de
dévouement, pour y recevoir de bons enseignements, pour vous y élever à des idées plus hautes ;
mais le but, c'est l'indépendance. Travailler pour
vous, chez vous, voilà votre lot, Julie, et un bon serviteur n'en peut pas rêver un plus désirable. » Ces
paroles graves et élevées séchèrent les larmes de
Julie. Elle n'en sentit peut-être pas toute la portée,
mais ce qu'elle en comprit la rehaussa à ses propres
yeux. Elle reprit alors d'une voix émue : « Monsieur me permettra-t-il de venir quelquefois voir
madame? — Comment! Julie ! mais madame ira
vous voir aussi, avec Madeleine, avec moi; je ne
veux pas que ces bons souvenirs d'enfance soient
brisés entre nos deux filles, et rappelez-vous que le

jour où votre fille se mariera, c'est moi qui serai son
témoin et Madeleine sa demoiselle d'honneur. »
Ainsi ce petit drame domestique se dénoua sans
déchirement, grâce à la fermeté, au bon sens et à la
générosité de mon seigneur et maître; car enfin plus
d'un mari aurait trouvé ma gratitude un peu chère,
et il y a beaucoup de très honnêtes gens qui ne
pourraient pas être reconnaissants à ce prix-là. Mais
tout le monde peut et doit l'être dans la mesure de
sa fortune. Il est juste que de longues années de
bons services aient leur récompense. Quant à la
question : quels rapports nos filles doivent-elles
avoir avec nos domestiques? je réponds : Le moins
de rapports possible. En réalité, tout ce qu'elles
leur disent, elles nous le taisent; tout ce qu'elles
leur donnent, elles nous le prennent. Mon amie a
dit le mot qui dit tout : Nous avons conquis nos
enfants, gardons-les.

UNE

MAISON BATIE AVEC DES OIGNONS

A M. le comte Horace de Choiseul.

Voilà un titre bien peu relevé, mon cher monsieur, pour y joindre un nom comme le vôtre. Nul
pourtant ne lui convient mieux. Nous sommes, vous

VII

IL LA VOIT ENFIN ÉPANOUIE SUR SA TIGE. (Page 283.)

et moi, de la même confrérie, la confrérie des amateurs de fleurs. L'amour des fleurs crée entre ceux qu'il possède une sorte de parenté. La conversation ne tarit jamais entre deux amateurs de fleurs, car ils parlent de ce qu'il y a au monde de plus émouvant, le beau ; et de plus vaste, la nature. On peut dire de l'amour des fleurs ce que Molière dit spirituellement du tabac : *Il est la passion des honnêtes gens, et non seulement il réjouit les cerveaux humains, mais instruit les âmes à la vertu.* Ne voit-on pas bien, en effet, de quelles façons obligeantes en usent entre eux ceux que touche cette passion ? On s'invite à venir voir une belle plante ; on s'envoie les nouveautés florales. On se donne des greffes, on échange des boutures, on se prête des catalogues, et ce perpétuel commerce, où j'ai été, avec vous, bien plus souvent donataire que donateur, est précisément ce qui m'enhardit à vous dédier ma *maison bâtie avec des oignons.*

Il y a, dans une petite ville de notre département de Seine-et-Marne, un homme dont la vie a cela de particulier, qu'elle se lie à la vie d'une fleur. Raconter l'histoire de l'une, c'est faire la biographie de l'autre, car cette fleur a une histoire, et une histoire qui n'est pas moins intéressante que la biographie de cet homme.

Cette fleur est belle, admirée, riche de couleurs variées à l'infini ; mais elle a commencé par être inconnue, simple et petite : qui l'a fait monter de cette humble destinée à cette fortune éclatante ? Cet homme.

Cet homme est connu même hors de la France, célèbre dans sa profession, et il jouit d'une agréable

aisance; mais il a commencé par être pauvre, obscur. Qui a changé si heureusement son sort? Cette
fleur.

La fleur a un avantage sur l'homme : elle a été
plus mêlée que lui aux grands événements politiques; sa destinée a suivi le cours et subi le choc
des commotions qui ont ébranlé l'Europe au commencement de ce siècle; c'est presque une fleur
historique. D'abord, première gloire, elle a eu pour
marraines deux impératrices. Vous savez que Joséphine, la femme de Napoléon Ier, était créole; la
fleur l'était aussi; ou sinon créole, du moins fille
de ces belles contrées tropicales qu'on peut appeler
le pays du soleil : elle était originaire du cap de
Bonne-Espérance. On l'envoya vers 1807 en présent
à Joséphine, et Joséphine en fit un des plus beaux
ornements de ses jardins de Saint-Cloud, de Sèvres
et de la Malmaison. Mais arrive 1809, c'est-à-dire
la bataille de Wagram; puis 1810, c'est-à-dire le
divorce de Joséphine. Joséphine descendant du
trône, la fleur courait grand risque de descendre
aussi de sa gloire naissante; heureusement Marie-
Louise, qui avait (elle l'a bien prouvé) une grande
parité de goûts avec Joséphine, lui prit cette fleur
avec le reste, et la brillante fille des tropiques continua à s'épanouir sous un patronage impérial. Mais
voilà qu'arrivèrent 1814 et 1815; l'Empire tomba;
la pauvre fleur tomba avec lui, et c'en était fait
d'elle, si, par hasard, ne s'était rencontré dans les
jardins de Saint-Cloud un enfant plein d'intelligence
et de vivacité d'esprit : c'était le fils d'un des jardiniers de Marie-Louise; il montrait déjà cette qualité, qui est la première vertu des jardiniers, des

marins et des auteurs dramatiques : la patience.
On n'obtient un succès, on n'arrive à une découverte
et on ne crée une plante que quand on sait attendre.
Or cet enfant avait ramassé comme épaves, dans le
grand naufrage impérial, quelques tubercules de
cette belle fleur. Il les serre précieusement pendant l'hiver, bien au sec, bien à l'abri; le printemps
venu, il les plante dans des pots; le printemps suivant, il les multiplie en pleine terre, il les varie par
des semis, il les féconde par des croisements intel-
ligents, il les enrichit par des alliances avec une
espèce congénère et étrangère, et, au bout de quelques
années d'expériences, sortit de ses mains toute une
famille nouvelle de ces belles plantes : longtemps
réservées aux résidences souveraines, elles couvrent
aujourd'hui nos marchés publics, s'élèvent dans nos
squares, décorent nos plus humbles fenêtres comme
les plus riches appartements et fleurissent même
jusque dans les chambres des malades. Oui, à toutes
ces qualités de beauté dans la forme, d'élégance
dans le port, de richesse dans le coloris, de durée
dans la floraison, cette fleur joint un avantage immense: son odeur ne fait pas de mal... parce qu'elle
n'a pas d'odeur. Loin de moi l'idée impie de regarder le parfum dans les fleurs comme un défaut. Le
parfum ! c'est la plus immatérielle des choses maté-
rielles! Son nom seul est charmant. Il éveille en
nous l'idée de ce qu'il y a de plus exquis dans les
qualités, même de l'âme. Il est à la fleur ce que
l'imagination est à l'intelligence, ce que la grâce
est à la beauté. On lui a emprunté cette expression
à demi-ailée qui peint si bien le charme qu'exercent
les plus douces choses et les plus douces créatures

de ce monde; on dit de ce charme *qu'il s'exhale!*
Quant à moi, j'ai bien souvent dans ma vie été calmé,
excité, rafraîchi, enivré... oserai-je dire inspiré par
un parfum. Cependant, il faut bien l'avouer, le parfum est parfois un danger, souvent même un poison;
donc, puisqu'il y a tant d'êtres à qui ces joies de
l'odorat sont inconnues ou interdites, remercions le
ciel qu'il existe des fleurs, à la fois charmantes et
inoffensives. Quand on a la tête trop faible, ou l'estomac trop peu solide pour supporter la pétillante
vivacité du vin de Champagne, ou la saveur énergique des vins de Bourgogne, ou l'ardeur des vins
d'Espagne, on est bien heureux qu'il y ait des vins
de Bordeaux; eh bien, cette fleur est le vin de Bordeaux des fleurs.

Je gage, mes chers petits lecteurs, car je connais
l'impatience et la logique de votre âge, que, tout
bas, vous vous dites : « Tout cela est très bien;
mais, d'un côté, il oublie son titre... nous ne voyons
pas arriver la maison bâtie avec des oignons... et
de l'autre, sa fleur, sa fleur politique, quelle est-
elle? Comment se nomme-t-elle? — Devinez. —
C'est le lis! — J'ai dit une fleur sans parfum. — La
tulipe! — Par exemple! La tulipe fleurissait du
temps de La Bruyère. — Nommez-la donc, vous
nous faites trop languir. — Je l'espère bien. L'art
dramatique n'est que l'art de faire languir les gens...
mais pas trop; cette fleur est le Glaïeul. »

Je vous ai dit tout ce que le glaïeul doit à cet
homme; mais cet homme ne doit pas moins au
glaïeul.

Depuis l'âge de vingt-cinq ans, il est dans un
état de souffrance presque continuel. Eh bien, qui

l'a soutenu contre ce mal? qui le lui a fait supporter
et parfois oublier? Sa fleur. On ne se doute pas de
ce qu'il faut de soins, de travail, de prévoyance, de
calcul, pour *créer une fleur*. Dans cette admirable
famille de plantes nouvelles, toutes sorties de la même
main, il n'y a pas une variété remarquable qui n'ait
été préparée, attendue, élevée pendant plusieurs
années... je dis élevée, car le créateur est en même
temps l'instituteur. La nature, la science, le croise-
ment, ne lui donnent souvent que l'ébauche, l'es-
quisse pour ainsi dire d'une plante nouvelle; c'est
lui qui l'achève par sa culture. Eh bien, ôtez sa fleur
à cet homme, vous le livrez pieds et poings liés à
son mal. Il ne travaillera plus que pour ne pas
mourir de faim, et il maudira son travail comme
une douleur de plus. Mais grâce à sa fleur, il s'arrache à son lit malgré la douleur; il pioche, il arrose,
il brave le soleil malgré la douleur... ce sont autant
de remèdes contre la douleur! Mais qu'est-ce donc
quand arrive le jour du triomphe, quand un matin,
en allant visiter sa plante, il la voit enfin épanouie
sur sa tige, et s'élevant superbe, étincelante, au
milieu des perles de la rosée et des rayons du soleil?
Plus de souffrances alors! Tout en lui est joie, orgueil;
il se porte bien! La beauté de sa fleur est devenue
sa santé.

Il n'y a pas jusqu'à la recherche d'un parrain ou d'une marraine qui ne lui apporte une
part de plaisir; à peine sa fleur nouvelle épanouie,
il pense à la baptiser, il lui cherche un nom digne
d'elle, un nom qui soit comme son portrait, et, selon
les couleurs dont elle brille, selon qu'elle est délicate,
éclatante ou splendide, il l'appelle Meyerbeer ou

Eurydice, Chateaubriand ou Atala, Shakspeare ou Pénélope.

Ce n'est pas tout encore, une telle plante a le droit d'être exigeante. On se vend cher quand on est aussi belle, et ce qui a beaucoup coûté doit rapporter beaucoup. Il est tel de ces tubercules qui ne vaut pas moins de douze francs, et que chaque année voit vendre par centaines. Comprenez-vous que nous nous approchons du titre? Mon Dieu! oui, toute l'explication est là : cette fleur a enrichi celui qui l'a créée; car grâce à elle, il a pu se faire construire une habitation charmante que j'ai bien le droit d'appeler une maison bâtie avec des oignons.

VOYAGE SCIENTIFIQUE

D'UN IGNORANT AUTOUR DE SA CHAMBRE.

A M. Paladilhe.

SECOND FRAGMENT

« Père, est-ce pour aujourd'hui?

— Oui!

— Enfin! c'est bien heureux!

— Monsieur s'impatientait ?

— Je crois bien ! il y a plus d'un mois que nous avons fini notre premier voyage.

— Il m'a bien fallu un mois pour préparer le second.

— Il sera donc très amusant, aussi amusant que le premier?

— J'espère qu'il t'intéressera. Il s'agit d'un objet beaucoup moins utile, beaucoup moins répandu, mais qui a bien son prix.

— Où est-il? dans cette chambre?

— Non, dans le salon; et à voir le tapis qui le recouvre et la place qu'on lui a choisie, on reconnaît en lui l'objet de soins particuliers et d'une sollicitude qui va jusqu'à l'affection : aussi n'est-ce point seulement un meuble, c'est plus, c'est mieux, c'est un ami

— Un ami?

— Sans doute; les autres objets qui nous environnent répondent presque tous à des besoins matériels, ont été inventés par une nécessité physique : cette cheminée afin de nous garantir du froid, ces sièges pour nous reposer de nos fatigues, ce lit pour rendre notre sommeil plus doux; mais dans le meuble dont je te parle, rien de pareil : c'est notre âme seule qui l'a demandé, qui l'a rêvé. Création mystérieuse posée sur les limites de l'être et de la matière, il n'est formé que de substances inertes, et cependant, comme s'il vivait, il se mêle aux plus intimes sentiments de notre tristesse, il a une voix, on dirait qu'il a une âme.

— Ah! je comprends, s'écria l'enfant. C'est le piano!

— Tu l'a dit, le piano.

— Et tu l'appelles un ami?

— Oh! oh! repris-je en riant, tu me fais l'effet d'avoir de la rancune contre le piano.

— Dame!

— Ton dame! est significatif. Ecoute-moi donc. Certes, c'est une grande conquête que d'avoir fait pénétrer dans nos demeures, sans les leur abandonner, l'air, la lumière et la chaleur; mais saisir ce qu'il y a de plus insaisissable et de plus libre dans la nature, le son; s'emparer du murmure des feuïlles et de l'eau, des bruits de l'air, du chant des oiseaux, de la voix du monde enfin, et, après l'avoir saisie, la réduire sous nos lois, l'enfermer dans une boîte qui la tient à notre disposition, faire enfin de l'harmonie une sorte d'animal domestique à qui nous ordonnons de parler, de se taire, et qui, semblable à ce chien obéissant, attend à sa place que nous lui permettions de vivre, n'est-ce pas là un phénomène qui va jusqu'à la merveille?

— Oui! c'est vrai! père. Pourtant...

— Pourtant, tu n'es pas... enthousiasmé.

— Non! pas beaucoup.

— Tant mieux! j'aurai plus de mérite à t'intéresser. Un piano, dans sa plus simple expression, est une harpe appliquée sur une table d'harmonie. Prenez des cordes, tendez-les sur une planche légère de sapin, afin d'augmenter la sonorité, et frappez avec un petit marteau sur ces cordes, voilà le piano. Munis de cette définition, entrons dans un atelier. Nous voilà d'abord en face d'ébénistes, appelés constructeurs, et fabriquant la boîte. La boîte, c'est sa charpente osseuse, c'est son corps. Approche. Quelle construction architecturale! Une masse tout entière en chêne, des parois de plusieurs pouces

d'épaisseur ; toutes les parties non seulement emboî-
tées ensemble, mais recouvertes d'un placage en un
autre bois qui n'en fait qu'un seul corps. Est-ce
bien là le séjour préparé à cet esprit léger, charmant, aérien, qu'on appelle l'harmonie? Ne dirait-
on pas plutôt qu'il s'agit d'enfermer un ennemi terrible et tout-puissant? C'est qu'en effet, dans cette
prison mélodieuse, il va s'établir une lutte énergique
et sans relâche, et que du combat seul de ccs forces
rivales, jaillira cette céleste musique dont la première
beauté sera pourtant un épanouissement libre et sans
effort. Quand le piano est terminé, le chef de la
maison, après l'avoir examiné en entier, l'avoir essayé
une fois encore, écrit : *Vu !* et, lui délivrant ainsi son
passeport, le lance dans le monde... Il vit ! Eh bien,
devine par combien d'ouvriers il a passé, combien
d'industries différentes il a requises, combien de
pays il a mis à contribution : devine.

— Je ne sais pas.

— Le piano tient aux métiers par la serrurerie,
la menuiserie et la mécanique; aux sciences par
l'acoustique et la physique; aux arts par son essence
même; il ne renferme pas moins de quarante-quatre
substances différentes ; il emploie du fer, du cuivre,
de l'acier, du laiton, de l'argent, du plomb, de l'ivoire,
de la soie, du drap, de la peau et seize espèces de
bois différentes. Il demande le chêne pour la charpente, parce que le chêne est plus solide; le hêtre
pour les endroits où il faut des chevilles, parce que
le hêtre les serre en se resserrant; le cèdre pour
les manches à marteaux, parce qu'il est léger et
élastique ; le cormier pour les sillets, parce qu'il est
dur et lisse ; le poirier pour les échappements, parce

que l'échappement doit se taire, et que le poirier n'est
pas sonore ; le tilleul pour les claviers, parce que le
tilleul se coupe facilement et travaille peu ; il lui faut
les sapins blancs de Norvège pour les remplissages ;
les sapins rouges de Russie, gras, compactes et non
saignés, pour les arcs-boutants enfin les vibrants
sapins de la Suisse pour les tables d'harmonie. Ce
n'est pas tout ; il va emprunter à la Guinée ses ivoires
verts, et au Sénégal ses ivoires blancs ; dédaigneux
de nos bois indigènes, et ne les trouvant pas assez
riches de nuances et de nœuds, il demande sa parure
extérieure à la puissante végétation des Antilles, se
revêt des magnifiques bois d'acajou, d'ébène, de
palissandre, et offre ainsi à notre admiration le spectacle d'un objet auquel il faut, pour se produire, six
contrées et trois continents.

— Ah ! bon Dieu ! s'écria l'enfant émerveillé.

— Attends ! attends ! Créé au prix de tant de
soins, le piano a besoin des mêmes soins pour vivre. Être délicat et fragile, il redoute le froid et le
chaud, l'humidité et la sécheresse, le travail et le
repos. Si vous en jouez trop, il se fatigue ; si vous
en jouez trop peu, il se rouille. Choisissez-lui dans
le logis une place qui ne soit qu'à lui, ni auprès
d'un poêle, ni entre deux croisées, ni à côté d'une
porte. Car, hélas ! il a en lui un ennemi terrible,
éternel...

— Lequel donc ?

— Sa substance même, le bois.

— Mais, père, me dit l'enfant, comment le
bois peut-il être l'ennemi du piano, puisque le piano,
c'est du bois ?

— Tu vas le voir. Le bois est le plus vivace de

tous les corps de la nature, car, même lorsqu'il est mort, il vit encore. Vous avez beau le couper au moment où il a le moins de sève, dans l'hiver ; le faire sécher pendant plusieurs années, le débiter avec art, tuer enfin sa force de toutes les façons, l'étincelle de vie que la nature a mise en lui est si puissante qu'elle s'endort, mais ne s'éteint pas. Le mois de mai arrive-t-il ? ce morceau de bois, séparé de son tronc depuis dix ans peut-être, façonné en instrument depuis bien des mois, s'aperçoit que le printemps est venu, le printemps, c'est-à-dire le moment de croître, et il commence à s'agiter. Ouvrez-vous une fenêtre, laissez-vous entrer un souffle humide, soudain, à travers sa prison massive, le bois le pompe, l'aspire, se gonfle, et voilà le pauvre instrument désorganisé, faussé.

— C'est pour cela que maman fait venir l'accordeur ?

— C'est-à-dire le médecin ; car pour le piano, être faux, c'est être malade, et être malade, c'est mourir, puisque, comme toutes les choses exquises, il n'existe qu'à la condition d'être parfait. Remarque cela. Pour tout autre ouvrage matériel et n'ayant que l'utilité en vue, on peut se contenter d'un à peu près. Qu'une commode, qu'une armoire s'ouvre avec plus ou moins de facilité, ce n'en est pas moins une armoire et une commode ; mais un piano, la moindre altération le détruit dans le fond de sa nature, en fait un objet horrible au lieu d'un objet charmant : c'est Apollon changé en Marsyas.

— Ah ! oui ! quand le piano est faux, maman se bouche les oreilles et elle dit : C'est affreux, c'est horrible !

— Oui ! mais dès qu'il est redevenu juste, quel plaisir ! quel charme ! Quand je regarde un piano, il me semble voir un de ces génies bienfaisants dont la riante imagination de nos pères peuplait les maisons bénies, pour les protéger. Quel hôte délicieux ! quelle animation il répand dans la vie domestique ! Image non seulement de l'harmonie matérielle, mais de l'harmonie morale, il réunit les âmes comme le coin du feu réunit les corps. Il sert aux études de l'enfant...

— Trop ! trop ! me dit mon fils ; ah ! je le déteste quelquefois joliment ton ami quand maman me fait faire des gammes pendant une heure.

— Le fils de notre ami, M. R..., disait comme toi à ton âge. Ah ! affreux piano ! s'écriait-il en sortant de ses leçons, quand je serai grand, je te jetterai dans le feu !

— Je comprends cela !

— Oui ? Eh bien, aujourd'hui il a une place en province, et il dit : Sans mon piano, je périrais d'ennui ! Ainsi en arrivera-t-il pour toi. Cette heure d'ennui te donnera des années de joie ! Si tu savais comme j'en veux à mes parents de ne m'avoir pas forcé à m'ennuyer comme toi ! J'ai dit bien souvent que je consentirais à me laisser couper un doigt... un doigt du pied... le plus petit, pour savoir jouer du piano.

— Tu te laisserais couper un doigt ?

— Peut-être pas maintenant, parce que je suis trop vieux : je ne jouirais pas assez longtemps des intérêts de mon petit doigt coupé ; mais quand j'étais plus jeune, je n'aurais pas hésité. J'admire tant le piano ! j'ai pour lui tant de reconnaissance ! Il est le

grand intermédiaire entre le génie de la musique et
nous. C'est grâce à lui que nous possédons tout
entiers Mozart, Weber, Beethoven, car non seulement ces maîtres ont écrit des pages admirables pour
le piano seul, mais toutes leurs œuvres symphoni-
ques sont réduites pour le piano ; toutes leurs œuvres
lyriques sont réduites pour le piano ; c'est le piano
qui nous donne l'opéra dans notre chambre, et un
spectacle dans un fauteuil. Est-ce tout ? Non. Le
plus beau des instruments est certainement la voix
humaine, et je ne connais guère de concert touchant qu'une belle mélodie chantée par une belle
voix ; mais la voix, le chant, ne peuvent pas se produire seuls, il leur faut un soutien, un allié. Qui
s'associera à eux ? qui les soutiendra ? qui les accom-
pagnera ? Le piano. Il est le grand accompagnateur,
comme il est le grand traducteur. Pas de musique
vocale d'ensemble sans le piano, et quel lien que le
chant en commun ! combien ne réunit-il pas d'hommes qui ne se seraient jamais connus ? combien ne
rapproche-t-il pas de rangs que la naissance ou
la fortune éloignaient l'un de l'autre ? Chanter Gluck
ou Mozart ensemble, c'est s'aimer en Gluck et en
Mozart !

« Laissons donc les railleurs se croire très spirituels en se moquant du piano ! Si la musique est
la seule langue qui ne soit dans aucun pays une langue
étrangère, si son domaine commence où le pouvoir
de la parole expire, si elle exprime l'inexprimable,
et si elle est la voix de l'infini, comment ne pas admirer l'instrument qui introduit cette muse céleste
à notre foyer ? »

Mon fils était pensif.

« Eh bien, lui dis-je, commences-tu à te réconcilier avec ton ennemi?

— Oh! oui!

— Écoute donc ce dernier mot qui te prouvera les bienfaits du piano par ses progrès.

« Les autres instruments restent stationnaires ou rétrogradent : les violons d'il y a cent ans étaient supérieurs à ceux d'aujourd'hui; mais le piano se perfectionne toujours, se métamorphose sans cesse; en même temps qu'il grandit comme puissance, il baisse comme prix. Pendant qu'il se déploie en magnifique instrument à queue pour les grands concerts, il se rapetisse en pianino pour trouver place dans les plus petits réduits; il se sent le représentant d'une cause populaire. La France, au commencement du siècle, ne comptait que cinq ou six facteurs, qui fabriquaient cinq ou six cents pianos par an; aujourd'hui, Paris seul renferme plus de deux cents manufacturiers, qui font des milliers d'instruments. Quelle surprise et quel juste orgueil rempliraient l'âme de Schrœder, le modeste inventeur du piano, si, tout à coup renaissant, il était transporté au milieu des immenses ateliers de Wolff-Pleyel, où se fabriquent plus de quatre pianos par jour, soit quinze cents instruments par an, qui en peuplent non seulement Paris et la France, mais encore l'Italie, la Belgique, les États-Unis, le Mexique, les Antilles, et envoient ainsi par tout le monde, des propagateurs du plus noble des arts! Que dirait Schrœder, à cette vue, lui qui a peut-être mis deux ans à vendre le petit instrument à cinq octaves qu'il avait mis plus d'un an à faire? Telle est l'histoire des inventions humaines; tel est leur fécond enseignement.

Il ne faut qu'un homme pour trouver une idée, mais il faut des siècles pour l'achever et la produire. Dieu, comme pour unir ensemble les générations et nous dire bien haut que nous ne pouvons rien qu'en nous associant les uns aux autres, Dieu a voulu que tout inventeur ne pût presque jamais lire que le premier mot du problème qu'il devine, et que toute grande idée fût le résumé du passé et le germe de l'avenir. Ainsi s'anéantit l'orgueil de l'individu, convaincu d'impuissance dès qu'il est réduit à lui seul ! mais ainsi se relève le génie désintéressé qui se sent lié par son œuvre à l'humanité tout entière, et qui aime ses semblables comme des frères en travail, comme des associés en gloire, mieux encore, comme des amis auxquels il laisse son enfant à élever. »

Je m'arrêtai après ce flot d'éloquence, un peu honteux d'avoir parlé si longtemps tout seul ; mais je vis que je n'avais pas perdu mon temps, car mon fils me dit : « Père, demain, je ferai un quart d'heure de gammes de plus pour maman. »

L'ÉLEVAGE ET L'ÉDUCATION

A M. Jules Simon.

On vante avec grande raison l'alliance toute nouvelle de l'éducation de famille et de l'éducation de collège ; j'y vois pourtant un danger, je devrais dire

deux. Le premier (tout le monde le signale), c'est
que la présence des enfants à la maison les rend trop
souvent les maîtres de la maison. Le second, plus rare,
mais très réel, c'est que quelques parents, et surtout
quelques pères, depuis qu'ils sont mêlés à l'éducation
de leurs enfants, s'en mêlent trop et s'en mêlent mal ;
ils sont trop réglementateurs ; ils oublient trop que
l'enfant n'est pas à eux, mais à lui, qu'il n'est pas créé
pour eux, mais pour lui, et qu'au physique comme au
moral, pour la santé du corps comme pour celle du
caractère, l'objet de toute bonne éducation est celui
de toute bonne politique : enseigner aux gouvernés
le *self government*. En un mot, les pères dont je
parle sont trop éleveurs et pas assez éducateurs.

Un entretien où j'ai été mêlé expliquera ma
pensée.

J'avais hier le plaisir de voir à ma table un voisin de campagne dont je fais grand cas, M. Raymond. Nous ne sommes du même avis sur rien, mais
nous sommes du même sentiment sur tout. Je veux
dire que, dès qu'il est question d'amour du pays ou
d'amour de la famille, nos deux cœurs n'en font
qu'un ; mais à peine entrons-nous dans la pratique,
surtout en fait d'éducation, que nous nous prenons
immédiatement aux cheveux, ou, pour mieux dire,
nous nous mettons immédiatement à nous moquer
l'un de l'autre. Avez-vous fait cette remarque, assez
singulière, que la moquerie est parfois une des
formes de la sympathie? En général, on raille les
gens parce qu'ils vous semblent ridicules ; mais
souvent aussi il est telle personne avec laquelle vous
croisez le fer dès que vous l'apercevez, parce que
son esprit met le vôtre en belle humeur, parce que

la bataille avec lui est amusante, parce qu'il a du mordant et parfois vous en donne, et que ses singularités d'esprit ne sont que des marques de sa bonté de cœur.

Alceste est le modèle de ces hommes dont on rit, mais que l'on aime, et que l'on aime pour les travers mêmes dont on rit.

Tel est mon ami Raymond. Je ne sais pas de père plus systématique, plus dogmatique, plus méthodique, voire plus despotique, mais je ne sais pas de père plus tendre, et son despotisme même n'est qu'une des formes de sa tendresse.

J'étais donc à table à côté de mon ami Raymond, et il avait auprès de lui son fils qui a l'âge respectable de mon petit-fils, huit ans.

« Papa, lui dit l'enfant, puis-je avoir encore du rôti?

— Tu en as mangé six bouchées, c'est assez. »

L'enfant rengaîna son appétit.

Passe un plat de carottes :

« Papa, puis-je prendre des carottes?

— Jamais!... s'écria le père. Des carottes! un paquet de ficelles rouges et indigestes! Jamais!... »

L'enfant regarda mélancoliquement le plat s'éloigner et se tut.

Arrive le dessert :

« Papa, puis-je prendre du raisin?

— Oui! sept grains... »

L'enfant prit une petite grappe, en détacha sept grains, et remit le reste sur l'assiette avec autant de conscience que de regret.

Le dîner fini, l'enfant s'élança vivement sur la pelouse.

« Édouard! » dit le père.

L'enfant s'arrêta net.

« Traverse cette pelouse au pas. »

L'enfant se mit au pas. Arrivé aux deux tiers du gazon, se croyant hors du regard paternel, et ses petites jambes de huit ans commençant à lui démanger, il prit tout doucement le petit galop.

« Édouard! » lui cria... non, je me trompe, lui dit son père, car il ne crie pas; crier, c'est supposer un commencement de révolte chez celui à qui on s'adresse; l'autorité, sûre d'elle-même, ne crie pas; elle parle seulement un peu plus haut si elle est un peu plus loin, mais juste ce qu'il faut pour être entendue. Ainsi fit mon ami Raymond; et l'enfant, au mot... Édouard! reprit immédiatement le pas.

Son père, se tournant alors vers moi, m'interpella avec cet air de triomphe et de dédain qu'affectent volontiers les gens qui se croient pratiques envers ceux qu'ils appellent des utopistes :

— Eh bien! qu'est-ce que vous dites de cela?

— Je dis que c'est absurde.

— Je l'espère bien! Je ne serais pas sûr d'avoir raison si vous ne me trouviez pas absurde.

— Oh! oh! répondis-je en riant, la bataille!

— C'est que je voudrais bien savoir en quoi et pourquoi vous blâmez ma conduite?

— Je vais vous le dire. Il y a dans tout enfant deux êtres : d'abord, un petit animal...

— Vous voulez dire un grand animal! un grand animal très malfaisant, et que par conséquent il faut mater, dompter et museler!... Continuez! »

Je repris froidement :

« Il y a dans tout enfant deux êtres, un petit ani-

mal et un homme. Eh bien, avec votre système d'éducation, vous tuez à la fois en lui l'homme et le petit
animal !

— Ah ! çà, qu'est-ce que c'est, s'il vous plaît,
que ce petit animal ?

— J'appelle ainsi cette qualité délicate, mais confuse, irréfléchie, mais toute-puissante, que Dieu a
donnée à tous les animaux, y compris l'homme,
pour leur apprendre à distinguer ce qui leur est bon
de ce qui leur est mauvais, l'*instinct !* Eh bien, nous
oublions trop l'instinct dans l'éducation. Nous ne
respectons pas assez la bête dans l'homme...

— Vous ne trouvez pas l'homme assez bête ?
s'écria mon ami Raymond. Vous êtes bien difficile !

— Parlons sérieusement, comme il convient à des
pères qui s'entretiennent de leurs enfants. Que faites-
vous avec votre fils ? Vous vivez à sa place ; vous
vous installez dans son estomac ; vous décidez quand
il a faim, quand il n'a plus faim, de quoi il doit
avoir faim.

— Eh ! voulez-vous que je lui permette de se
gorger jusqu'à étouffer, de se nourrir de fruits
verts, voire même, si l'envie lui en prend, de cham-
pignons vénéneux ? Voulez-vous que je laisse si bien
la bride sur le cou à ce que vous appelez son instinct,
et à ce que je nomme, moi, son appétit bestial, qu'il
ruine sa santé présente et future, et qu'au lieu d'un
enfant vigoureux et bien portant comme est le mien,
je fasse cadeau à la société d'un petit être souffreteux,
malingre, nerveux et victime de sa gloutonnerie native de petit animal, puisque animal il y a ? C'est là
votre système d'éducation, grand merci !

— Qui vous a dit cela, créature têtue et fourchue ?

repris-je en riant. Je vous pose seulement cette question : Si la gourmandise est un défaut inné chez l'enfant, n'est-ce pas une raison de plus pour l'habituer
à s'en défendre?

— Ah ! le bon moyen de guérir les gens d'un vice,
que de leur laisser toute liberté de s'y livrer !

— Eh ! sans doute, c'est un bon moyen, non pas
de les y livrer sans contrôle, mais de les laisser entrer en lutte avec leur ennemi, de leur faire sentir
par expérience les inconvénients de leurs défauts,
pour les en corriger.

— Ainsi, vous laissez vos enfants manger tout ce
qu'ils veulent et tant qu'ils veulent ?

— Oui ! je les avertis seulement que tel aliment
est lourd, que l'excès de tel autre est nuisible, puis,
je les livre à eux-mêmes.

— Mais, malheureux ! reprit M. Raymond vivement, si malgré vos avis, ils abusent ?

— Eh bien, ils se font mal. Tenez, je vais vous
faire frémir en vous racontant l'expérience que j'ai
tentée sur ma fille. Nous voyagions. Le mouvement
de la voiture et la chaleur excessive l'avaient mise
en mauvaise disposition. Une petite marchande nous
apporte des fraises à la portière. Ma fille en désire.
« Tu n'es pas bien portante, lui dis-je, j'ai peur de
ces fraises pour toi. — Non ! donne-m'en ! — Prends
garde, tu t'en repentiras. — Je suis sûre du contraire,
donne-m'en. — Tu en veux ? — Oui ! — Soit, je vais
t'en donner. »

— Et vous lui en avez donné ?

— Sans doute. Pas assez pour que le mal fût
bien grand, mais assez pour que la leçon fût complète, si c'était elle qui avait tort... Car enfin il était

possible qu'elle eût raison ; il était possible que son instinct fût plus perspicace que mes craintes, que son estomac fût de force à supporter l'épreuve, et je n'étais pas fâché de le constater. -

— Et le résultat, quel fut-il ?

— Celui que j'avais prévu... un désarroi complet.

— Bravo ! s'écria mon ami Raymond, j'en suis ravi !

— J'en fus ravi de même, répondis-je, car ma fille avait appris trois choses par cette petite expérience : à croire un peu plus à moi, à croire un peu moins à elle, et à résister à un mouvement de gourmandise, en s'apercevant que le châtiment est au bout. Cette leçon vaut bien un malaise, sans doute. Aussi, depuis ce jour, je vous réponds qu'elle ne s'est pas fait mal une seconde fois... Elle est d'une prudence !

— Tout exceptionnelle ! Je vous soutiens, moi, que l'instinct des enfants est pervers !

— Dites perverti ! En général, ceux qui aiment les fruits verts sont ceux à qui on refuse les fruits mûrs. C'est toujours l'histoire de l'arbre du fruit défendu ! Il me semble que la première expérience qui en a été faite dans le monde ne nous a pas assez bien réussi pour que nous soyons tentés de recommencer !

— Les plaisanteries ne sont pas des raisons.

— C'est juste, et je reviens aux raisons. Il est évident que certains enfants ont des appétits désordonnés, vicieux ; pour ceux-là, il faut les contraindre, les rationner, vivre à leur place enfin, puisqu'ils ne peuvent pas se conduire. Mais pour les autres, pour la masse, Montaigne nous a donné la règle dans son admirable chapitre sur l'éducation. « Laissons trotter devant nous le jeune esprit, » a-t-il dit. Eh

bien, il faut laisser trotter devant soi non seulement
le jeune esprit, non seulement le jeune caractère,
mais le jeune estomac, l'étudier, l'initier à l'usage de
sa liberté, lui apprendre enfin à s'écouter lui-même.
Vous étouffez, vous, le cri de la nature ou vous parlez à sa place; moi, je l'interroge, et je lui obéis.
Lequel des deux systèmes est le plus propre à former
des enfants vigoureux?

— Lequel? répondit vivement mon ami Raymond; lequel? La réponse est dans un fait péremp-
toire et indiscutable. Quand un agriculteur veut produire de bons bestiaux, que fait-il? quand un éleveur
veut créer de beaux et bons chevaux, que fait-il?
quand un amateur veut avoir un bel attelage, que
fait-il? Il nourrit ses bêtes tous les jours avec les
mêmes aliments, et avec la même quantité d'aliments.
Il décide souverainement qu'elles ne mangeront que
de l'avoine, et tant d'avoine; que de la paille, et tant
de paille; que du son, et tant de son; qu'elles en
mangeront trois fois par jour; qu'elles en mangeront
à telle heure; qu'elles ne boiront que tant de litres
d'eau, et à telle température. Il fait enfin ce que je
fais : il s'installe, comme vous dites, dans l'estomac
d'autrui; et, grâce à ce despotisme, il obtient des
chevaux de sang, des chevaux de course, des bêtes
de trait, de labour et de consommation dix fois supé-
rieures aux bêtes ordinaires. Employez la méthode
opposée, qu'obtiendrez-vous? Des rosses! Voilà ma
réponse.

— Mais, malheureux! m'écriai-je, vous n'oubliez
qu'une chose, c'est que vos bêtes sont en esclavage,
et y resteront toujours; c'est qu'elles sont élevées
dans des écuries, dans des étables, dans des boxes,

et qu'elles vivront et mourront dans des boxes, dans
des étables, dans des écuries ! C'est qu'elles auront
toujours à côté d'elles un maître chargé de leur mesurer leur avoine et leur son ! Mais votre fils ! votre
fils ! il ne dépendra que de lui un jour ! Apprenez-lui
donc à se gouverner, puisqu'il doit être son propre
gouverneur ! Apprenez-lui donc à nager, puisque demain il sera jeté dans la pleine mer sans autre sauve-
teur que lui-même ! J'en dirai autant de tous les
autres actes de sa vie, de toutes les autres manifes-
tations de son esprit et de son caractère, où votre
intervention despotique et systématique anéantit en
lui toute personnalité ! Tout à l'heure, vous l'avez
forcé à traverser la pelouse au pas ; savez-vous ce
que vous lui apprenez par là ?

— Je lui apprends ce qu'il y a de plus utile et
de plus rare aujourd'hui, l'obéissance.

— L'obéissance du cheval de manège ! l'obéissance du chien couchant ! mais non pas l'obéissance
de l'homme. Toujours l'élevage au lieu de l'éducation ! Oh ! certes, personne n'estime plus haut que
moi l'obéissance ; j'y vois la clef de voûte de la famille comme de la société. Sans obéissance, pas
d'éducation. L'enfant doit obéir aveuglément, pas-
sivement. Mais, à côté de ces principes rigoureux
qui sont la loi de l'être qui obéit, il y a les devoirs
de celui qui commande. Or, le premier de ces devoirs, c'est de ne promulguer que des lois justes et
de les appliquer toujours justement. J'ignore ce que
votre fils pense aujourd'hui de votre despotisme sur
ses petites jambes de huit ans ; mais ce que je sais
bien, c'est que, dès qu'il pourra raisonner, il le trouvera absurde ; il y verra un pur caprice d'autocrate

qui veut faire parade de sa toute-puissance. Vous aurez discrédité en lui le principe d'autorité par l'abus tyrannique et arbitraire que vous en aurez fait. »

Mon ami Raymond se tut et parut réfléchir, car c'est avant tout un homme de bonne foi, et incapable de persister dans une erreur par amour-propre.

Le voyant un peu ébranlé, je poursuivis plus vivement :

« Mon but est tout contraire au vôtre. Je veux implanter dans le cœur de mon fils le respect de mon pouvoir en le lui montrant toujours équitable et désintéressé. Je veux qu'il se soumette à mes ordres avec plaisir, même quand il ne les comprend pas, à force de les avoir toujours trouvés sages quand il a pu les comprendre! Je veux qu'il y ait une part d'adhésion dans son obéissance, et qu'il fasse pour ainsi dire *ce qu'il veut,* en faisant *ce que je lui ordonne.* Car, enfin, j'en reviens toujours au même point, puisque c'est de ce point que tout doit partir, et que c'est à ce point que tout doit aboutir : l'enfant n'est pas à nous, n'est pas fait pour nous, n'est pas destiné à vivre toujours sous notre loi; c'est une créature née libre, née pour être libre; sa grandeur comme son malheur, consiste à avoir été créée pour faire sa volonté. Habituez-le donc à vouloir! et rappelez-vous que l'éducation peut se définir d'un seul mot : l'art d'apprendre à un enfant à se passer de nous. »

Telles furent mes paroles. Réussirent-elles à convertir mon ami Raymond? Je n'ose le croire; il est trop vieux. Mais peut-être seront-elles utiles à quelques pères, et voilà pourquoi je les écris.

LA DOULEUR QUI SAUVE

A M. Élie Delaunay.

Permettez-moi, mon cher ami, de vous dédier ces deux portraits d'enfants, en souvenir des deux chères et vivantes images que je dois à votre talent et à votre amitié.

Elle avait deux fils, l'un de onze ans, l'autre de cinq. Le vers charmant de La Fontaine,

Et le don d'agréer infus avec la vie,

était le portrait du plus petit. Tout lui souriait, et il souriait à tout. Quand on l'apportait au salon, à l'heure du coucher, dans sa petite chemise de nuit, *pour dire bonsoir,* il tendait si gentiment à tout le monde sa figure à baiser, son petit corps se dessinait si rond et si ferme sous la batiste, que chacun, en l'embrassant, ne pouvait se défendre de quelque exclamation sur tant de beauté, tant de santé, et tant de grâce. L'étude lui était aussi facile que le reste. Il avait appris à lire à quatre ans, en trois mois; conduit par sa mère à un petit cours de musique, il l'emporta sur des enfants qui avaient le double de son âge. C'était un de ces petits êtres

qui vous font croire aux bonnes fées touchant un berceau de leur baguette.

L'aîné formait avec lui un contraste complet : la
physionomie douce, mais triste ; l'apparence frêle,
la compréhension lente ; peu de mémoire ; une
intelligence assez forte, mais voilée ; des facultés,
pas de facilité. Les idées du petit ressemblaient
aux sources à fleur de terre ; grattez un peu le sable,
l'eau jaillit. L'esprit de l'aîné rappelait les puits
artésiens ; il fallait creuser à une grande profondeur
pour arriver au flot. La lecture, l'écriture, la géographie, le calcul avaient été pour lui autant de conquêtes laborieuses et longues. Ce que son frère faisait en une demi-heure lui demandait une heure à
lui, et il passait inaperçu et silencieux au milieu des
triomphes de famille du plus petit.

Or, des deux, quel était celui que la mère eût
plutôt préféré ? L'aîné. Elle l'aimait pour tout ce qu'il
n'avait pas. Elle se reprochait presque, comme s'il
y eût de sa faute, tout ce qu'elle ne lui avait pas
donné. Elle était en quelque sorte jalouse pour lui
des succès de l'autre.

Quand on la plaisantait sur sa prédilection :
« C'est de la justice distributive, disait-elle. Le bon
Dieu a rogné sur sa part à mon pauvre aîné pour
enrichir l'autre ; il faut bien que je rétablisse l'équi-
libre. D'ailleurs, le petit n'a pas besoin de moi ! Tout
le monde l'aime ! Son père est fier de lui ! Il réussit
partout et toujours !... Mais mon pauvre silencieux,
mon pauvre déshérité, qui ira le chercher dans le
coin où il se cache, si je n'y vais pas, moi ?... Puis,
sachez-le bien, vous ne le connaissez pas ! Il n'y a
que moi qui sache ce qu'il vaut !... Et enfin, ajou-

tait-elle avec une joie profonde... enfin, il m'aime
comme il n'aime personne au monde; il a dans son
cœur une place à part pour moi! »

C'était vrai! On remarquait chez cet enfant une
puissance d'affection et de concentration dans l'affection, qui n'appartient pas à son âge. Déjà grandelet,
sa plus vive joie était de se blottir sur les genoux de
sa mère; ses jambes dépassaient bien un peu, mais
il se pelotonnait si gentiment dans le sein maternel,
qu'il le touchait par tous côtés, qu'il le remplissait
tout entier! Une fois qu'il était là, commençaient
entre eux deux des conversations à voix basse, que
prolongeaient longtemps les affinités profondes qui
unissaient ces deux êtres. Ils étaient pareils de tant
de façons qu'en parlant de leur ressemblance, il fallait mettre ressemblances au pluriel. Petite de taille
comme lui, mignonne de visage comme lui, un peu
mélancolique de physionomie, elle avait dans son
aimable petite personne un trait tout à fait particulier
et caractéristique, c'était sa peau; cette peau servait
de texte aux étonnements de tout le monde. Elle était
si fine qu'on eût dit le tissu d'une fleur, si délicate
que le moindre choc la déchirait et y amenait le
sang. On se faisait un jeu, dans sa famille, de lui
presser le bras, pour voir le doigt s'y imprimer et
cette empreinte y durer souvent plusieurs heures.
Tel était son cœur. Tout ce qui le heurtait un peu
fortement y laissait trace et blessure. Il n'y avait
rien là de semblable à la susceptibilité; personne
de moins prompt qu'elle à se piquer, à se blesser,
à s'offenser. Incapable d'aucun sentiment de mal-
veillance, elle n'en supposait jamais chez les autres;
c'est au cœur seulement qu'elle était vulnérable. On

l'accusait pourtant volontiers de froideur, parce que ses sentiments, si profonds qu'ils fussent, restaient toujours contenus et silencieux C'était une flamme très intense, brûlant dans un globe de verre dépoli.

Ce cœur, elle l'avait légué à son fils, et c'était d'elle aussi qu'il tenait cette compréhension un peu lente qui n'était que de l'intelligence en retard ; elle le savait bien, elle que le monde avait si souvent déclarée sans esprit parce qu'elle n'avait pas l'esprit du monde. Ses idées, en effet, étaient exquises et délicates comme son âme, mais circonscrites, peu nombreuses, et se mouvaient dans une sphère peu étendue. Qu'on se figure un beau cygne voguant sur un tout petit lac.

Le jour où son fils eut atteint ses onze ans, il entra au collège comme externe ; à sa première composition, il fut le dernier. Grande colère du père ; il ne parla pas moins que de l'enlever de la famille, et de le placer sous la rude discipline de l'internat d'un lycée. La mère protesta, demanda l'ajournement de la sentence, et, le soir même, elle dit tout bas à l'enfant : « Tu viendras tous les matins à six heures dans ma chambre, je t'aiderai à réciter tes leçons et à faire tes devoirs. » Le jour même, en effet, elle prenait elle-même un maître, en cachette, comme si elle eût fait une mauvaise action. Elle apprenait pour son fils ce qu'elle n'aurait peut-être pas pu apprendre pour elle-même ; elle parvint bien vite au même point que lui, et chaque matin à six heures précises, même quand elle était rentrée du bal à deux heures, il arrivait dans sa chambre avec livres et cahiers, s'asseyait près de son lit, et tous deux à la clarté d'une petite bougie, elle sur son coude, et lui sur une chaise, ils déclinaient, conjuguaient, calculaient... à voix basse pour que le père n'entendît rien ; puis, les devoirs terminés, il lui remettait lui-même la tête sur l'oreiller, l'embrassait, et lui disait tout bas : « Maintenant, rendors-toi, je le veux ! » Et elle se rendormait parce qu'il le voulait.

Le résultat, vous le devinez. Un matin, au moment des compositions de Pâques, il arrive à l'heure du déjeuner avec une physionomie radieuse : il figurait dans les six premiers. Elle l'avait créé deux fois ; elle l'avait nourri de son intelligence comme de son lait, il était le fruit de son âme comme de ses entrailles ; il lui devait tout, et il lui rendait tout en tendresse.

Quelques mois après, un dimanche, en revenant de la première messe, car elle était très pieuse, mais discrète et secrète dans sa piété comme dans tout le reste, elle fut surprise de trouver son fils encore au lit. « Est-ce que tu es malade? — Oui, un peu. J'ai eu des frissons toute la nuit. » Quatre jours plus tard : se déclarait une fièvre de la nature la plus grave. Le père, naturellement expansif, n'était pas plus maître de son visage que de son âme ; ses inquiétudes se trahissaient par des larmes et des sanglots ; il se reprochait de ne pas avoir assez aimé son fils, et à tout moment, interrogeait le médecin avec une insistance si fiévreuse, que le docteur, qui était son ami, ne pouvait s'empêcher de lui dire : « Au nom du ciel! allez-vous-en! vous avez perdu la tête, et vous me la ferez perdre! Regardez votre femme, et faites comme elle! » Elle était en effet calme et silencieuse : pas de larmes, pas de bruit;

ne parlant jamais de ses craintes, comme si l'idée
d'une mort possible ne lui fût jamais venue ; ne
questionnant le médecin que pour bien se rendre
compte de ses prescriptions, rigoureusement ponc-
tuelle à les exécuter, ne se couchant pas, ne quittant
pas le chevet du malade, et l'œil constamment fixé
sur lui.

Le petit frère était tout consterné, et tout transformé ; on avait d'abord pensé à l'éloigner de la
maison dans la crainte de la contagion ; mais il
poussa de tels sanglots quand il s'agit de l'emmener, lui d'ordinaire si docile, il s'attacha avec tant
de force aux vêtements de son père, en disant qu'il
ne pouvait pas quitter son frère, qu'on se borna à le
reléguer dans une pièce éloignée, en lui interdisant
l'entrée de la chambre du malade. Sa vie était bien
changée ! lui qui, la veille, tenait tant de place dans
la maison, personne ne s'occupait plus de lui ; il
errait tout seul dans l'appartement, ou passait de
longues heures assis dans un coin du salon, avec un
livre de gravures et un oiseau, guettant le moment
où son père sortait de la chambre de son frère, pour
courir à lui, et lui dire d'une petite voix très émue :
« Va-t-il mieux ? » Un jour, jour d'espoir, il obtint,
à force de supplications, la faveur de voir son frère
à travers la porte entre-bâillée, et il lui envoya de là
un si tendre et si bruyant baiser, qu'un sourire, le
premier depuis quinze jours, passa sur les lèvres du
malade. Le malade, à son tour, s'était révélé tout
autre dans ces quinze jours de péril. La maladie,
ayant violemment attaqué les entrailles, n'avait attaqué qu'elles ; le cerveau était resté libre, l'esprit net,
et il était arrivé à l'enfant ce qui arrive quelquefois

dans ces terribles crises : il avait beaucoup grandi
de corps, et plus encore d'intelligence ; ses paroles,
sa physionomie, sa manière même d'accepter la
maladie, dénotaient un subit développement intellectuel et moral ; très maître de lui, comprenant son
danger, se soumettant sans résistance et même
avec une sorte d'empressement à toutes les prescriptions les plus douloureuses, il avait l'air de tâcher de
se défendre le mieux qu'il pouvait ; et le médecin,
étonné de tant de calme, de tant de fermeté, disait :
« Je n'ai jamais vu chose pareille à cet âge ; il me
fait l'effet d'un capitaine de vaisseau, debout sur
son banc de quart et commandant la manœuvre, un
jour de tempête. » En effet, ce n'était plus un enfant ;
chaque jour le mûrissait d'un mois ; il semblait vouloir réparer le passé, ou plutôt devancer l'avenir, et
vivre en quelques jours les années qui allaient peut-
être lui être enlevées, accomplir par anticipation les
progrès qu'il n'aurait peut-être pas le temps de
réaliser.

Un petit fait rendit visible cette étrange transformation. Son meilleur ami, un de ses camarades de
collège, ayant demandé à le voir, le malade, qui était
beaucoup mieux, le reçut avec une vraie joie, mais
une joie grave ; il lui parla de leur classe, de leurs
études, mais en termes si sérieux qu'il ne semblait
plus du même âge que son camarade ; c'était un
jeune homme de seize ans, causant avec un enfant
de douze. Ce contraste frappa tout le monde, les uns
d'étonnement, les autres d'une crainte vague que
l'amélioration persistante dissipa bientôt. La fièvre
tombait, les symptômes alarmants disparaissaient
l'un après l'autre, et, le dix-neuvième jour, les pre-

miers signes de la convalescence semblaient se produire si nettement, que le médecin, en quittant le
malade, dit à la mère : « Il est sauvé. » Toutes les
larmes, tous les sanglots que la malheureuse femme
refoulait depuis le commencement de la maladie
éclatèrent alors avec tant de force, et se mêlèrent à
de tels transports de joie, que le pauvre docteur, au
cou de qui elle s'était jetée, ne put se défendre de
pleurer comme elle. Elle le reconduisit jusque sur
l'escalier, puis rentra dans la chambre, s'approcha
du lit en se promettant bien de modérer l'expression de sa joie pour ne pas ébranler le malade...
Chose singulière ! ses yeux s'étaient refermés ! il ne
lui parle pas... il ne bouge pas... il n'avait pas l'air
de l'entendre !... Un peu effrayée, elle l'appelle, il
ne répond pas... elle lui met la main devant les
lèvres, elle ne sent pas son souffle !... « Le docteur ! rappelez le docteur ! » s'écrie-t-elle tout éperdue... Le docteur remonte ; il court au malade...
il lui met la main sur le cœur... Plus de batte-
ments ! l'enfant était mort !

Ces dénoûments affreux et foudroyants ne sont
pas très rares ; ce terrible fléau a de ces coups. Le
mal est vaincu, mais le malade l'est aussi ; la lutte
a épuisé ses forces, et, un jour, le cœur s'arrête
comme un balancier de pendule ; on ne meurt pas,
on cesse de vivre.

J'avais vingt ans quand j'ai vu ce que je raconte
là, et jamais je ne l'ai oublié ! Jamais n'est sorti de
ma mémoire le spectacle de ce désespoir de famille.
Chacune des trois personnes fut frappée d'une façon
différente. Le père porta dans son chagrin toute sa
véhémence naturelle d'impressions ; les sanglots sou-

levaient sa poitrine à la briser. Un signe étrange marqua la douleur de la mère. Naturellement colorée de visage, un de ses plus grands charmes était dans la fraîcheur de son teint; le jour où elle perdit son fils, le sang abandonna ses joues et n'y remonta jamais. C'était le symptôme d'une de ces révolutions intérieures et physiques qui éclatent parfois chez les mères quand elles ont perdu un enfant. En dehors de cette pâleur mortelle, son chagrin ne se révéla par aucun signe extraordinaire. Elle pleurait beaucoup, mais silencieusement. Elle ne se refusa à voir aucune des personnes de sa famille, ou même de ses amis; elle continua en apparence sa vie habituelle, s'occupant de sa maison, de son mari, de son fils, le tout avec je ne sais quel calme, je ne sais quelle douceur automatique qui faisait mal. Un jour pourtant, une de ses amies lui conseillant d'avoir recours à la prière et à Dieu, elle se leva tout à coup : « Pourquoi me l'avait-il donné s'il devait me le reprendre?... » L'amie se récriant : « Oh! je sais bien que c'est un blasphème! Mais, ajouta-t-elle avec une animation croissante, la foi peut être un consolateur suprême dans les malheurs ordinaires... dans les désespoirs tels que le mien, elle vacille comme tout le reste. J'ai été un mois sans pouvoir prier!

— Tu es trop pieuse pour ne pas croire que tu le retrouveras.

— Oh! oui!... je le crois!... s'écria-t-elle, oui! je le retrouverai!... mais où? quand? comment? sous quelle forme?... Oh! ma pauvre tête se perd dans cette vie infinie où il est entré!... Je l'y suis sans cesse! Il me semble que chaque jour il s'é-

loigne un peu plus de moi!... Que sera-t-il quand
nous nous reverrons?— Un être plus parfait encore,
un être angélique. — Mais ce ne sera plus, dit-elle
avec un déluge de larmes, le cher petit enfant de
douze ans que j'adorais, que je tenais là dans mes
bras, qui était tout pour moi, pour qui j'étais tout...
Celui-là!... il est mort!... mort pour toujours!...
Oh! si notre Sauveur lui-même descendait encore
sur la terre, il ne pourrait pas me consoler!... Et
quand, au milieu de la nuit, je me réveille, que je
me vois dans ce lit, près duquel il venait s'asseoir,
et que je ne l'y retrouve plus... alors... je ne le
pleure pas... je le crie! »

Après cette explosion de douleur, elle tomba
épuisée et demeura longtemps anéantie. Puis, peu
à peu, la tempête s'apaisa, le voile si violemment et
si brusquement déchiré, et derrière lequel avait tout
à coup apparu le fond de cette âme, se referma, et
dès le lendemain elle retomba, pour n'en plus sortir,
dans sa morne et effrayante douceur.

Je n'ai pas parlé du pauvre petit survivant; il
occupe cependant une place importante dans l'histoire de ces trois âmes. Au premier moment, les
premiers jours, il resta frappé de cet étonnement un
peu effaré qui saisit les enfants et les hommes, en
face de la mort entrant soudainement dans une maison. Il pleura beaucoup, voyant beaucoup pleurer,
sans comprendre complètement sa propre perte.
Mais le progrès de l'âge, la pratique de ce deuil, le
silence de la maison, le changement de toute sorte
opéré dans les habitudes de la famille, lui ouvrirent
peu à peu les yeux. Je voudrais marquer ici un fait
psychologique où ma pensée s'est arrêtée bien sou-

vent. Jusqu'à six ans, cet enfant avait été l'image
vivante de son père : même vivacité expansive et
un peu extérieure, même ardeur, même impression-
nabilité ; mais, sous le coup de ce malheur, au milieu
de cette atmosphère de deuil qui l'enveloppait, en
face surtout de la douleur persistante de ses parents,
l'âme de sa mère se réveilla en lui, et sa ressemblance avec elle prit le dessus. On eût dit que son
frère, en mourant, la lui avait léguée. Il regrettait
plus l'absent que le premier jour ; il pénétra peu à
peu dans le sentiment de sa perte, comme on pénètre
dans une langue étrangère ; il donnait de temps en
temps des signes d'une sensibilité sérieuse et inac-
coutumée, en y mêlant toujours, cependant, je ne
sais quoi de primesautier et de passionné qui lui
était propre. La soudaineté, tel était en effet le trait
distinctif de sa nature ; pour lui, aucun intervalle
entre concevoir, vouloir et exécuter. Aussitôt pensé,
aussitôt fait. On le voyait parfois aller s'asseoir silencieusement sur un petit tabouret aux pieds de sa
mère et lui baiser les mains en la regardant fixe-
ment, comme s'il eût voulu déchiffrer ce mystère de
désespoir. Il semblait que, comme Pascal, le silence
de cet infini de douleur l'épouvantait. Le printemps
ayant ramené la famille à la campagne, l'enfant se
rappela que tous les matins, au déjeuner, son frère
mettait à la place de sa mère un petit bouquet de
violettes et de réséda. Le voilà donc, à peine levé,
qui descend mystérieusement dans le jardin, fait
sans bruit sa petite moisson et la glisse avec toutes
sortes de précautions sous la serviette de sa mère,
en ayant bien soin de se cacher un peu pour jouir de
l'effet de sa surprise. Hélas ! pauvre petit ! cet effet

fut bien différent de ce qu'il avait espéré. La mère,
à la vue de ce bouquet, crut voir se lever devant elle
tout le passé; elle poussa un grand cri et s'évanouit.

Les semaines, les mois, la première année, l'année suivante, s'écoulèrent sans apporter aucune
modification à l'état de la mère. Chaque jour elle
devenait plus pâle, chaque jour plus douce, chaque
jour plus faible. Ce qui ajoutait à sa faiblesse, c'est
que, par un phénomène physiologique très étrange,
elle avait été prise, depuis son malheur, d'un invincible dégoût pour toute espèce *de chose ayant eu vie*,
comme dit La Fontaine; elle ne pouvait supporter en
fait d'aliments que le thé, quelques légumes et un
peu de pain. Le cours de la vie et le mouvement des
affaires avaient ressaisi son mari et l'avaient entraîné
forcément dans quelques distractions sérieuses; il
demanda à sa femme de le suivre; elle ne s'y refusa
pas, elle ne se refusait à rien; mais lui-même, quand
il vit cette pâle figure, cette morne image du désespoir, incurable au milieu des riants visages du
monde, il comprit qu'il y avait une sorte de sacrilège à lui imposer ce supplice, et elle rentra dans sa
solitude, pareille à un débris de vaisseau échoué sur
une côte déserte.

Il commença bientôt à trembler pour sa femme.
Essayait-il de la tirer de sa torpeur, lui reprochait-il
doucement, affectueusement, car il lui portait une
véritable et profonde tendresse, lui reprochait-il de
s'absorber dans la pensée de son chagrin : « Ce
n'est pas ma faute, répondait-elle doucement; je
fais ce que je peux... mais vous savez, mon ami,
que je n'ai pas d'esprit du tout; j'ai très peu d'idées,
et quand il y en a une qui me saisit... qui s'empare

de moi... qui en a le droit comme celle-là... ajouta-
t-elle avec un léger tremblement des lèvres, je ne
peux pas m'en distraire. »

Le médecin, consulté, ordonna un voyage, les
eaux; elle revint dans le même état que lorsqu'elle
était partie. L'inquiétude de son mari devint de
l'anxiété. « Mais enfin, docteur, disait-il avec terreur au médecin, on ne meurt pas de chagrin? —
Non, on ne meurt pas de chagrin, mais on meurt
des suites du chagrin. Les jurisconsultes ont créé, à
propos des successions, un mot qui m'a toujours
causé une sorte de peur; ils disent : « Le mort saisit
le vif. » Eh bien, c'est le cas de votre femme. Celui
qui n'est plus là l'attire à lui. Les légendes du moyen
âge nous peignent ces sortes de fascinations, où, sur
les pas, à la voix d'un être surnaturel, des victimes
volontaires se précipitent dans les flots! Eh bien,
votre femme subit cette espèce de charme fatal; elle
suit son fils, et si nous ne l'arrachons pas à cet
entraînement, elle le suivra jusque dans l'autre vie.
— Mais que faire? que faire? répondait le mari avec
désespoir. Où trouver la guérison? où la chercher?
— Le seul remède serait une secousse violente, qui
la rejetât dans la vie. L'homœopathie n'est pas de
mes amies, comme vous savez, mais un de ses
axiomes : *Similia similibus,* guérir les semblables
par les semblables, est un mot profond. Il y a des
douleurs qui sauvent de la douleur. Il faudrait que
le péril de l'un de vous la rattachât à vous. Elle se
croit indifférente à tout, elle ne sent plus l'affection
qu'elle vous porte; mais si elle vous voyait malade,
vous ou ce cher enfant que voilà, ajouta-t-il en embrassant le petit qui venait toujours se glisser entre

leurs jambes quand on parlait de sa mère; si elle le
voyait frappé à son tour... si elle craignait de le
perdre aussi... oh! alors, je ne doute pas que son
pauvre cœur ne se réveillât en sursaut, sur le coup.
Tout ce qui lui reste de liens et de devoirs apparaî-
trait violemment à sa conscience comme à son cœur,
et elle rentrerait en possession d'elle-même... Mais
je ne peux pourtant pas donner à l'un de vous deux
une maladie mortelle pour la sauver!... Enfin,
attendons, observons et espérons. »

La seconde année de deuil finissait, et, sur le
conseil du docteur, la famille alla s'installer à la
campagne dès les premiers jours d'avril. Dans le
petit domaine occupé par elle, se trouvait une pièce
d'eau peu profonde, mais qui, alimentée par une
source vive, gardait toujours une fraîcheur glacée.
Le père avait autrefois entouré cette pièce d'eau
d'un grillage, par précaution contre les chutes; mais
le jardin avait été très négligé depuis leur malheur,
et le grillage était à moitié détruit. Quelques jours
après leur arrivée, par une de ces gelées printanières
plus piquantes, ce semble, que les grands froids
d'hiver, le petit, jouant auprès de ce bassin, glissa
sur le gazon et tomba dans l'eau glacée. Un domestique qui le vit de loin accourut, le retira frissonnant,
les lèvres bleuâtres, les dents claquant les unes contre
les autres, et, une heure après, il était saisi d'une
fièvre ardente. La prévision du médecin se réalisa.
La mère passa au chevet du lit de l'enfant une nuit
de désespoir et de remords. Elle s'accusait! elle se
maudissait! « Dieu me punit! s'écriait-elle; je le
perdrai! c'est juste! J'ai oublié mes devoirs envers
lui! j'ai été une mère ingrate, inattentive!... Il me

VIII

— JE L'AI FAIT EXPRÈS, RÉPONDIT TRANQUILLEMENT L'ENFANT. (P. 317.)

rayera du nombre des mères!... » Puis, son imagination s'exaltant, elle se représentait celui même
qu'elle avait perdu comme son accusateur... « Je
suis sûre qu'il m'en veut aussi, lui! répétait-elle, de
l'abandon où j'ai laissé son frère... c'est lui qui l'appelle! Il me le retire!... » Le danger ne dura qu'une
nuit. Au matin, la fièvre était tombée, le malade était
sauvé. Penchés sur ce lit, les deux pauvres parents
disaient au petit malade : « Mais, malheureux enfant!
comment as-tu fait pour tomber dans cette maudite
pièce d'eau? — Je l'ai fait exprès, répondit tranquillement l'enfant. — Toi! pourquoi? comment?
— Papa me disait toujours de bien prendre garde,
que, si j'y tombais, je deviendrais bien malade; et
le médecin a dit devant moi que si je pouvais devenir
bien malade, ça guérirait maman; alors je me suis
laissé tomber dans l'eau. » A ce mot, la mère poussa
un grand cri, puis tout à coup, avec une sorte de
délire : « Oh! lui! lui! c'est un mot de lui! il aurait
dit cela, lui! il aurait fait cela, lui! » Et saisissant
la tête de l'enfant, qu'elle inondait de larmes, elle
lui disait d'une voix entrecoupée : « Tu me le rends!
tu me le rends! Tu es toi et lui! Tu es ton frère
aussi! »

Le reste, on le devine. Elle ne se consola pas,
on ne se console jamais de la perte d'un enfant. La
première tempête de l'âme s'apaise; les cris de
révolte et de désespoir éperdu cessent, mais pour
faire place à une douleur chronique et immortelle,
sur laquelle le temps ne peut rien. Les autres pertes
sont des blessures; celle-là est une amputation. On
peut vivre avec un membre de moins, mais on vit
mutilé, et l'on se sent toujours mutilé. C'est ce qui

arriva à cette mère. Elle rentra dans l'existence,
elle reprit intérêt aux occupations de son mari, elle
reprit part aux études de son fils. On la revit même
sourire. Elle se le reprochait un peu tout bas, elle
s'en voulait parfois de ne plus être aussi malheureuse, mais la vue de celui qui lui restait la ramenait bien vite au sentiment de ses devoirs ; et un
jour, après une distribution de prix où l'enfant avait
été couronné plusieurs fois, revenant avec lui à la
campagne dans une voiture découverte, par un beau
ciel, on l'entendit murmurer tout bas : « Je disais
que cela m'était bien égal de mourir ! Il est pourtant bien doux de vivre ! »

UN PÉCHÉ VÉNIEL

A M. Victorien Sardou.

Je sais plus d'un péché véniel qui aurait bien
le droit de passer péché mortel. C'est le cas d'un
défaut dont je veux vous entretenir aujourd'hui,
défaut méconnu, c'est-à-dire auquel on ne rend pas
toute la justice qu'il mérite, que les moralistes signa-
lent comme un simple travers, où les satiriques ne
voient qu'un ridicule, et que je serais presque tenté
d'appeler un vice : c'est l'irrésolution.

L'irrésolution a fourni plus d'un sujet de pièce
de théâtre ; mais on n'en a jamais peint qu'un côté,

le côté comique. Reste l'autre, — le côté douloureux, car l'irrésolution est un défaut qui fait rire
ceux qui le regardent, et pleurer ceux qui en sont
atteints. L'Évangile l'a peint d'un mot : *Regnum
intra se divisum desolabitur.* « Tout royaume livré
aux divisions est livré à la désolation. » Eh bien,
pénétrons dans une de ces âmes divisées et déso-
lées, étudions-la en pleine anarchie, et que cette
analyse psychologique, — je pourrais dire patholo-
gique, — appelle enfin l'attention des pères sur un
défaut si commun et si peu observé, si fatal et si
peu combattu.

Un irrésolu est à la campagne, dans un séjour
qui lui plaît et au milieu des siens. Arrive pour lui
une lettre de deux de ses amis. La lettre est pres-
sante, et l'offre qu'elle renferme, bien tentante : il
s'agit d'un voyage projeté dès longtemps et dont
la belle saison, un heureux choix de compagnons de
route, un plan bien tracé, feront un plaisir charmant
et profitable. Les deux amis demandent une réponse
précise et prompte. Voilà l'irrésolu entre deux partis
à prendre : restera-t-il dans l'agréable lieu qui le
retient ? ira-t-il dans le beau pays qui l'attire ?

Au début, cette hésitation n'est pas sans charme
pour lui : tout à l'heure il sera ballotté ; pour le moment, il n'est que bercé. Cette vague flottaison entre
le partir et le rester ressemble au balancement d'une
barque sur un flot paisible ; elle pousse à la rêverie,
et, comme l'irrésolu a toute l'imagination du rêveur,
il va de l'un à l'autre projet comme on va d'une fleur
à l'autre, les comparant toutes deux, les respirant
toutes deux, les possédant toutes deux. Il faut pourtant sortir de cette indécision : le temps presse, les

deux amis demandent et attendent un oui ou un non.
Il faut écrire. La perplexité commence ; après quelques tiraillements dans les deux sens, il incline à
rester, d'abord parce qu'il avait presque promis de
partir, ensuite parce qu'il y a dans l'irrésolution un
fond de paresse, et que vous trouverez toujours l'irrésolu plus disposé à ne pas faire qu'à faire, à
demeurer qu'à avancer. Une fois sur cette pente, sa
fertile imagination lui fournit aussitôt mille bonnes
raisons en faveur de son goût. Pourquoi quitter sa
douce vie et courir après un plaisir incertain? On
vante beaucoup cette contrée lointaine; mais il faut
se défier des voyageurs. Où trouvera-t-il rien qui
vaille son chez-soi?... (il ne l'a jamais tant aimé!)
sa chère femme... (il ne l'a jamais trouvée si bonne!)
son riant jardin... (il ne l'a jamais trouvé si fleuri!).
Ne serait-ce pas de l'ingratitude que d'être infidèle
à tant de bonheur?... Décidément il ne voyagera pas.
D'ailleurs ce pays est très loin... deux nuits à passer
en wagon, et il ne dort point en chemin de fer! la
mer à traverser, et il souffre beaucoup en mer! S'il
allait tomber malade en route, dans une auberge,
loin des siens? Sans être débile, il n'est pas vigoureux; et la mauvaise nourriture, les mauvais gîtes,
la fatigue... Non! non! ce serait déraisonnable!
Voilà qui est résolu; il ne voyagera pas! Il écrit la
lettre de refus, et il la remet à son domestique pour
la porter à la poste voisine.

A peine la lettre est-elle partie, qu'il s'opère peu
à peu dans l'esprit de l'irrésolu un changement de
décoration. On dirait un coup de baguette de magi-
cien. Cette contrée qu'il dédaignait tout à l'heure lui
apparaît comme nouvelle et charmante! Tous les

beaux récits qu'il en a entendu faire lui reviennent à
l'esprit, embellis encore par le charme attaché à ce
que l'on perd! Avec les merveilles du pays, sur-
gissent un à un devant ses yeux tous les avantages,
tous les agréments, toutes les utilités de ce voyage.
Comment les a-t-il méconnus? comment s'est-il laissé
arrêter par de misérables considérations de dépense
ou de fatigue? De fatigue! mais c'est de la santé que
la fatigue du voyage! Son corps s'en fût fortifié. Rien
de pire, à un certain âge, que de s'endormir dans
les aises et le repos d'une vie monotone. Jamais il
ne trouvera une occasion pareille! Des compagnons
pleins de gaieté, d'esprit, d'instruction! Son refus
est de la stupidité! plus encore, c'est de la lâcheté!
Les reproches se joignent aux regrets; et le dépit,
le désir, la honte le jettent dans un tel état d'excita-
tion, qu'il se précipite sur la sonnette.

« Appelez Jean, s'écrie-t-il; s'il n'est pas parti,
qu'il ne parte pas et qu'il me rende ma lettre.

— Monsieur, Jean est parti depuis un quart
d'heure. »

Il tombe consterné. Tout ce qui l'entoure se
décolore et s'assombrit à ses yeux. L'ennui envahit
son âme. Son charmant chez-soi lui semble triste
comme une prison, quand tout à coup lui revient à
l'esprit la réponse qu'on lui a faite à l'instant :
« Jean est parti depuis un quart d'heure. » Un quart
d'heure, c'est à peine le temps nécessaire à un piéton
pour aller à la ville, et Jean est à pied. S'il montait,
lui, à cheval? Il pourrait le rattraper à temps. Le
voilà parti, le voilà au galop! Il entre dans la ville!
Il y entre... au moment où Jean en sort. La lettre
est à la poste. Pour le coup, tout est fini. Plus d'es-

poir! Si! il y en a encore un! le télégraphe!... Un télégramme arriverait encore avant la lettre. Il court au bureau télégraphique; il entre; il commence la dépêche. Mais, au quatrième mot, il s'arrête. Une fois la dépêche lancée, il n'y aura plus à revenir... il sera lié! L'irrésolution le reprend. Il sort un moment du bureau pour respirer. Il se promène devant la porte. Écrira-t-il ou n'écrira-t-il pas? L'horloge sonne deux heures. Il tressaille! Allons! il faut se décider. Il se décide... à un parti mixte : il se donne jusqu'à deux heures et demie, pour prendre une résolution définitive. Cette demi-héure est pour lui une véritable angoisse. Enfin la demie sonne. Ah! c'est trop de faiblesse! Il se précipite dans le bureau, et il écrit sans s'arrêter. La dépêche part, demain il fera comme elle... et il retourne chez lui pour tout préparer. Eh bien, je ne jurerais pas qu'en revoyant cette maison qu'il doit quitter le lendemain, une troisième métamorphose ne la lui présente de nouveau toute parée de charmes indicibles; je ne jurerais pas que ses livres, ses fleurs, ses arbres ne deviennent pour lui les objets des plus douloureux adieux, et qu'enfin, au moment de se séparer d'eux, l'amour-propre et la mauvaise honte ne l'empêchent seuls d'écrire un second télégramme pour annuler le premier.

Quelques lecteurs accuseront peut-être cette peinture d'exagération. Elle est exacte comme une photographie. L'irrésolution n'est pas un travers, n'est pas un défaut ; c'est une maladie, maladie bien moins rare qu'on ne pense, sinon à l'état aigu comme je viens de la peindre, du moins à l'état latent et chronique, maladie qui se mêle à **tous** les actes de

la vie, éclate dans les plus petites circonstances
comme dans les plus grandes, et fait le tourment
non seulement de celui qui en est frappé, mais des
gens qui l'entourent, et enfin, pour tout exprimer en
un mot, le paralyse, le martyrise et le ridiculise.
Un être irrésolu porte son irrésolution dans le choix
d'un habit comme dans le choix d'un état, dans une
visite à faire comme dans un voyage à entreprendre,
dans les plaisirs comme dans les affaires. J'entends
toujours ce dialogue d'un employé des finances avec
sa femme à propos de son parapluie.

« Marie, me conseilles-tu de prendre mon parapluie ?

— Fais comme tu voudras, mon ami.

— Crois-tu qu'il pleuve ?

— Je n'en sais rien, mon ami.

— Allons ! je l'emporte.

— Tu fais bien, mon ami.

— Mais s'il ne pleut pas, il me gênera.

— Eh bien, ne l'emporte pas.

— Mais s'il pleut, je serai mouillé.

— Alors emporte-le.

— Tu es insupportable ! Emporte-le... ne l'emporte pas... Que diable ! on a un avis. Crois-tu que
je ferai bien de l'emporter ?

— Oui !

— Eh bien, alors je l'emporte... Cependant le
baromètre a remonté depuis ce matin... le ciel s'é-
claircit... Si le temps devient beau, je ne penserai
plus à ce diable de parapluie, et je le perdrai. Ah !
ma foi ! décidément (décidément est le mot favori
des irrésolus), je ne l'emporte pas !... »

Le voilà parti. Mais, en passant dans l'anticham-

bre, il a vu son parapluie, il le prend, et... et arrivé
en bas, il le dépose chez le concierge.

« Mais, me dira-t-on, c'est de la manie. Voilà
pourquoi il faut la guérir. Mais comment? y a-t-il
un remède? Oui. Il y en a un, un seul, mais infaillible, qui réussit toujours chez les enfants, si on le
fait entrer dans l'éducation, et que j'ai vu pratiquer
heureusement, même par des hommes faits. Le voici :

Il y a deux choses dans l'irrésolution : un défaut
natif et une habitude. C'est par l'habitude qu'il faut
attaquer le défaut natif. Le raisonnement y échouera,
les bonnes résolutions n'y suffiront pas ; l'habitude
seule en viendra à bout, l'habitude fondée sur une
règle. Cette règle est bien simple, elle se compose
d'un seul article : *Une fois qu'on a dit : Je ferai une
chose, la faire quoi qu'il en coûte et quoi qu'il arrive.*

Je ne parle, bien entendu, que des circonstances
où il s'agit seulement de nous. Eh bien, peu importe
alors que votre choix n'ait pas été le meilleur. Tout
acte humain peut tourner bien ou mal ; chaque fois
que nous agissons, nous mettons à la loterie, et il
est impossible de dérober à la vie sa part d'*alea*.
L'important, c'est de mettre le plus de chances possible de son côté ; et je n'en sais pas de plus sûr
moyen que d'apprendre à se décider vite, et, une
fois son parti pris, à s'y tenir, car on choisira d'autant mieux qu'on saura son choix irrévocable.

Suivez cette méthode pendant toute l'éducation de
vos enfants ; soumettez tous leurs actes et tous leurs
désirs à cette gymnastique de la volonté et à cet
exercice du coup d'œil rapide ; supprimez enfin de
votre programme ce mot si fécond en douleurs et en
fautes, le mot *caprice*, et soyez sûrs que vous aurez

mis entre leurs mains un véritable instrument de
succès et de bonheur. Mais si, par un hasard fatal,
cette éducation ne réussissait pas, il ne vous reste
plus qu'une ressource. Votre enfant est-il une fille?
mariez-la à un homme énergique qui ne lui laisse
pour vertu que l'obéissance. Est-ce un fils? enfer-
mez-le dans une profession où il n'ait pas la libre
disposition de lui-même ; faites-en un rouage quelconque dans une machine quelconque, car un irrésolu n'est bon qu'à être esclave ou victime.

HISTOIRE

DE QUARANTE MILLE FRANCS

A M. de Sacy.

J'ai été hier témoin d'un fait qui m'a frappé. Peut-
être paraîtra-t-il à beaucoup de gens plus singulier
que touchant ; peut-être même le trouvera-t-on em-
preint de quelque exagération. Moi, il m'a ému ; je
ne le juge pas, je le raconte.

Depuis une quinzaine de jours, je suis en villégia-
ture dans les environs de Paris, chez un de mes
amis les plus intimes. Sa maison est charmante, et
la colonie de passage qu'elle abrite, nombreuse et
variée. Nous ne sommes pas moins de quinze à dix-
huit à table, et les convives appartiennent à la

haute industrie, à la magistrature, au barreau et aux arts.

Parmi eux figure un ménage qui m'a beaucoup plu. Il se compose du mari, de la femme, et d'un jeune garçon de treize à quatorze ans. Le mari est avocat, cause bien, et ne plaide jamais en causant. Il a en outre un mérite très réel à mes yeux : il aime sa femme à la fois comme on s'aime au bout de quinze jours de mariage et au bout de quinze ans.

Sa femme le mérite bien. Très belle encore, elle a dans la physionomie, dans la démarche, dans le langage, un air naturel de grandeur simple qui contraste singulièrement avec la grâce toute mondaine de nos autres jeunes femmes. Nulle ne se met avec plus de goût; mais son élégance s'arrête juste au point où la coquetterie commence. Nulle ne conte avec plus d'esprit et de piquant; mais sa vivacité ne va jamais jusqu'à une expression vulgaire ou à une plaisanterie douteuse. Son aspect général est calme; mais au fond de ses grands yeux sérieux, on voit, on sent une puissance d'émotion qui n'attend pour éclater qu'une circonstance qui en vaille la peine. Il est impossible qu'elle ne sache pas qu'elle est belle, mais elle n'a jamais l'air de le savoir, et on s'arrête souvent au moment de le lui dire, tant elle est mieux et plus que belle, tant la sympathie qu'elle inspire est mêlée de respect. Sa jeunesse a l'espèce d'empire qui n'appartient d'ordinaire qu'à l'âge mûr : elle impose.

Les derniers événements[1] emmenaient chaque matin à Paris, après le déjeuner, tous les hommes de

---

1. Ce petit récit date de juillet 1870, au début de la guerre.

la colonie, qui allaient chercher des nouvelles et les rapportaient à l'heure du dîner. Hier, à six heures, notre avocat n'était pas encore revenu. Six heures et demie, sept heures, il ne revient pas ; on se met à table sur la prière même de sa femme, dont les lèvres légèrement contractées indiquaient une préoccupation qu'elle dominait sans pouvoir la cacher entièrement. Enfin, à huit heures, au moment où l'on prenait le café dans le jardin, le mari arrive. Il était à la fois défait, pâle et radieux.

« Qu'y a-t-il ? que t'est-il arrivé ? lui dit-elle en courant à lui toute tremblante et avec un accent qui montrait bien tout ce qui se cachait de tendresse sous cette dignité profonde.

— Rassure-toi ! rassurez-vous !... » répondit-il, car nous nous étions tous levés, et nous l'entourions ; son jeune fils lui avait pris la main et la lui baisait : « Rassurez-vous ! Rien de mauvais, rien de fâcheux ! au contraire !

— Au contraire ! comment ?

— Voilà ! A une heure, j'ai passé devant notre cercle ; un de mes amis, un de mes clients était à la fenêtre ; je monte pour savoir de lui des nouvelles : elles avaient l'air d'être bonnes, tant le monde était dans la joie. Cela m'a grisé. Une forte partie de jeu était engagée ; on me presse de parier, de prendre les cartes ; je cède ; une fois assis à la table, la chance me prend, une chance inouïe, folle ! impossible de quitter la place ! je gagne ! je gagne ! et après cinq heures de jeu, j'avais devant moi quarante mille francs.

— Quelle chance ! s'écrie-t-on de toutes parts. — Est-il heureux, ce scélérat-là ! — Tu as gagné qua-

rante mille francs, père? » disait le fils avec joie.
N'entendant pas la voix de la femme, je me retour-
nai : elle avait une grosse larme dans les yeux. Prenant alors vivement son mari par la main :

« Viens dîner, lui dit-elle, tu dois être fatigué. »
Et ils sortirent tous deux.

Vous l'avouerai-je? cette larme me déplut beaucoup. Je concevais bien qu'une telle chance rendît
cette jeune femme heureuse ; mais pleurer ! pleurer
de joie pour de l'argent, et pour de l'argent gagné au
jeu ! Il me semblait que ces yeux-là n'étaient pas
faits pour ces larmes-là.

Je quittai donc le salon, et j'allai m'asseoir, assez
pensif, au fond du jardin, auprès d'une petite source
qui sort d'un épais massif d'arbres. J'étais là rêvant
depuis quelques minutes, quand j'entendis derrière
moi un bruit de pas, puis un bruit de voix, et je recon-
nus à travers les feuilles l'avocat et sa femme, qui
vinrent se placer sur un banc adossé au massif qui
me séparait d'eux. Leur conversation semblait vive
et émue.

« Voyons, lui disait-il... voyons ! calme-toi, c'est
de la folie !

— Je ne te dis pas non, mais c'est plus fort que
moi.

— Raisonnons !

— Il y a des choses qui ne se raisonnent pas,
elles se sentent.

— Tout le monde en fait autant.

— Tout le monde, soit ! mais tu n'es pas tout le
monde ! Enfin, que veux-tu que je te dise? cela me
fait mal ! »

Et j'entendis sa voix trembler dans les larmes.

« Tu sais bien, reprit-elle avec émotion, que je ne suis pas une femme chimérique. Je ne fais pas du tout fi de l'argent, et quand tu m'apportes tes honoraires après une bonne cause bien plaidée et bien gagnée, je les serre avec joie, j'en suis fière ! Pourquoi donc suis-je honteuse de cet argent-là ? pourquoi ?... Tiens ! ajouta-t-elle avec une énergie singulière, veux-tu que je te dise tout ? Cela me fait. l'effet d'argent mal acquis ! »

Il se récria.

« J'exagère, soit ! je le veux ! Mais je ne peux pas m'empêcher de penser que cet argent gagné par toi, un autre l'a perdu ; qu'un autre est au désespoir de ce qui t'enrichit et t'enchante !... Et puis surtout !... ton fils ! notre fils ! lui qui n'a jamais reçu de toi que des exemples de désintéressement, d'honneur, et qui t'a vu entrer tout à l'heure tout radieux d'un gain, d'un gain de jeu ! Et les félicitations de ceux qui t'entouraient ! quelle impression gardera-t-il d'une telle scène ? Voilà le plus affreux des vices, l'amour du jeu, implanté et glorifié dans son cœur, par qui ? Par toi ! oui, par toi ! Comment veux-tu que je lui dise et qu'il croie qu'une chose que tu as faite est mal ?... Oh ! ces maudits quarante mille francs, je les hais ! »

Elle s'était levée après ces mots, et s'éloigna ; il la suivit. Je restai fort troublé de ce que j'avais entendu, et je rentrai bientôt au salon. Ils y étaient déjà tous deux : lui, soucieux et silencieux ; elle, pâle et le front baissé sur son ouvrage. Les journaux du soir arrivèrent. Ils étaient pleins des premières nouvelles de la guerre, des enrôlements, des souscriptions, des dons, de la formation des ambulances volontaires, de tout enfin ce qui a marqué les commencements de cette affreuse campagne.

Un de nos plus jeunes amis dit à l'avocat : « Ah çà, j'espère que vous allez, sur vos quarante mille francs, nous payer au Café Anglais un dîner jusqu'à indiscrétion ! — Et donner une belle parure à votre femme, dit une jeune dame. — Oh ! père, dit l'enfant, emmène-nous en Suisse. » L'avocat ne répondait pas. Enfin, après un court silence, il dit froidement :

« Non ! J'ai fait un autre usage de cet argent.

— Lequel ?

— Je l'envoie aux ambulances volontaires. »

Sa femme se leva d'un bond et lui sauta au cou. Tout le monde resta stupéfait. L'enfant regardait son père sans comprendre.

« Cela t'étonne, lui dit le père ; je vais te l'expliquer. Jusqu'ici, je n'ai jamais dépensé d'argent que celui que j'avais gagné par mon travail. Or, l'argent du jeu, c'est de l'argent récolté sans aucun mérite de la part de celui qui le gagne, et avec beaucoup de chagrin pour celui qui le perd. Je n'en veux pas. »

Une dame se pencha à l'oreille de son voisin, et lui dit : « Je parie que c'est sa femme qui lui a fait faire cette bêtise-là ! »

Voilà mon histoire. Je ne sais ce qu'on pensera de cette jeune femme, mais je sais que je serais bien heureux d'avoir une mère, une fille, une femme ou une sœur qui lui ressemblât.

LA CONSIDÉRATION

A M. Camille Doucet.

« Père, qu'est-ce que la considération?

— Diable! tu me poses là une question à laquelle il n'est pas aisé de répondre.

— Est-ce la même chose que l'admiration ?

— Non, on peut être fort considéré sans être admiré, et, par contre, ce qui se voit plus rarement, mais ce qui se voit, on peut être admiré sans être considéré.

— Comment cela?

— L'admiration s'adresse à tout ce qui mérite le nom de génie: génie militaire, génie littéraire, génie politique, génie philosophique. On admire les grands écrivains, les grands orateurs, les grands généraux, les grands ministres; mais il se peut qu'un grand poète soit ridicule à force de vanité, qu'un grand politique pousse l'ambition jusqu'à l'esprit d'intrigue, qu'un grand général soit avide d'argent jusqu'à l'avarice, qu'un grand philosophe soit faible jusqu'à la pusillanimité; auquel cas on les admire sans les considérer; le désaccord entre la supériorité intellectuelle et la supériorité morale, entre le talent et le caractère, empêche la considération.

— Je comprends! la considération, c'est la même chose que l'estime.

— Non! On ne peut pas être considéré sans être

estimé ; mais on peut être estimé sans être considéré.
Un petit marchand exerce honnêtement son humble
négoce; un commis remplit exactement son modeste
emploi, il a droit à l'estime ; mais s'il n'a pas une
véritable valeur personnelle, cette estime ne s'élève
pas jusqu'à la considération. La considération va
rarement sans une certaine distinction sociale. ·

— Oh! je comprends! les personnes très riches,
les personnes très nobles, les personnes très puissantes sont toujours considérées.

— Du tout! du tout! Il y a une grande différence
entre être considérable et être considéré ! La richesse,
la noblesse, le pouvoir, suffisent pour vous donner
des flatteurs, des courtisans, des complaisants, des
envieux... Mais, Dieu merci! il faut quelque chose
de plus pour inspirer aux honnêtes gens ce sentiment
délicat qu'on appelle la considération.

— Mais enfin, qu'est-il donc ce sentiment mystérieux? peut-on le comparer au respect?.

— Le comparer? Oui, mais pour montrer en quoi
il en diffère. Le respect est un sentiment plus sérieux,
plus grave, reposant sur des mérites plus austères;
il ne s'accorde qu'à la vertu, et j'ajouterai à l'âge.
Un homme jeune obtient difficilement le respect; le
respecter, c'est le vieillir; mais la considération a
pour base l'honorabilité, qui ne messied pas à la
jeunesse; elle suppose moins des vertus que des
qualités, mais des qualités sérieuses, quoique mon-
daines; pour la mériter, il faut être non seulement
poli, mais courtois; non seulement probe, mais délicat; non seulement consciencieux, mais scrupuleux;
non seulement ferme, mais vaillant. Elle implique
l'idée d'une grande sûreté de commerce, d'une cer-

taine grâce sévère dans les manières, d'une certaine tenue de conduite, de caractère, de langage, d'une certaine élévation sociale, qui sent non seulement son honnête homme, mais son galant homme; enfin, si j'avais à la définir, je me souviendrais d'un mot qui exprime ce qu'il y a de plus exquis dans une qualité, et, comme on dit : une fleur d'élégance, une fleur de beauté, je dirais : la considération est la fleur de l'estime. »

LE RETOUR

DU VOLONTAIRE D'UN AN

Quand le volontariat fut institué, la mode était de le préconiser; aujourd'hui, la mode est de le battre en brèche, de le tourner en ridicule et de tâcher de le détruire. Tout le monde y travaille. Les républicains l'attaquent comme une institution antiégalitaire; les monarchistes comme une institution républicaine; les familles comme une institution tyrannique; les militaires comme une institution dangereuse.

Ses adversaires les plus indulgents en parlent ainsi que d'un gentil joujou, qui, créé dans un moment d'illusion, a permis aux jeunes gens riches de jouer quelque temps au soldat, mais qui, condamné aujourd'hui par l'expérience, doit disparaître devant la sérieuse réorganisation de l'armée.

S'il ne s'agissait que de l'armée, je me tairais par

incompétence; mais il s'agit de la famille, il s'agit de la plus importante des éducations, celle qui complète et couronne les autres, l'éducation personnelle: voilà pourquoi je ne crains pas de parler; je ne m'adresse ni aux militaires ni aux politiques, je m'adresse aux pères et aux mères. C'est du foyer domestique que je pars, c'est ce qui se passe au foyer domestique, à propos du volontariat, que je veux mettre en lumière.

Les volontaires de 1877 sont rentrés chez eux le 8 novembre.

Depuis plus d'un mois, l'attente de ce jour était, dans les familles, l'objet de tous les entretiens, de toutes les pensées, de tous les projets. Les volontaires n'étaient pas seuls à effacer chaque soir, d'une main fiévreuse, sur l'almanach, le jour écoulé, afin de se rapprocher pour ainsi dire visiblement de la maison regrettée. Les pères, les mères, les frères, les sœurs ne passaient guère un seul repas sans se dire : « Plus qu'un mois! plus qu'une semaine! Dans trois jours, il sera assis à cette place! » Et alors longues discussions pour savoir à quel moment il arriverait. Sera-ce le soir? sera-ce le matin? S'annoncera-t-il par une lettre? voudra-t-il tomber à l'improviste, surprendre, faire son coup de théâtre? Cependant, tandis que se croisent toutes ces questions anxieuses, on fait force préparatifs pour cette réception. Un grand changement en effet s'est opéré dans la condition du jeune homme; quand il est parti, il avait à peine dix-neuf ans, il revient au bout de douze mois... et il est majeur! Oui! le volontariat change l'âge de la majorité. On ne peut plus traiter comme un mineur celui qui a été son maître absolu pendant un an, sauf les heures du service, celui qui a commandé des soldats, instruit des recrues, appris et enseigné à défendre son pays; il faut nécessairement compter avec lui comme avec un homme. Or, pour cela, quelle est la première chose à faire? Lui préparer dans la maison une place à lui, lui donner une chambre où il soit chez lui, lui remettre, enfin, le signe de la liberté et de la responsabilité, une clef pour lui. Cette clef remise lui donne plus d'une leçon; elle lui dit : *Tu es chez toi,* mais elle ajoute : *Tu es chez nous.* Use de ton logis, mais respecte notre toit. Rien de plus facile que de la lui faire faire, cette clef; mais cette chambre, où la trouver? Il n'y a pas de place de trop dans les logements de Paris. Pour caser le nouveau venu, il faut prendre sur la part des autres. Chacun se serre pour lui; c'est un déménagement complet sans changement de local. Tantôt la mère renonce à son petit salon, tantôt le père déloge ses livres pour loger son fils, et transporte sa bibliothèque dans sa chambre à coucher. Pendant ce temps, les sœurs travaillent à l'embellissement de cette chambre. Dès le mois de septembre, combien de doigts de jeunes filles ardemment occupés à l'achèvement d'une tapisserie, d'une tenture! combien de petits pécules, amassés pièce à pièce depuis un an, et mis à contribution pour l'achat d'un meuble, d'une pendule, toujours pour cette chambre! Le père prêche la simplicité, l'économie :

« Ne me le gâtez pas, ne me l'amollissez pas.

— Ne crains rien, » répond la mère. Puis, elle ajoute tout bas : « Je veux qu'il soit bien à la maison pour qu'il ait du plaisir à y rester; car son goût pour la maison, c'est notre influence succédant à

notre autorité, c'est la confiance devenant de sa part
une habitude, et tandis que, toi, tu vas songer à
l'organisation de ses études, à un choix d'amitiés
sérieuses et utiles, moi je m'occuperai de l'amuser,
de lui donner le goût de la bonne compagnie ; fais-
en un homme, moi je tâcherai d'en faire ce que tes
chers écrivains du xvii° siècle appelaient un honnête
homme. »

Il arrive enfin ! il entre ! Que nous apprend le
premier regard jeté sur lui, la première journée
passée avec lui ? quels changements se sont opérés
dans son visage, dans sa démarche, dans ses manières ? Je prends à témoin les parents qui ont
retrouvé leur fils cette année : n'est-il pas vrai qu'il
revient plus fort, plus gai, plus résolu, plus affectueux, c'est-à-dire plus fils en étant plus homme ? Il
a appris, par la privation, ce que valent les affections naturelles ; il a appris, par la comparaison,
ce que sont, en regard des autres hommes, un père,
une mère, une sœur, un frère ; il a appris la règle,
l'ordre, la discipline ; il a pratiqué à la fois l'immo-
lation et l'exercice de la volonté, tour à tour libre
de faire tout ce qu'il voulait, et forcé de faire tout
ce qu'il fallait ; enfin, pour la première fois, s'est
révélé à lui dans toute sa grandeur le mot de patrie.
Je pourrais citer à ce sujet des exemples frappants
de métamorphoses. Le drapeau est un être ; il porte
une âme cachée dans ses plis, et de ces plis dérou-
lés et flottants, sort je ne sais quel souffle d'héroïsme qui descend dans les cœurs. Non ! on ne vit
pas impunément pendant une année autour de cette
hampe toute chargée d'une mystérieuse électricité !
On ne court pas impunément pendant une année

partout où il y a un danger public, un incendie, une inondation, et tout cela, pourquoi? Pour l'honneur du drapeau. En quel nom? Au nom de la France. C'est comme soldat de la France que partout et toujours le volontaire s'oublie et se sacrifie. De là je ne sais quelle incarnation, quelle évocation de cette créature invisible qu'on appelle la patrie. J'ai vu des jeunes gens partis, non pas sceptiques, mais du moins indifférents à toute idée générale et généreuse, et qui, le jour de leur départ du régiment, ont été tentés de pleurer en rendant leur fusil. Ce qu'ils regrettaient en lui, ce n'était pas seulement le compagnon de leurs fatigues, le témoin de leurs travaux, mais l'arme de la patrie. Aussi n'ont-ils pas voulu lui dire adieu, ils lui ont dit au revoir, et alors serment fait tout bas, à ce cher fusil, de donner avec joie tout leur sang à leur pays le jour où il les appellerait. Ces jeunes gens qui riaient de notre romantique chauvinisme, de nos phrases déclamatoires de 1830, étaient devenus déclamateurs à leur tour! Oh! le beau défaut quand il veut dire dévouement! Ce n'est pas tout; croit-on que le sentiment des intérêts publics leur ait ôté la pensée de leurs devoirs particuliers? croit-on que le travail de la caserne ait engourdi chez tous le travail de l'intelligence? Non! plus d'un, au milieu de ces exercices de soldat, s'est souvenu qu'il devait être autre chose que soldat; il a eu le courage de prendre sur ses courtes heures de repos le temps de se préparer à son rôle futur d'avocat, de magistrat, de juge; il a commencé son volontariat de la science, tout en achevant son volontariat de la guerre. Ce n'est pas tout. Les chefs des grandes maisons industrielles avancent généralement à leurs ouvriers distingués les quinze cents francs du volontariat; eh bien, pas un seul de ces jeunes gens qui au retour n'ait remboursé, avec son travail, l'avance qui lui avait été faite; pas un qui ne soit revenu plus actif, plus docile, plus ordonné, plus intelligent. A l'École des beaux-arts, deux des prix de sculpture et d'architecture ont été obtenus par des volontaires d'un an. Enfin, un jeune sculpteur questionné par moi m'a dit : « Je suis surpris, monsieur, des progrès que j'ai faits dans mon art pendant cette année où j'en ai été privé. La privation a augmenté ma passion. L'absence de tout travail matériel m'a rejeté plus vivement dans le travail intellectuel, et, chose curieuse! ma main elle-même a profité de l'exercice de ma pensée; je suis revenu à la fois plus artiste et plus praticien. »

Ainsi, l'on peut dire que, moralement et physiquement, au point de vue de la vie de famille et de la vie professionnelle, le volontariat est incontestablement un bienfait pour les volontaires. D'où vient donc la méfiance presque générale qu'il inspire? quels en sont les motifs?

Quelques partisans du passé regrettent l'ancienne organisation militaire : une armée chargée de se battre pour la nation. La réponse est bien simple. Vous l'aviez, cette armée, vous l'aviez plus aguerrie, plus compacte, plus vigoureusement constituée, dit-on, qu'on ne l'avait jamais vue, l'armée de 1870. En a-t-elle été moins vaincue quatre fois en vingt jours? en a-t-elle été moins réduite à l'impuissance? Par quoi? Par le nombre. Il faut donc nécessairement aujourd'hui compter avec le nombre. Un

peuple armé peut seul lutter contre un peuple
armé. « Sans doute! répondent les républicains ;
mais proclamez donc alors l'égalité absolue devant
le danger public. Le service obligatoire et égal pour
tous. Tout le monde soldat et trois ans de service pour tous les soldats. » Quoi! les trois ans
qui s'écoulent de vingt à vingt-trois, c'est-à-dire
les trois années les plus fécondes pour l'intelligence!
les trois ans où l'esprit se forme, où la vocation
se détermine, où les études s'achèvent, où les
professions se préparent, où se contracte l'habitude
du travail continu et réfléchi : ces trois ans, vous
allez les consacrer à des exercices presque exclusi-
vement corporels, par lesquels la volonté s'affermit
sans doute, mais d'où la pensée est absente. Que
deviennent alors les professions libérales? C'est
pourtant quelque chose dans la vie d'un peuple que
la vie intellectuelle. Être citoyen, ce n'est pas seulement être soldat. De quel cœur, avec quel succès
un jeune homme, après trois années d'interruption,
abordera-t-il la rude pratique de l'étude des lois,
des arts, des lettres, de la médecine, de la science?
Il ne s'agit pas seulement pour lui d'un retard ;
il aura perdu bien plus que ces trois ans, il aura
perdu le goût même de sa profession et la force
d'élan que demande tout apprentissage; le grand
ressort de la méditation sera brisé en lui. « Eh bien,
s'écrient alors un grand nombre de militaires,
soyez conséquents avec vous-mêmes, supprime:
le volontariat. D'abord vos quinze cents francs
constituent une dérogation à tous vos principes
républicains; c'est une prime accordée à la richesse,
un privilège blessant pour le prolétaire et l'ouvrier;

c'est le remplacement enfin, sous une autre forme,
et sous une forme fatale. Qu'apprennent-ils vos
volontaires? Rien, puisque, six mois après, ils ne
savent plus un mot de ce qu'ils ont appris; et, en
attendant, ils désorganisent l'armée ou font obstacle
à sa réorganisation. Ce sont des officiers qu'on
distrait du service pour les instruire; ce sont des
soldats qu'ils corrompent clandestinement pour être
soulagés dans leurs corvées; ce sont des habitudes
de dépenses, des exemples de prodigalité, d'indis-
cipline qu'ils introduisent dans les régiments et qui
les dépravent!... Si vous voulez maintenir le volontariat, ajoutent-ils avec moquerie et amertume,
commencez donc par supprimer les mères! Voilà
les plus grandes ennemies de ce prétendu progrès;
elles le maudissent et le paralysent; nos officiers
sont les confidents forcés, c'est-à-dire les martyrs
de leurs doléances et de leurs lamentations! La
nourriture, les marches, les exercices, rien n'échappe
à leurs anathèmes et à leurs réclamations; elles
s'adressent à tout le monde, elles réclament contre
le sergent-major auprès du capitaine, contre le
capitaine auprès du colonel, contre le colonel auprès
du général; elles vont jusqu'au ministre pour obtenir
un congé, une faveur, c'est-à-dire une infraction à
la règle, et vous croyez qu'une telle institution peut
durer!» — A quoi je réponds : Oui, je le crois,
car sur quoi tombent vos critiques? à qui la faute?
Est-ce à l'institution du volontariat? Non! elle est
à ceux qui l'appliquent. Le meilleur des instruments peut devenir détestable, si on en joue mal.
Le plus imparfait, pourvu que le principe en soit
bon, peut devenir excellent si on le corrige, si on

le perfectionne. La prime de 1,500 francs vous choque? remplacez-la ou complétez-la par un brevet de capacité. Qu'on ne puisse être volontaire qu'après preuve faite d'aptitude aux professions libérales, et qu'au besoin cette preuve suffise. Le volontaire oublie en six mois ce qu'il a appris en un an? Rappelez-le quelques semaines sous les drapeaux pendant trois ans, et il n'oubliera rien. Ce rappel coûterait trop cher à l'État? Faites-en payer les frais aux volontaires. La faiblesse des mères démoralise les fils et désorganise le service? Écartez les mères. Pas de congé! pas de chambre en ville! une loi draconienne qui punisse exemplairement tout soudoiement du soldat par le volontaire. Le grand vice du volontariat, c'est l'indulgence. Les parents donnent trop d'argent, les colonels trop de permissions. L'objet de l'institution est de condenser en un an les études de trois années. Eh bien, condensez de même l'esprit de discipline, d'obéissance, la rude pratique de la vie militaire, et ceux que vous accusez de désorganiser l'armée en deviendront les modèles. En voulez-vous la preuve? Un colonel arrivé d'Afrique il y a six mois, tout plein de préventions contre les volontaires, leur a dit le jour du départ : « Je me méfiais de vous, vous m'avez donné tort. Le régiment a trouvé en vous des modèles de discipline, et le plus vif regret que j'éprouve en vous quittant, c'est de penser que, si la France avait besoin de nous demain, je ne vous aurais pas autour de moi pour montrer avec vous à l'ennemi comment on se bat et comment on meurt pour son pays. »

Ces paroles, je ne les invente pas, je les cite.

Eh bien! ce que ce colonel a dit, plus d'un autre
l'a certes dit le même jour. Comment en serait-il
autrement? à qui fera-t-on croire que des jeunes
gens, instruits et élevés avec soin, ne puissent pas
apprendre en un an ce que des esprits incultes
apprennent en trois? Rectifiez donc le volontariat!
qu'il soit plus difficile d'y entrer, plus difficile d'en
sortir, plus dur d'y rester! mais gardez-le, car
c'est un élément de notre salut.

J'en appelle à un souvenir toujours présent, au
siège de Paris. Supposez que le général Trochu, à
qui l'histoire rendra justice, eût trouvé dans cette
bourgeoisie parisienne si pleine d'ardeur, dans ces
mobiles de province accourus si patriotiquement à
la défense commune, quelques milliers de jeunes
gens ayant pratiqué pendant un an le métier de
soldat; qui met en doute qu'appuyée sur ces premiers éléments, son organisation de nos forces
n'eût marché plus vite, que la bataille de Cham-
pigny, la bataille de Buzenval n'eussent été peut-
être avancées d'un mois? et qui peut dire ce qu'eût
pesé un tel mois dans la balance de nos désastres?
Ce qui est vrai pour Paris est vrai pour la France;
ce qui est vrai pour le général Trochu est vrai pour
le général Chanzy; ce qui est vrai pour la guerre
étrangère, l'est encore plus pour la guerre civile,
pour la Commune. Il n'a peut-être manqué à Paris,
le 18 mars, que quelques centaines de jeunes gens
habitués à tenir un fusil et à marcher en ligne,
pour pouvoir former un centre d'action autour
duquel seraient venues se grouper toutes les bonnes
volontés indécises, tous les dévouements isolés, et
qui aurait suffi pour couper court à cette exécrable

insurrection. Maintenez donc le volontariat comme une arme contre l'émeute; ajoutons, comme un instrument de fusion sociale.

Il faut le dire, bien des germes d'antagonisme, bien des malentendus subsistent encore entre les diverses classes; le volontariat nous le montre au vif. Il met en présence : d'un côté, les recrues de la bourgeoisie et des classes riches; de l'autre, les soldats, qui sortent presque tous du peuple, et enfin, au-dessus, les chefs, qui représentent à proprement parler la classe militaire. Comment les premiers sont-ils reçus par les deux autres? Avec un sentiment de défiance, trop souvent mêlé d'envie chez les soldats, de dédain chez les chefs.

Les militaires ont, en général, grand'peine à prendre les bourgeois au sérieux comme hommes d'action; au fond de ce mot, bourgeois, il reste toujours pour eux quelque chose du mot pékin. Je ne puis oublier que, pendant le siège de Paris, les généraux faisaient beaucoup plus fond, pour la défense, sur Belleville que sur la Chaussée-d'Antin, et que la Chaussée-d'Antin n'inspirait à Belleville ni confiance, ni peur. Eh bien, le rôle des volontaires, leur devoir, leur honneur est de détruire ce double et blessant préjugé; d'éteindre l'envie à force de cordialité et le dédain à force de courage; de contraindre enfin les soldats à les aimer comme camarades, les chefs à les estimer comme soldats. Ainsi pratiqué, le volontariat deviendra une école de concorde publique. Comme le collège, et plus que le collège, il rapprochera les rangs, il effacera les distances, il contribuera à faire de nous une nation. Quant aux mères, assez peu mères pour gémir d'un an de fatigues et de privations imposées à leur fils, qu'elles le sachent : c'est à ce prix seul que les classes moyennes se rachèteront du reproche de pusillanimité qui pèse sur elles, et la bourgeoisie ne prendra dans la société le rang et le rôle qui lui appartiennent que le jour où chacun de nos fils pourra dire : « J'ai servi ! »

TABLE DES MATIÈRES

FIN DE LA TABLE.

Paris. — Imprimerie LAHURE, 9, rue de Fleurus.